江南，是一个地理名词。早在唐代，江西便属江南西道。赣州俗称赣南，一座庾岭，成为江南分水岭。赣州无疑是江南之南、岭南之北。赣州之南，已非江南。

　　江南，是一个文化概念。杏花烟雨，小桥流水，青砖黛瓦，茶山姑娘，稻花香里……凝固成迷人的江南意象，构成了独特的江南意境。魂牵梦绕，总是江南。

　　江南，是一个诗词故里。"江南无所有，聊赠一枝春""日出江花红胜火，春来江水绿如蓝"……浩如烟海的诗词，勾勒出江南的秀丽，给人无尽遐想。心之所向，直抵江南。

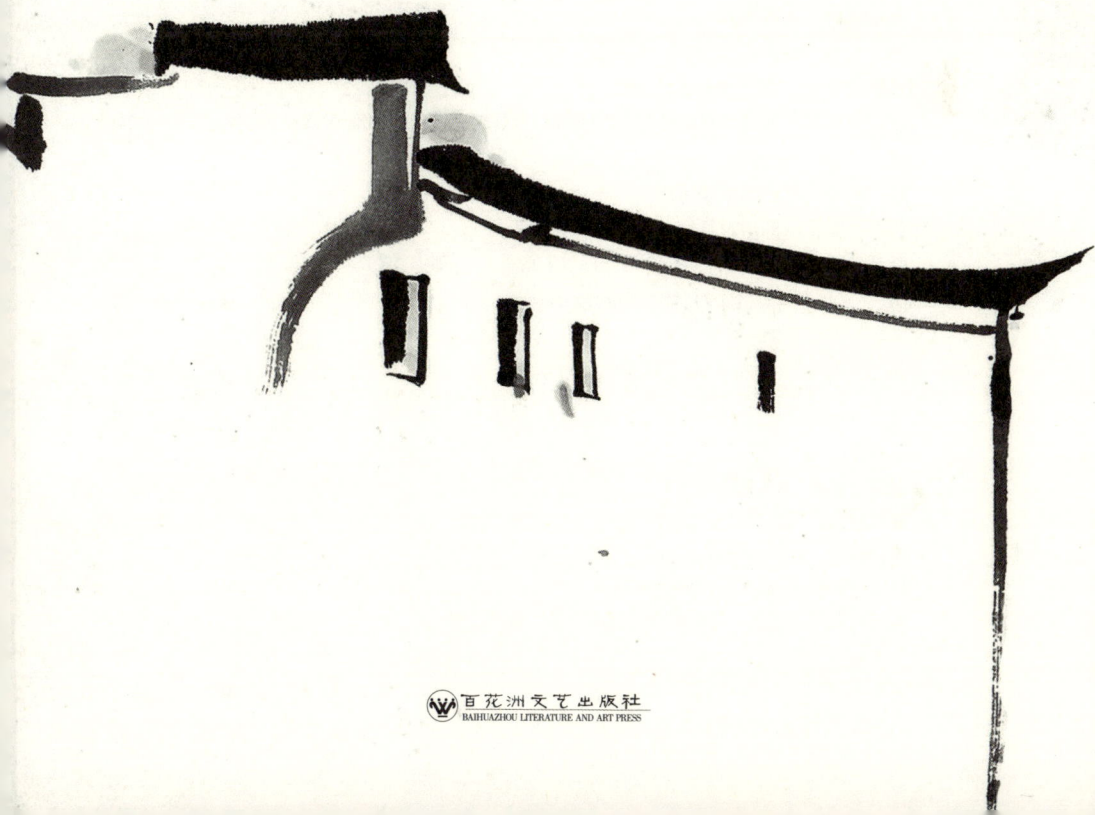

江南之南

陈相飞 ——
著

百花洲文艺出版社
BAIHUAZHOU LITERATURE AND ART PRESS

图书在版编目（CIP）数据

江南之南 / 陈相飞著. —— 南昌：百花洲文艺出版社, 2021.7
ISBN 978-7-5500-4276-6

Ⅰ.①江… Ⅱ.①陈… Ⅲ.①散文集 – 中国 – 当代②诗词 – 作品集 – 中国 – 当代 Ⅳ.①I217.2

中国版本图书馆CIP数据核字（2021）第095229号

江南之南

JIANGNAN ZHI NAN

陈相飞　著

出 版 人	章华荣	
责任编辑	蔡央扬　郝玮刚	
书籍设计	黄敏俊	
制　　作	何　丹	
出版发行	百花洲文艺出版社	
社　　址	南昌市红谷滩区世贸路898号博能中心一期A座20楼	
邮　　编	330038	
经　　销	全国新华书店	
印　　刷	苏州彩易达包装制品有限公司	
开　　本	720mm×1000mm　1 / 16	印张　15.75
版　　次	2021年7月第1版第1次印刷	
字　　数	210千字	
书　　号	ISBN 978-7-5500-4276-6	
定　　价	52.00元	

赣版权登字　05-2021-184
版权所有，盗版必究
邮购联系　0791-86895108
网　　址　http://www.bhzwy.com
图书若有印装错误，影响阅读，可向承印厂联系调换。

自序

赣州，一座文化交融的城市

赣州，山水交汇之城。章江、贡水在这里交汇，构成江西母亲河赣江；武夷山脉、南岭山脉、罗霄山脉在这里交汇，形成江西主要河流滔滔北上流入长江、"北川到东海"的磅礴气势。

赣州，区域交汇之城。地居赣粤闽湘四省通衢，东连八闽，西接潇湘，南抚百越，北望中州，既是神州东南沿海的腹地，也是内陆地区连接东南沿海的前沿，可谓"承东启西、沟通南北"。

山水交汇、区域交汇，孕育了多姿多彩的文化；文明久远、文脉绵延，积淀了底蕴深厚的文明。赣州由此成为一座文化交融的城市，红色、宋城、客家、理学、禅宗等多种形态的文化在这片神奇的土地上萌发传扬，璀璨争荣。

这里是红色故都，红色文化享誉世界。赣州被誉为"共和国摇篮"，二十世纪二三十年代，这里成为中央苏区的主体和核心区域，中华苏维埃共和国在这里奠基，人民共和国从这里走来，二万五千里长征从这里出发，南方红军三年游击战争在这里浴血坚持。

这里是江南宋城，宋城文化震古烁今。赣州是宋代36个大城市之一、海上丝绸之路要塞，曾有"北有开封，南有赣州"之说。保存有大量宋代文物和景观，被专家誉为"宋城博物馆"。1994年，赣州被命名为国家历史文化名城。

这里是客家摇篮，客家文化独具风韵。赣州是客家先民南迁第一站，是客家人的发祥地、中转站、主要聚居地和客家民系形成的摇篮。客家人是汉民族的重要支系，号称"东方犹太人"。来自中原的传统文化与南方土著文化交流碰撞，造就了独特的客家文化。

这里是理学圣地，理学文化由此肇源。理学开山鼻祖周敦颐及其弟子程颢、程颐在赣州探究学问，赣州成为"理学之源"；明代王阳明巡抚南赣，将理学发扬光大，成为心学集大成者，进一步奠定了赣州"理学圣地"地位。赣州有着宋明理学和阳明心学诸多遗存。

此外，禅宗最主要宗派洪州宗的祖师马祖道一在赣州广弘禅法，推动佛教的中国化，使赣州拥有了深邃厚重的禅宗文化。得益于物华天宝、人杰地灵，赣州还有着"生态家园""稀土王国""世界钨都""世界橙乡"等美誉，愈加增添了赣州文化的多样性。

文以化人，同时，人是文化的创造者。特殊的区位，特定的历史，赣州不仅成为"先贤过化之地"，而且是新中国开国元勋的重要成长地。苏东坡、辛弃疾、岳飞、文天祥等古代先贤在赣州留下踪痕；抗战时期，钱锺书、李政道、曹聚仁、黄永玉等文化名人云集赣州，丰富了独具特色的抗战历史文化；在共和国的史册上，毛泽东、周恩来、刘少奇、朱德、邓小平、陈云等老一辈无产阶级革命家，以及一大批开国将帅，更是在赣州这块红土圣地上经历了峥嵘岁月，留下了闪光足迹。不同时代的杰出人物在这里成长成材，共同造就了赣州文化的厚重与绵长。赣州，这座文化交融的城市，愈加熠熠生辉！

作为江南与岭南的重要交汇地，赣州可谓是"江南之南、岭南之北"，赣州之南，已非江南。如此特殊的地理特征，进一步增添了赣州多样性文化的独特韵味。数十年来，行走于斯，积淀了一些文字。这些文字碎片，或许能够折射出赣州文化的五彩斑斓。正是如此，我期待将它们结集出版，冀望人们能于此体味赣州这个文化样本的无穷魅力，并从中洞察中华文化的浩瀚博大与弦歌不绝。

这个集子，本是庚子初夏成稿。因为新冠肺炎疫情等多种因素的影响，延至今时付梓，倒也合时令。因为，2021年江西省文化强省建设推进大会在赣州召开。谨以此献礼吧！

目录

第一辑
此山此水

端坐云端，鸟瞰赣州，不由感喟：

上苍待这方土地何其不薄！章贡两江交融，于此汇成赣江；水似玉虹缱绻，萦绕美丽花洲。水之源、河之洲，分明是赣州的写照……

在 水 之 源

如果用一个字来介绍历史文化名城，我以为，北京可以说是一个"厚"字，西安可以说是一个"古"字，江城赣州则无疑是一个"源"字。无论从所处地理位置、汉民系发展史，抑或是文化的角度说，赣州，都展示出源头的风采。

赣州为三江所绕。一条装满了精彩华章，称作章江；一条装满了丰实"贡品"，叫作贡江。它们在城北龟角尾合二为一，汇合成的大江即是江西母亲河——赣江。位于章贡两江合流处的赣州，因其挟地利之便，毫无疑问成为了"千里赣江第一城"。两千多年来，宛如一颗璀璨的明珠，镶嵌在赣江的源头。

赣江由章江和贡江合流而成，而"赣"字也是由"章""贡"二字组合所成。可以说，赣州是一个用文字解构的城市。其城墙根下的两条支流各为一字，一左一右组合成了新的汉字。在传统灯谜游戏中，这一方式叫作离合。赣州，正是于江河的离合中成长和延伸。

在水运作为主要交通方式的时代，大多数城市都是依水而建、因水而兴，地处赣江源头的赣州同样如此。说起这点，不能不提到客家民系。客家民系是汉族民系的一个分支，也是汉族在世界上分布范围最广阔、影响最深远的民系之一。客家人原本是中原汉族，东晋战乱时首度南迁，此后又数次大规模南迁，由此逐渐形成具有独特风貌的客家民系。今天聚居于赣南、闽西、粤东的客家人，他们南迁的第一站就在赣州城北的龟角尾码头。

遥想当年，客家先民们为生计所迫，告别故土，泪洒中原，一路上风餐露宿，颠沛流离。当他们跨过长江，荡阀乘舟，进入鄱阳湖，溯赣江而上，行至江首水源的龟角尾时，眼前秀丽的山川和广袤的沃土吸引着他们，于是他们弃船上岸，驻扎下来，开辟新的家园，然后再辗转迁徙到闽西和粤东，乃至海外。

在水之源，赣州因此成为了客家民系诞生的地方，被称为"客家摇篮"。2004年11月，当世界客属第十九届恳亲大会在赣州召开时，海内外客家后裔们即在先民登陆的起点，修建起一座庄严的客家先民南迁纪念坛，并安放了一尊青铜大鼎。从某种意义上说，赣州是客家民系最近的源头，是客家人梦开始的地方。

水之源成就人之源，人之源成就人文之源。建制于西汉高祖六年（公元前201年）的赣州，因了这水，因了这人，在人类文明进程中扮演了重要角色。由于相当长的历史时期，经由赣州的"水上丝绸之路"为我国古代南北方唯一的交通要道，赣州的繁华自在情理之中。北宋期间，人们甚至把赣州与当时的都城开封相提并论，时有"北有开封、南有赣州"之说。经济繁荣往往与人文荟萃交织在一起，赣州是一个有着灿烂文化的城市，许多文化因子甚至可以在这里找到源头。

还是说城北的龟角尾吧，在这三江交汇的地方，高耸着一座楼台，这就是八境台。北宋大文豪苏东坡曾两度题诗，歌咏楼台上所见到的赣州八景。"山为翠浪涌，水作玉虹流"，苏东坡不仅留下了瑰丽的诗句，更开创了我国城市"八景文化"的先河。与其并称"苏辛"的豪放派词人辛弃疾，也在赣州支撑起了一座孤郁的楼台，这便是郁孤台。辛弃疾比苏东坡晚到赣州81年，朝代却已更迭，心绪也大为不同。壮志难酬，他登高而呼，发出了"青山遮不住，毕竟东流去"的叹息。这一叹，叹出了我国古代又一位爱国词人。同样恋上了赣州山水的王阳明，军政之余，他在赣州城郊的通天岩悠然讲学，并在岩石上书写了"青山随地佳，岂必故园好"的佳句。王阳明寄情于山水，宣讲的则是心学，正因如此，赣州被视作心学的重要发祥地。

苏东坡、辛弃疾、王阳明，三个不同时代的人，一个传扬着文化，一个塑造着精神，一个酝酿着思想，赣州因此而丰润。在灿若星河的中华文明中，赣州闪烁着夺目的光芒，这是一座城市的辉煌和荣耀。我想，"赣"字在"章""贡"二字架构组合之外，增加了一个"文"字，也许也正是这个来由。

"水有泉源，成其波流渺渺；城富积淀，铸造文明煌煌。"赣州，这座在水之源的城市，她必定会在苍茫赣江的孕育下，驭着新时代的东风，如赣江水般滚滚前行……

在河之洲

无数次仰望，无数次登临，这矗立于赣江源头、在河之洲的宝鼎——客家先民南迁纪念鼎。

作为文明昌盛、吉祥美好的象征物，数千年来，鼎在神州大地上并不罕见，但傲然屹立于大江之滨，尤其是地处三江交汇之要津的宝鼎，或许是独此一尊。

赣州，这座千里赣江第一城，其形如千年灵龟，而这一地方正处于龟尾部分，于是，这江之源、河之洲便有了"龟角尾"这一形象化的名称。究竟是什么原因，究竟是什么时候，究竟是什么人，把客家先民南迁纪念鼎安放于此？

翻开泛黄的书页，一幕幕历史画卷如同幻灯片，尽管跨越时空，依然历历在目。自东晋以来，由于战乱或者饥荒，中原汉民族曾经先后五次大规模南迁。从中原来，到哪里去？从当时的交通工具看，先民们无疑走的是水路。他们过长江，进鄱湖，溯赣江而上，行至两江交汇处的龟角尾，被眼前这方美丽的"在河之洲"吸引，遂弃船上岸，落地生根，成为客家人。后来，部分客家人从这里再次启程，迁往闽西和粤东，乃至东南亚等异国他乡。

龟角尾，这方神圣的土地，有幸成为了客家先民南迁的第一站；赣州，这个有着"花洲"和"浮洲"美誉的秀美之地，有幸成为了客家民系的摇篮。2004年，当世界客属第十九届恳亲大会在赣州召开，海内外客家人相聚客家摇篮时，客家后裔们很自然地想到，要在龟角尾兴建一座圣坛，并铸造一尊大型青铜鼎，以此纪念先民们那波澜壮阔的南迁历程。于是，在这水之源、河之洲，耸立起一座坛与鼎组合而成的丰碑。

客家先民南迁纪念坛呈圆形，半径12.5米，基座借鉴北京地坛的建筑形制，寓意客家人根在中原。同时，由于地坛这一建筑形制旧时在地方州县为社稷坛，借用这一形式，也体现了传统客家社会以农为本的特色。基座共分三层，象征着客家民系形成的三个阶段，即形成于赣南，发展于闽西，成熟于粤东。基座的五级踏步则象征着历史上客家人的五次大迁徙。纪念坛平面被均分为三个面，分别代表赣南、闽西、粤东这三大客家人聚居地，寓意三地对客家文化的发展发挥了同样作用。纪念坛相对应的三组踏步，则象征着赣江、汀江、梅江这三条客家人聚居地的生命之源。

高高耸立于纪念坛第三层基座的青铜大鼎，即为客家先民南迁纪念鼎。大鼎的形制及纹饰设计参照了西周时期的大克鼎，圆形，高5米，直径4.1米，重8吨。其三足象征着客家人以一种成熟的文化形态，立足于赣、闽、粤三省。鼎腹镌铸着219个字的铭文，说明了铸鼎的缘由、时间、地点，及其意义，记载了客家民系发展的历史，叙述了客家人的事迹，颂扬了客家的优秀传统文化及客家人的精神。青铜铸就的宝鼎，因熔铸着客家精神而有了魂魄，而变得丰实与深刻。

坛与鼎，一样的古老，一样的厚重，与一样凝重的客家历史融合在一起，不啻为一个绝配。在这客家先民们登陆南方重建家园的桥头堡，在这连接着故土中原和客家人三大聚居地，"北瞻中土，东望八闽，南眺五岭"的赣江源头，偎依宝鼎，聆听潺潺江水，踮足回望来时路，不由得心潮澎湃，思绪万千。"坛载厚重，鼎铸辉煌。"先民们创业之艰难，业绩之灿烂，让人倍感自豪，然而，"江涛后浪推前浪"，永不停息的客家人，于此坛此鼎中所读出的，更多的是只争朝夕、发愤图强。这正如纪念鼎铭文所述，客家后裔们将借助坛与鼎，"秉吾客志，彰吾客魂，聚吾客心，昌吾华夏"，为中华文明的复兴与强盛做出新的贡献。

大言无声，宝鼎静静地矗立于江边，如同当年先民们弃舟上岸码头两侧葱翠如斯的古榕，以其特有的庄重与典雅，彰显着客家儿女开创美好明天的憧憬与希冀……

宣南悠悠　虔北悠悠

一座城市，有品质才有品牌，有特色才有魅力，才容易给人们留下耳目一新的城市记忆。城市的品质与特色，往往不在于有多少孤耸的地标性建筑，而在于成片街区中所呈现出的独特文化与性格特征。地域特色鲜明的街区，是不可多得的宝贵资产。因为，孤郁的城市新地标可以聚力打造，成片的历史老街区则难以如法炮制。

（一）

在号称国际大都市的北京，宣南是可圈可点的。置身高楼林立的首都，步入宣南街巷，你会看到成片成片的老街区。这里散发出浓郁的老北京风情，门前的一小盆鲜花，蹲在巷道一角下棋的几个老少爷们儿，乃至低矮平房逼仄过道上老旧沙发上的"葛优瘫"，都会让人感受到京城的特有气息。

宣南的深厚底蕴，来自这块土地的特殊身世。早在商周时期，传说中的"幽都"在周武王克殷反商的推动下，诞生了"蓟国"，由此有了最初的北京城。历经数千年演绎，万变未离其宗，宣南始终是北京城的重要据点。清军入关、定鼎北京后，实行旗民分治，宣南成为汉人聚居地，尤为繁盛。归根结底，城市的历史终究是人的历史，汉族作为中华民族大家庭中人数最多、分布最广的一脉，宣南的热闹自在情理之中。

清代近三百年历史，一代代汉官士绅居于宣南，生息于此，书写人生华章，留下浓墨重彩。家境较为殷实者则构筑园林亭榭，雅集宴聚，结社唱和，尽展风流。科举时代，成千上万的各省试子才俊接踵而至，云集宣南，更是带来了文化的交流碰撞，"宣南士乡"盛极一时。为接待应试举子，在京的同乡官绅和商贾，还在这里设立了众多试馆和会馆。清代中晚期，国势艰危，康有为、谭嗣同、李大钊等一批志士仁人，相继汇聚宣南，为民族存亡奔走呼号。宣南成为诸多名流的栖居地和精神家园，在京师文化中具有重要地位。

名人名园、试馆会馆，宛若明月，辉映一方。众星拱月，周遭则密密匝匝分布着寻常人家。于是，曲曲折折的小巷胡同，形态各异的四合院，以及孕育其中的北京民俗风情，构成了活态的、区域性的典型文化风貌。今天，我们把它们称作非物质文化遗产，于此洞悉文明的肌理和脉络。宣南丰富多样的老街区，展示了北京的厚重与绵延，折射出古城的生机与亲切。

（ 二 ）

人类不缺历史，缺的是历史的现实遗存；世人不缺家园，缺的是家园的温馨记忆。一座没有故事、缺乏人文沉淀的房子，就像没有灵魂的躯壳，很难让人亲近、让人遐想。宣南灿烂耀眼的历史光华，让这片土地熠熠生辉。这里众多的老街区，总会让你洞烛历史的容颜，闻悉历史的回响。

岁在丙申，有幸寓居宣南。寓所数百米之遥，即是宣南历史文化博物馆。闲来信步街巷，不经意间，眼前便会灿然一亮。最扎眼的是名人故居，目睹墙上挂着的小木牌，总是欣喜莫名。距离最近的是位于宣武门外上斜街的龚自珍故居，这位晚清思想家、史学家在此生活五年，"我劝天公重抖擞，不拘一格降人才"，一语震古烁今。每每途经，总要行注目礼，如同遇见了先贤。距此不远处的达智桥胡同，有一栋同样已不起眼的旧宅，门口标牌上写着"杨椒山祠"，乍一看简介，着实惊异，以为这是赣南著名的堪舆大师杨筠松的旧宅。揉揉眼睛，才发现看走眼了：此祠原名"松筠庵"，为明代名臣杨继盛（号椒山）故居。不过，杨继盛同样与江西颇有瓜葛，他曾上疏弹劾江西籍权臣严嵩，胆识、血性、风骨可歌可泣。当然，我更是数度辗转，专程造访谭嗣同、鲁迅等慕名已久的前辈故居。

颇为难得，历经岁月反复淘洗，经历城市快速发展，宣南尚能存留着如许成片的老街区。散落其间的名人故居，则如同明珠一般点缀其中。斯人已去，故园依存，时光在这里凝滞。这些从历史中走过来的老房子、老街区，让人们看到了京韵，看到了北京的与众不同。正是通过这些文化脐带，后人得以在穿越时光中与先哲对话，感受古城北京的悠远深邃和中华文明的浩瀚博大。

所谓理念决定思路、思路决定出路，老城究竟是负累？还是财富？这取决于理念与视角，取决于如何算账。当年梁思成先生力主完整保护北京古城，现在看来，便是富有前瞻性的视角。由于某些原因，梁思成先生的建议没有得到采纳，但漫步街头，仍然可以感受到宣南在保护历史街区方面的态度和作为。特别是近年来，随着理念的觉醒，保护城市文脉、留住城市记忆已成共识。前不久召开的西城区第十二次党代会强调，"文化是城市的灵魂，是引领社会文明进步的持久动力"，并把保护好历史文化名城金名片作为重要任务。

（三）

旧城改造，说来容易做来难。这是一项系统工程，需要实施者拥有广博的知识体系，考验改造者的学识与远见。规划是龙头，旧城改造，当然首先要梳理清楚现状，辨明历史文脉，在此基础上制定科学稳妥的规划，然后才是有效的执行。

由于年代久远，受风霜雨雪侵袭，旧宅老院难免破落。行走于宣南旧街巷，偶尔可见残垣断壁。然而，即使是倒塌量比较大的一些地方，也依然保持原状，按兵不动，没有因为有碍观瞻而立马一拆了之。这或许是一种智慧的选择。因为，拆就是毁，不当的开发乃是一种破坏，将造成无可弥补的缺憾。如果心中没谱，条件还不具备，时机尚不成熟，不妨姑且搁置一旁、暂缓开发，这似乎是上策。

宣南历史街区点多面广，修缮保护工作极其浩繁。漫步此地，偶尔可见旧城改造的火热场面。这里的历史文化街区和风貌协调区保护，大致可以概括为"腾退"与"复原"两个关键词，也就是，立足于文物的腾退修缮，以危旧平房和简易楼为重点，对重点区域进行成片的保护性改造，实现区域面貌的整体提升。改造过程中，坚持修旧如旧原则，注重保持胡同原有机理，对建筑外立面进行仿古修缮，恢复旧时风貌。此前已经被拆毁的，一般辟为公共绿地，不再重建。对商业味过浓的胡同，则对其商业业态重新进行规划，力求散发古韵、传扬今辉。

一个有历史、有内涵、有生气的地方，必然有贯通其间的文脉。有了文脉的滋养与连缀，区域内的个体，比如房屋、盆景、树木之类，乃至当地原住民的风俗、语言等，都不是孤立的，而是构成了息息相通的人文生态。正是这种生态，成就了街区的固有文化与卓然个性。宣南旧城改造中，特别注重对文脉的梳理与保护，诸如沿街立面强化北京本土建筑元素、围墙上勾勒老北京风情画等，这些都强化了历史老街区的独特韵味。

令我感触尤深的是，这里房前屋后的树木，决不轻易砍伐或移植。杂院深巷中，偶能看见槐、桑、枣等老北京的常见树种，挤占房屋、过道，甚至从屋顶横空出世。它们也许给生活带来些许不便，也许不怎么名贵优雅，但有历史、有记忆、有温暖，陪伴过许多人成长，浸染了生活味、烟火气，有了灵性，甚至成为引发后人幽思的燃点。

老街区形成之初，居民的生活状况、基础设施等，都与现在差异甚大。客观地说，与新兴小区相比，已是天壤之别。正是如此，老街区修缮保护的难度极大。如何处理好现代大气与古朴土气、修旧如旧与改善民生的关系，宣南的努力无疑让人茅塞顿开。

（ 四 ）

信步宣南，不由得想起虔北。地处江南的赣州，古称虔州，同样有着悠远的历史和灿烂的文明。在相当长的历史时期里，虔北是赣州的政治中心、经济中心与文化中心，街巷纵横，人口稠密，集中了大片风貌独特的老街区。

作为国家历史文化名城，一般人看来，古代赣州声名最为昭著的当属宋代。北宋时期，赣州甚至与当时的都城开封相提并称，南北遥相呼应，时有"北有开封、南有赣州"之说。因为拥有丰富的历史遗存，赣州被誉为"宋城博物馆"。尤其是其独特的城市布局、形制架构与历史街区，很值得珍视。老城区内，"三山五岭八境台，十个铜钱买得来""三十六条街、七十二条巷"，星罗棋布的水井与水塘，等等，各有讲究，自成系统。仅从这些山岭、楼台、水塘、街巷的名称来看，就能读到赣州的厚重与优雅！据到过丽江的"老赣州"说，几十年前的赣州城，热闹远远甚于今天的丽江古城。这或许不是偏爱之心与溢美之词，毕竟，赣州这座江南重镇，历史上有着不平凡的地位。在漫长的水上交通繁盛时期，地处千里赣江源头、位于南岭雄关之侧的赣州，那可是沟通神州南北的必经之地啊。千百年间，唐代名相张九龄主持开凿的梅关驿道，曾是"万足践履，冬无寒土"。多少士子由此北上应试，多少官宦由此被贬南下，多少商贾由此交易东西。宣南号称"士子之乡"，赣州又何尝不是"风雅之所"？周敦颐、苏东坡、辛弃疾、文天祥、王阳明……一代代先贤大儒，在这里留下了浓墨重彩、旷世雄文。

岁月悠悠，时光更迭，诸多老城都没有逃脱被拆毁的命运。在中华民族伟大复兴征程中，在各地城市雨后春笋般拔地而起的今天，我们有了更多的文化自信和文化自觉。人们越来越认识到，改造旧城绝非一拆了之，老旧的东西未必不合时宜，恰恰相反，它们每每彰显了一座城市的个性，昭示着一座城市的前途。拆毁往往导致丧失魅力，尊重也许能够行远，应该有战略眼光和系统思维，慎搞大拆大建，力求修旧如旧。痛定思痛，这已逐步成为共识。尽管遗憾的是"为时已晚"，但毕竟尚略有所留。如何对硕果仅存的城市古风貌尤其是历史文化街区予以保护性改造，强化赣州城市特色，可以由宣南旧城改造中得到一些启迪。

从宣南到虔北，中华文化长河奔腾不息。旧城作为不可再生资源，作为一座富有历史积淀与人文光华的城市至为宝贵的资产，是一代代人传承下来的直观生存文本，后人应有更多智慧与更大力度，保护文化生态，延续历史文脉，留住城市不朽的记忆，让历史文化街区的每一处细节都有看点、都有思考、都有回味……

夜访四贤坊

多次从城北郁孤台下穿过，得悉旁侧工地正在实施旧城改造。由于有围栏阻隔，心里一直嘀咕，里面究竟是什么模样？春节前的一个夜晚，围栏门开了，里面灯火辉煌，一派繁忙的施工场景，于是信步而入。

这是一个大广场，眼前呈现四贤坊、军门楼和上井亭等三处主体建筑。借着灯光，静静打量着每一处新景。碰巧遇见负责此项工程的领导。听他介绍，方知目前所见只是前庭，军门楼后面还有一系列建筑，包括古街、府衙等。并且，这些建筑都是根据历史记载和绘画，按原样修建。军门楼两侧的城墙，还是原汁原味的呢。也就是说，这里将较为系统地展示古代赣州的核心风貌。

赣州曾有着辉煌历史，由于地处"水上丝绸之路"要塞，北宋年间繁盛一时，跻身全国三十六大城市、四十四大经济中心之列，与当时的首都开封齐名，时有"北有开封、南有赣州"之说。因为保存着大量宋代遗址，被专家称作"宋城博物馆"，有"江南宋城"的美誉。面对这座底蕴丰厚的古城，我越是深入了解，越是感叹它的精妙绝伦。这是一座多么雅致的城市，它的规划布局简直无可挑剔。"三山五岭八景台"，三座山、五座岭、八座亭台，老赣州人耳熟能详的谚语，直观地展示出城内的重要节点；三十六条街七十二条巷，围绕着一道城市中轴线，街道纵横交错，透视出昔日的繁华盛景，而瓷器街、柴巷等地名，分明可见当时便有鲜明的城市功能分区；护城河，以及清水塘、荷包塘等数十口水塘星罗棋布，令城市充满灵动；福沟与寿沟组合成地下排水系统，让这座两江环抱的古城远离了水患。城有山，就有了风骨；城有水，就有了灵魂。伫立在古城墙上，眺望远方，我常常想，"大码头的水、二城门的风、光孝寺的钟……"老赣州人挂在嘴边的古城，会是怎样风情万种？

可惜，风流总被雨打风吹去，古城赣州有幸留下的遗存已为数不多。正是如此，每每听及"要是赣州古城保存下来了，不比丽江古城逊色"，内心不免怅惘。其实，凡事都要辩证地看，丽江古城风貌幸存，重要原因在于它的偏僻。正如人迹罕至的地方每每存留着青山绿水，因为偏僻，所以长寿，这是一个让人哭笑不得的现实。赣州古城步步遭遇侵蚀，正是由于它显山露水，太容易受到现代文明的冲击，当年北京古城的命运不也如此吗?

任何措施都有其特定的时代背景,我们不一味责怪前人。因为,假定我们是前人,也可能会有相同的举动。毕竟,一般而言,在破坏一座老城的基础上建设一座新城,比在保护一座老城的同时建设一座新城,见效往往要快得多。毕竟,并非每个人都是梁思成那样眼光长远的建筑学家。

毋庸置疑,城市也有新陈代谢,后世建筑取代前人建筑,不能完全说不是顺理成章的事儿。然而,一座魅力独具的城市,总应该有它的个性;一个有历史的城市,总应该有一些记忆。这些记忆便是旧时风貌,没了它们作为载体,所谓的古城只能是写在纸上、挂在嘴上,而无法看在眼里、记在心里。十年前,我曾在报端撰文呼请:"古文化资源一去不可再生,代表宋城文化的文物古迹已经不多,尤其是最能给人们以历史文化感的连片的古街区,目前已所剩无几。妥善地改造旧城区,保护宋城古文化,留住城市的记忆,应作为赣州中心城市建设的重要课题摆到突出位置上来。"我们不仅要善于建设新城,也要善于保存老城,唯其如此,城市的魅力才能得到彰显。而对于一座历史文化名城来说,后者有时更为紧要。

赣州是"江南宋城",拿什么体现"宋城"元素?保护现有的,适当恢复旧有的,应该是重要路径。令人高兴的是,郁孤台周边历史街区的保护性改造,传统历史建筑的修缮,军门楼、四贤坊和府衙建筑的还原,宋代街市甬道的贯通,这个庞大的整体性复原计划,将让人们更清晰地见证"江南宋城"的风采。

"赵抃疏险滩,刘彝福寿惠千古;濂溪创理学,文山丹心昭四贤。"凝视着四贤坊上的这副楹联,不由得想起与这座城市富有渊源的诸多先贤,他们的政功墨迹让赣州更加璀璨夺目、熠熠生辉。纵观历史,人类社会的文明进步,总有一些杰出人物身处时代的关节点,在其中穿针引线,人们称之为"英雄"。城因人兴,一座城市的兴盛,往往离不开英雄书写的传奇。"四贤坊"所铭记的,正是四位值得赣州人记住的人物。赵抃,北宋嘉祐年间任虔州知府，凿通赣江险滩，凸显了赣江的黄金水道地位，对繁荣赣州功不可没；刘彝，北宋熙宁年间任虔州知军，亲自督建了福寿沟这一闻名中外的地下排水系统，至今仍造福赣州人民；周敦颐，号濂溪，与赵抃同时代，曾任虔州通判，理学开山鼻祖，《爱莲说》即出自他的笔下；文天祥，南宋德祐年间任知州，当时元兵南侵，他在赣州组织义军前往临安勤王，诗作《过零丁洋》传诵千古。

四贤坊旁的郁孤台隐约可见，这座气拔云天的名楼，也是赣州老城区让我眼前一亮的地方。如同四贤坊一样，郁孤台也联结着先贤，这就是豪放派词人辛弃疾。我喜欢这座楼台，并非出于它的孤高，而是它让赣州城有了别样的气质，似乎有些忧愁，却又充溢着以身许国的激情。辛弃疾这位身处乱世的爱国者，挥笔写下脍炙人口的《菩萨蛮·书江西造口壁》。孩子在幼儿园首次登台表演，便是朗诵这首蜚声中外的名篇。奈何，很长时间，这座楼台如同辛弃疾一样孤郁高耸，旁边没有可与它相映生辉的古建筑。大约二十年前，一个大雪纷飞的日子，我与弟弟登上郁孤台，拾级而上，远眺皑皑白雪，体味辛弃疾"西北望长安"的郁闷，直叹"贺兰山上有楼台，名唤郁孤少人来"。欣喜的是，不久的将来，旁侧古建筑群将逐一恢复，从此稼轩不孤单！

四贤坊后面的军门楼坐落在原址上，抚摩着发掘出来的古城墙，感慨油然而生：一座城市，总要有几处令人牵挂的地方。赣州是让我萦系于怀的，八境公园的幽径、赣州公园的古榕，郁孤台的高远、龟角尾的苍茫……每每令我流连忘返。而今，古朴的四贤坊建筑群次第展现在眼前，这一定又是一个我常来的地方。

湖江三月天

阳春三月，友人相约去湖江踏青。几年前，我曾去过湖江。那是一个天高云淡的日子，我们坐着高层大客船，游弋赣江，仿佛是征战远方，心中充盈万丈豪情。时隔经年，我仍不能忘怀。这回不凑巧，没找着游船，只好挤公交车。山路蜿蜒起伏，身子晃来荡去，直把人弄得晕乎乎的。捱着时间颠簸，好不容易盼到了目的地。

湖江，位于赣江上游，一个古镇。章贡二水自赣州城汇合成赣江后，在江南丘陵间逶迤而下，到这里，水面分外空阔，仿佛是湖泊一般。也许，这便是它得名的由来。在我浅显的地理知识中，湖和江如同泾水、渭水般分明。湖只有一个出口，状如葫芦；江则是两头通，活水长流，江面通常也不如湖面宽。江与湖可以说是界限森严，以湖来描述江，足见这一地段的赣江是多么开阔，气势是多么恢宏。也正是这烟波浩渺、蔚为壮观的水光山色，养育了一代代客家儿女，湖江由此成为名乡重镇，成为客家民系集居发展的一方胜地，人们把它称作赣南水上北大门。

去湖江，不能不看夏府。特殊的地理位置，造就了这个闻名遐迩的村庄。赣江上游滩多浪急，有令许多水手心悸的"十八险滩"。"惶恐滩头说惶恐"，南宋文天祥诗作《过零丁洋》中的惶恐滩就是其中之一。夏府地处"十八险滩"中段，天柱滩、黄泉滩分立村庄两端，这一段赣江尤为险要。为确保安全，船行至此，通常要卸货上岸，请"滩师"导航，空船而过，到达安全地段后，再将改由挑夫肩挑过来的货物重新装运上船。夏府成了赣江上游水上运输的中转站和货物集散地，一时间人气旺盛、集市繁荣，最鼎盛时期人口竟达两万之多。当时村头村尾，房店相连，一条宽约二米的鹅卵石街道绵延五里，两侧斗檐拱抱，过往行人可以"晴天不晒太阳，雨天不湿鞋袜"。岁月变迁，水上交通渐次衰退，尤其是万安水电站兴建后，水位抬升，村民们已经搬迁出去，雕栏画栋几近灰飞烟灭，唯有三栋祠堂伫立在空旷的菜地上，昔日的盛况难以觅寻。因为时令尚早，枣树还在沉睡之中，光秃秃的枝条曲折回环、盘根错节，更增添了几许沧海桑田的况味。枣树下，一片片油菜花开得正艳，这铺天盖地的黄色精灵，再度为悠远的夏府涂抹上了几分神秘色彩。

夏府的枣，小湖洲的桃，素称湖江两大特产。正值春意萌生，想必小湖洲已是桃花争艳了。这应该看看。行程虽紧，但我们不想与美丽擦肩而过。号称千里赣江第一岛的小湖洲形如纺锤，盘踞江心。我们叫了一只渡船，江中风大，船竟左右摆动起来，我们的头发也随风飘逸。岸渐行渐远，小湖洲越来越近。桃花开了，一树一树，红红的，燃旺了湖江的春天。我站在树下，凝视着傲立枝头、迎风绽放的桃花，感受着春天的高贵与芬芳，寒冬的阴霾无影无踪。走进自然，亲近自然，是如许舒坦、如许洒脱。也许是岛上风大，气温较低，有的桃花睡眼惺忪，半开半合，有的则仍然蜷缩成一团，只露出一点微红的光芒。是否是前生的约定，桃李总是相伴在一起，连开花也要一唱一和？就在桃花丛中，李花簇拥，白得耀眼，白得剔透，与粉红色的桃花交相辉映，给春天平添了几许妩媚。桃红李白掩映间，耸立着几栋房屋，屋檐下垒着高高的柴垛。与夏府的村民一样，这些农家小屋的主人也已经迁往赣江岸边的山坡上。"人面移至两岸去，桃花留此笑春风"，主人虽已另择高枝，桃花却依旧聆听着汩汩的江水，妆点着这静谧的江心小岛。

在小湖洲，一个旅游团队引起了我的兴趣。团员们大多已届古稀之年，步履并不矫健，有的行动还有些艰难，但他们说说笑笑，显然非常开心。当我们登船离岛时，他们正惬意地坐在草地上，啃着带来的西瓜。我不禁感喟，心境是多么重要。因为心境的差异，同一个地方，有的人看到了瑰伟绝特，有的人则感觉平淡无奇。不是吗？在一些游客眼里，周郎赤壁，不过一个小土坡而已，哪有东坡先生吟咏的"惊涛拍岸，卷起千堆雪"？滕王高阁，不过是赣江之滨的一座楼阁而已，哪见王勃笔下的"落霞与孤鹜齐飞，秋水共长天一色"？寻芳览胜，没有一个好心境，只能是乘兴而来，败兴而归。当我们漫步在夏府的鹅卵石小径上时，几位正值盛年的游客不时抱怨作家笔下的"虚假广告"。文化总在最深处，并非每一个游客都有睿智的眼光，都能够从文明的碎片中洞察辽远的辉煌，但如果拥有平和的心态，应当同样会发现美，同样会为美丽陶醉。最美的风景是心情，达观地面对一草一木，尽情地与自然交感，好风景就在眼前。

湖江三月天，小湖洲的桃花还没有完全绽放。同行的一位友人说，晚些时候来就好了。其实无须遗憾，再有些时日，含苞待放的会咧开嘴儿大笑，但已经绽放的花儿，那时节大概已然"零落成泥碾作尘"了。花开花落，春去春回，自然总是自然，可我们还是我们吗？

秋风掠过夏府

天凉好个秋。我们乘风破浪穿越六十里河山，来到赣县湖江夏府。乍一看，夏府的简单让人惊诧。秋风萧瑟，参差不齐的菜地上孤寂地兀立着几座古建筑，其间还零星可见些许断壁残垣，这就是我们心仪已久的夏府？！我不禁感到惘然。

路旁一位长者问我："你懂得夏府吗？你知道夏府的过去吗？"并告诫我，来夏府，"游"是不行的。夏府的渊深绝不是浮光掠影所能探究，它需要用心去"读"。

从当地人的介绍中得知，夏府曾经横亘着成片的明清古建筑。时光流逝，沧海桑田，昔日繁庶的夏府随后沉寂下来，至今就剩下我们所能见到的戚家宗祠等几栋屋宇了。我静静地凝视着眼前的一切：青砖碧瓦，画栋危檐，以及杂草丛生的鹅卵石小径。渐渐地，它们幻化成一本线装书。依稀可辨，透着墨香的宣纸已然泛黄。的确，很久远了，先祖们荡筏漂流至此，相中了这处在农业社会里赖以生存的得天独厚的滨江平原，把它当作栖息地，并在此生养繁衍，文明的火把一代代相传。至今，盛况不再，我们却依然可以洞穿它的遗存，去感受它当年的脉动，聆听它遥远的呼吸。

驻足于此，哪怕是面对着墙根的苔藓，所有的语言都将显得苍白。中华文明实在是厚重绵远！难怪有人在提及华夏文明时指出，且不必说临潼的秦俑，也不必说北京的故宫，仅仅挖出一片深埋于古长安城地底下的残砖碎瓦，就足以让世人瞠目结舌。其实，在我们皇皇五千年悠远历史中，有着太多太深的文明积淀，以至于生活于斯的我们熟视无睹，习以为常，而近乎不以为然。仔细地想一想，国人的衣食住行，何处不闪烁着文明的光芒？就说夏府的地势吧，正如高耸江边的牌坊上一副对联所说——"十八滩头浩渺烟波知是何年图画？几点渔火无边风月尽归此处楼台。"没有文明的滋养，先人们能有这等好眼力吗？能相中这样的居家好所在吗？

辽阔的江面如同液态翡翠悠悠晃荡，泛起一瓣瓣微蓝的光波。我沐着江风，对着残存的墙体按下相机快门。同伴说，如果用黑白胶卷或许效果会更好些。我想，照片本身不过是一个载体，它终究可能褪色，只有心灵深处的记忆才永不磨灭。

走出夏府时，我又遇上那位长者，感激地对他笑笑。我明白了，越是简单往往越加深沉，越不易为我们察觉。看夏府真的要用心去"读"，去思考，去品味。

拜谒戚家宗祠

赣江十八滩之一的往前滩，水面极为开阔。回溯三四里，一带狭长的临河平原宛如箕一般槽对江水，面山而卧，无边风月尽收眼底，这便是曾经人文极盛的赣县湖江夏府。

走近夏府，首先映入眼帘的是戚家宗祠。祠堂的盛名源自民族英雄戚继光。戚继光，明代登州（今属山东）人，抗倭名将，曾在浙江、福建、广东等地抗击倭寇，即日本海盗，屡立战功，后调至北方镇守蓟州（今河北、天津一带）十六年，威名远震，寇不敢犯。据考证，戚继光的先祖系由夏府徙居至登州的，也就是说，夏府戚家宗祠是戚继光的家族宗祠。

瑟瑟秋风轻轻推击着江水，溢出汩汩的声响。历经霜风雪雨的戚家宗祠已显得古旧，石灰剥落的墙体斑驳陆离，屋脊上兀立着几株枯草。位于它正门左前方的那棵周身龟裂、瘢痕累累的老树，以及傲然挺立于四周的那片光丫丫的枣林，似乎在向人们诉说着它的沧桑，诉说着它不平凡的历史。

戚家宗祠给我们的感动是不言而喻的，你看祠堂里那块刻着"捍家卫国"的牌匾，正如同岳王庙高悬的"还我河山"一样，让人热血沸腾。

我凝神默想，不由得暗笑自己的迂执。几年前，我在为本族族谱题跋时狗尾续貂——"宗族诸君宜高瞻远瞩，发愤图强，创造辉煌之明天，无愧于己于家于族于吾泱泱中华。诚能如此，方不失修谱者用心矣，予亦必曰谱之所修利莫大焉。"殊不知在传统国人的骨子里一向家国相连，神州赤子由己及人，由家及国，造就了中华民族强大的凝聚力、向心力和认同感。从古至今，数不尽的华夏儿女由一谱一祠中，孕育了对祖国的无限热爱之情，他们甘为生养他们的故土抛头颅洒热血。戚家宗祠"捍家卫国"的牌匾，就表明了戚氏后裔以戚继光为荣，继承祖先之业并发扬光大，时刻牢记爱家爱国的不渝信念。在祠堂不远处耸立着一座茶亭，叫"思母亭"。建亭人戚修朝年轻时瞒着父母投军，参加抗日战争，打击二十世纪的倭寇。不料多年后返乡，母亲早已埋骨青山。悲痛之余，戚修朝在母亲坟地附近的大路上修建了这座小亭，以寄托哀思。家与国本为一体，一个爱家的人，必定会把他对家的深深眷恋，倾注到对祖国的无限热爱中去。

在传统的家国理念滋养下，中华民族涌现出灿若星河的英雄人物。岳飞、文天祥、林则徐……一个个闪光的名字就像一盏盏明灯，照耀着我们前行，召唤我们把一切献给祖国。从戚家宗祠走出的戚继光，同样是其中闪亮的一员。他和所有的民族英雄一样，不只属于哪一姓人，他属于整个中华民族，他不朽的爱国情怀永远激励着千秋万代的华夏子孙。我想，这就是今天我们拜谒夏府戚家宗祠的理由。

樱花三月游梅林

天气不温不火，也无风雨也无晴。驱车东行十余里，来到梅林。这座以梅为名的赣县县城所在地，据说已成了樱花的海洋。县城之南的贡江北岸，新辟园林，遍植樱花，春风煦暖时节，群芳吐艳，蔚为壮观。

汽车从客家文化城东侧穿过，即到贡江水滨。但见游人如织，男女老少，漫步于樱花丛中。我们下了车，加入到赏花的人群里。对岸青山如黛，江中碧水缓流，眼前樱花浪漫，好一派赏心悦目的美丽图画！

沿着花间小道，信步西行，忽然，一座别致的园门映入眼帘，"宗师园"三个大字赫然在目。入得门来，一尊尊雕像呈现于眼前。这些宗师，都是曾在赣州生活过的文化史上卓有盛名的先贤名师，比如两度挥毫题写赣州八景的大文豪苏东坡、留下了千古名句"郁孤台下清江水"的爱国词人辛弃疾、在通天岩开坛讲学的阳明心学创始人王守仁等。就在我驻足于东坡雕像前，默默注视着这位震古烁今的一代宗师时，恰巧遇上了对赣州文化颇为稔熟的文瑞先生和这个园林的建设者。参与了这道风景规划设计的文瑞先生告诉我，宗师园只是其中的一个园，前面还有好多个呢。

原来，这条新近落成的江边景观带叫作"赣南客家名人公园"，它以"一祖四园二堂一坊一团"的形式，沿线串珠般地展现了与赣州富有渊源的著名人物。如同宗师园这样的半封闭型主题园林，尚有状元园、乡贤园、名宦园、开基祖灌婴园等许多个。看来，这个地方很有故事，需要静下来细细地看，才能够读懂它承载的情节，而绝不仅仅是欣赏樱花那般简单。

步出宗师园，依例是花枝招展、青枝玉叶。偶尔，可以看见凉亭、木桥之类的建筑小品。难得的是，这些园林小品处处让人感觉与周边的环境相得益彰，不突兀，不造作，不画蛇添足，浑然天成，尽得天趣，可以看出建造者的良苦用心。特别是善于因地制宜，在保护好每一株百年古榕的同时，借助围栏、凳椅等细部处理，巧妙地营造出一个个天人合一的游人休憩场所。昔日的荒坡僻壤，如今顿成绰约风景，这就叫作化腐朽为神奇吧？

当然，最让人倾心的是那些铺展名人风貌的小园林，它们看似独立一段，其实互为一体，共同撑起了整个滨江公园的大主题，散发出公园的独特文化气质。花木总有时令，文化贯通古今；花木大同小异，文化各具千秋。正是这些名人雕塑群里洋溢着的文化芳香，丰富了公园的神韵，升华了公园的品位。

因江做文章，借水添神韵，这是近年来各地江城在城市建设中普遍关注的手笔。如何打造滨江公园或沿江绿化带，在大体相似的江边做出独树一帜的风景，使这个"滨江"异于那个"滨江"？答案其实非常简单，这就是文化。任何一个滨江公园，没有主题就少了魂魄，缺了神采。只有用鲜明主题连缀起来的形式，才不会散架，才能给人留下鲜明的印象，而文化是凝聚园林、涵纳主题的最佳载体。

如果说没有文化资源可资利用是无奈，有文化资源不善利用则是悲哀。就一座历史文化名城而言，城市建设注重文化元素，不仅是必要，更是铸造精品之需，否则便是对自身文化积淀的浪费。纵观那些比较成功的滨江公园，大抵不曾忽略打文化牌。蜿蜒于红谷滩新区滨江沿岸的南昌市赣江市民公园，因为其由10个版块组成的赣文化长廊，而让人流连忘返；长沙橘子洲旁的湘江公园，因为其浓郁的楚文化味儿，而让人总也看不够。文化彰显特色，特色成就魅力，不同地方的文化本身就是一宗独有的资本，也必然能够制作出独特的名片。

看着眼前的贡江水畔，想着曾经漫步的江城之滨，我陷入深深的思考之中。建设可以凸显一个地方的神采，也可以毁灭一个地方的风华，白手起家的时候，善于建设是多么重要的事情。可是，凡是重要的东西，往往不那么容易掌控。譬如这滨江公园的打造，即使你懂一些文化，你还得知道如何去表现它。在这个方面，赣南客家名人公园的建设者们无疑动了许多脑筋。同样是人物，不同的分区，怎样避免千篇一律？怎样规避呆板单调？当我穿越一个个主题小园林时，我发现，打开思路，表现手段是丰富多样的。大理石、鹅卵石，立体的、平面的，组合型、分列型……不同的材质，不同的雕塑方式，完全可以各得异趣，尽展风采。

樱花开有时，文化蕴乎中。三月里绽放的樱花固然让人心醉，那些石头里客家名人透露出来的风骨，却将恒久地温暖来来往往的人们。也正是如此，可以想见，尚在建设中的赣南客家名人公园，必将成为梅林古镇贡江北岸一道亮丽的风景线。

白鹭村流水小记

"五一"长假即将过去，今天似乎才真正算得上休闲。吃过早点，我们驱车一百二十余里，直奔享有盛誉的客家古村落——白鹭村。

一路上沐着山风，呼吸着清新的空气，绵绵青山在车窗外一晃而过。经过一个多小时的车程，途中问了几次路，终于进入了白鹭村的领地。

白鹭村是一个有着悠远历史的客家村落，始建于南宋绍兴六年（1136），距今已近900年了。相传江南第一宰相、大书法家钟绍京的后裔钟舆顺着鹭溪河放鸭至此，感叹此地山川秀美，遂携家眷在这里开基兴业。经过数百年的繁衍和建设，白鹭村人丁兴旺，并形成了庞大的古建筑群。

我以为，从客家古村落中，可以洞见辽远的农业文明。俗话说"外行看热闹，内行看门道"，我不敢自称"内行"，但有一个浅显的体会，即看一个古村，一看村落的外围环境，二看建筑的形制与规模，三看楹联、雕栏之类的饰品。通过这"三看"，大抵能把握古村的神韵，能够于历史的遗痕中察觉文明的脉络。就村落的外围环境看，如同许多古村一样，白鹭村也是依山傍水，其前鹭溪环绕，其后群山拱卫，环境分外清幽。就建筑形制看，灰砖黑瓦、斗拱飞檐、天井高墙、小巷深深，这一切都展示着它的宏大与精致。就古建筑的饰品看，世昌堂祖祠内有一副对联大致（大概的印象，可能有所出入）这样写着，"世安谱华章，德满乾坤夸独秀；昌盛居仁里，恩沾雨露及同荣。"短短二十四字，盛下了多少辉煌！

这几天，央视二套正在播放文化专题片《河之南》，说的是中原文明发祥地——河南，其间讲到晋代以来中原人的数度南迁。遥想当年，南方本为蛮荒之地，自中原南下的客家先民们披荆斩棘，开创了诸多基业，而今留下的古村落，包括眼前的白鹭村，就是无言的见证人。

离开白鹭古村后，我们顺道游历宝华寺。据称，唐开元年间，马祖禅师曾在此传授禅法，这座古寺由此蜚声江南。我以为，寺院很大的贡献是保护了一批古树。宝华寺同样如此，寺院内一株千年古柏引得我驻足观瞻。站在古柏前，一位僧人的话语令我沉思。他说，"佛是不可思议的"，这一说法使我耳目一新。而他关于古柏与佛像哪一个更具佛理的议论，更让我感觉新奇。他说，这参天的古柏，比之殿内的佛像，更加体现出佛的境界。大约也就是说，拜佛像莫如拜古柏。很让我解颐。呵呵，真个是"只要留心，妙论无所不在"啊！

刚刚从白鹭村回来，草草将今日的行程记录下来。因为是简单的流水账，就命名为"流水小记"吧。临了，题诗一首：

青山碧水环民舍，白鹭声声伴古村；

几多南来北往客，梦回萦绕到此中。

领悟通天岩

通天岩位于江西赣州市西北方向，距城区12公里。有关它的话题，不知有多少人说过；去通天岩的路，我也不知走了多少回。可是对于它，我仍是津津乐道，每一次游览之后，都会有新的发现。

一个名胜，要么风景独特，要么古迹众多。通天岩是二者兼有的，它不仅以其特有的自然景观吸引海内外游人，更以其丰富的人文景观闻名遐迩。

有些名所佳处很容易让人一见钟情，一旦深入其间，却觉索然无味。通天岩并不如此，它需要慢慢咀嚼，经过一点一滴的品味，你才能真正读懂它。并且，你对它的感情会因之日深。通天岩的四周，都是江南随处可见的小山包，唯独它，"山不高而峥嵘，地不大而据险"，在平淡中显示出自己的神奇。就这一点来说，通天岩就不同凡响。要不，人们怎会认为它是从遥远的东海蓬莱搬过来的？通天岩的山峰屏列成环状，整个胜境如同一座碉堡，形成一个封闭型的景区。奇妙的是，它的东西两端各有一个山洞与外界串通，正像扁担戳出的两个大孔，让人惊叹于当地传说中"仙人挑山"故事的真实。

到过通天岩的人都知道，通天岩的自然风貌有"三绝"，即山险、洞奇、谷幽。这里的山，壁立当空，孤峙无倚，令人望而生畏；这里的洞，有的大中套小，有的形成穿山门户，真个是别有一番洞天。环山之中，围成深谷，谷内铺青叠翠，芬芳馥郁，宛若桃源仙府。沿山脚而行，你能体会到"曲曲折折路，叮叮咚咚泉"的意境。

人随景至，景以人传，文人墨客们被通天岩的奇秀吸引，纷至沓来。雁过留声，人过留名，众多名士的光临给通天岩留下了许多摩崖石刻。据统计，仅现存的历代名人题刻就有128品。这些"峭壁上的舞蹈"，字体多样，布局有致，刻工精细，堪称我国古代书法艺术的璀璨明珠。透过一处处略见斑驳的题刻，我们能感受到宋人李大正圆润周到的"院体"风姿，能欣赏到明代唐邦佐情文并茂的绝唱，更能领略到心学大家王阳明先生世所罕见的墨宝。"神窟千年景未磨，重来词客岂东坡？"难怪雅客们接踵而至；"醉卧石床凉，洞云秋未扫"，面对蓬岛佳地，谁又不会流连忘返？

自古名山僧占多，通天岩自然也成了僧人们恋慕的地方。早在唐宋时期，这里就成为江南知名的佛教胜地。由于文化、气候、山体等多种因素，我国四大石窟均分布在北方，而南方，通天岩石窟可以称雄。这里号称"江南第一石窟"，迄今尚存有唐宋时期石龛造像359尊。仰望悬崖，一尊尊佛像或抚腹端坐，或搔首屈身，或眉开眼笑，或满面愁容，姿态万千，不一而足，令人感叹佛门子弟原来也这般情感丰富，惹人喜爱。我想，南国石佛与北方石佛相比较，或许另有一番风韵吧。

唐代王勃曾在滕王阁慨叹"胜地不常"，意思是说，名胜之地终难免荒芜。大自然的侵蚀，人为的破坏，使得通天岩也曾一度满目疮痍。今天，由于国家对保护文化遗产的日益重视，通天岩又迎来了新的春天。

微雨通天岩

听说号称"江南第一石窟"的通天岩新近旧貌换新颜，整个景区不仅在地域上大大拓展，而且新添了许多景观。近日赣州市作协组织采风活动，我得以一睹名山新貌。

江南的四月多雨，一大早小雨就淅淅沥沥下个不停。远远的弥勒在笑。我撑一把小伞，拾级而上，绕过笑佛的塑像，穿过东岩山洞，投身于通天岩的怀抱。

步入山谷，谷内古木丛生，浓密的枝叶遮住了天空。雨意绵绵，给这有着"幽谷"美誉的深壑陡添了几分静谧。我顺着峭壁下的小径迤逦而行，路边的树枝不时旁逸斜出，牵拽着我的雨伞。我走着自己的路，思绪沉浸在幽雅的氛围中。"吧嗒"，很悦耳的声音，雨水像美妙的音符透过青枝绿叶倏地滑入大地。隐隐似有琴鸣，那是叮咚的山泉在低吟。梧桐细雨，雨打芭蕉，神秘的天籁叩击着人的灵魂，这便是山水有清音吧。置身此地，无论是谁，躁动的心都会迅捷平静下来。谁说不是呢？你看，悬崖上那历经千年风雨的一尊尊唐僧宋佛，个个静默无言，他们的神情是那么安详。

一滴雨珠坠入在头顶的石壁上，随后裂成碎片，其中一瓣必定打在了我脸上，要不怎么竟觉通体清爽？我凝视着一泓碧水，一任情思伴着涟漪荡漾开去。

合上伞，沐着细雨，眼前突现另一个世界，无疑是来到新景区了。一个巨大的雕像映入眼帘。释迦牟尼真悠闲，他自在地托着后脑勺静卧于石崖中。哦，其实他在沉思，他没准悟出了点什么，他的胸前不是散发着阵阵佛光吗？山路渐次往高处延伸，不觉步入了山脊。完全不同的意境！如果说刚才所见是"寒谷生春"，让人心静；那现在铺在面前的则是"天际尘清"，令人心宽。这里的山路不再隐匿于峭壁下，而毫无保留地展现在天宇之间。沿着崎岖蜿蜒的小道，边走边极目远眺，只见巍巍群山绵亘不绝，仿佛是一条奔腾的大江。山脚下弥散着悠悠雾霭，那悄然飘逸的姿态如同轻盈的纱巾。天空多么辽远，宇宙多么开阔，感叹了吧，此刻你在山之巅君临一切，才知道个人是多么渺小，才明白生活中的烦恼是多么微不足道。

我择亭小憩，环视着这片新天地，内心不由敬意顿生。我们应该感谢当代的建设者们，他们参透了通天岩的风骨，并用他们的聪明才智为我们营建了这样一个足以称作"乐山者仁，乐水者智"的地方。随山铺设的小道，依势建构的小亭，都显得如此和谐，人文景观能达到这等境界，不也与大自然融为一体了吗？

智者在笑，达观的精神造就了平和的心态；苍天无语，沉默的境地成就了宽广的胸怀。今日的通天岩莫不是一部哲学著作？在这里——佛，一个开口常笑，一个静卧默思；路，一条幽深催人悟，一条高远令人明。

去通天岩走走，你会拥有一份好心境。

尘外亭随想

我坐在赣州城郊佛日峰西坡一座小亭上，亭叫尘外亭，900多年前，北宋大文豪苏东坡也曾经坐在这里。那是一个雨天，东坡手抚栏杆，目望迤迤西去的贡江，写下诗作："却从尘外望尘中，无限楼台烟雨蒙。山水照人迷向背，只寻孤塔认西东。"

今天不曾下雨，但江还是那江，塔还是那塔。新阳朗照，清风徐来，我凝视着街道上如蚁虫般游走的车辆，和那欢乐着或忧伤着的男男女女，思考着这已知与未知的人生。正如唐人张若虚夜行春江之畔，问询"江畔何人初见月？江月何年初照人？"千百年来，很多人一定也与我一般，忙碌奔波之余，偶尔叩问自己的内心：人活着，究竟有什么样的意义？我们，究竟又该怎样对待这短短的百年人生？

人生只是一个过程，谁也不可能长生不老，正如钢筋水泥浇铸起的城市森林。一座再繁华的都市，一旦疏于打理，很快就会青藤爬布，沦为蛮荒。春宵苦短，老境苍凉。无论有多么轰轰烈烈，无论是如何叱咤风云，终归都要落幕，都将落寞。人生的意义，显然不会是享受。那么，人生的意义在哪里？简而言之，是传递。生命的本质是接力。结婚生育，血脉才能传承，人类才能接续，文明薪火才能生生不息、越烧越旺。每个人都只是一个生命个体，看起来很渺小，但不必泄气，每个个体都不孤立。人类的繁衍，社会的进步，正是端赖于这一个个生命个体各尽其能各展其芳。所以，任何人都不要妄自菲薄，都不要放弃责任，都应该在这生命接力中跑好自己这一程。

人生不仅是传递，还是交代，是无数个交代的集成。马克思说，人是社会关系的总和。一个人刚刚出生时，这个"总和"很小很小。岁月渐增，渐次成长，则与时俱增，变得越来越大。老师、同学、同事、配偶、子女……当然，作为公民，作为人类大家族中的一员，我们还将融入国家和人类命运共同体，这个"总和"因此有了更大的累加。生命是一种"互哺"，在大大小小的命运共同体中，我们必须给出一个交代。父母生养我们，应该有个交代；老师培育我们，应该有个交代；组织关心我们，应该有个交代……怎样做好这一系列的交代？农民种好一亩三分地，就是对土地的交代；工人守好流水线上自己这一环，就是对企业的交代；老师教书育人；医生救死扶伤；公务员服务人民……所有的爱岗敬业，都是对"社会关系"的一个交代。

人生的意义在传递，人生的责任是交代，这是一个并不复杂的真相与真理。明白了这些，才能看得开、放得下、守得住、行得远。面对各种取舍，才不会纠结，才会多一些洒脱、少一些烦恼。每个人都是生命中的过客，苦也罢、乐也罢，都是一生。追求幸福是要的，但要弄明白什么是幸福，否则，越是追求，反倒越成为负累。有人倡导极简，倡导慢生活，倡导知足常乐……每一种选择都有其各自的道理。但物质上的追求过于复杂，的确容易南辕北辙，容易与幸福背道而驰。有的人追求大房子，认为可以摆大衣柜，可以放大冰箱，可是，衣柜里纵然塞得满满，也不可能件件都裹在身上，一个季节两三套衣服替换，大抵也就够了；再珍稀的食品，在冰箱里存放久了，也未必有小摊上的萝卜白菜美味可口。我们追求名车豪车，可是，它们不过是代步工具，何况，如果不赶时间，走路反而更有益于健康……物质上的许多讲究，当你想明白之后，会猛然发现，那些洞破"身外之物"的人们，是何等睿智！而唯有洞明世事，我们才能更好地把握生命的真谛，更好地做出每一次抉择，更好地享受宝贵的人生。

尘外亭下，红尘滚滚。苏东坡离开高山之巅，100多年后文天祥接踵而来，同样写下诗章："半山风雨截江城，未脱人间总是尘。中夜起看衣上月，青天如水露华新。"一样的地方，感慨也许不一样，但无疑都有对人生的深邃思考，并且，这种思考启悟了他们一生。苏东坡的超然达观，文天祥的凛然正气，成为历史上两座高耸的丰碑。苏东坡活了64岁，文天祥活了47岁，他们的人生却璀璨至今！

尘外亭上，目望大江奔流，我掸去身上的尘土。我想，人生一世，草生一秋，我们为什么活着、应该怎样活着，这还用得着苦苦思索吗？

君在城之南

"君在城之南，我在城中居；日日望君不近君，此憾何时休？"环绕赣州城的高山，大多早已踩在脚下，然而，低头不见抬头见的峰山，却一直未曾亲近。很长时间，峰山于我只是一个传说。

峰山旧称崆峒山，二十世纪初改为今名。此山距城区二十余里，与三阳山一南一北，同为赣州望山，赣州城因而有"背枕三阳，面向崆峒"之誉。据悉，甘肃平凉也有一座以"崆峒"命名的山，号称"西来第一山"，山东烟台市区第一大海岛则被称为崆峒岛，足见"崆峒"这个名字不大一般。峰山同样充满神秘色彩，奈何，因为距城较远，加之从山下到山顶还有近四十里的山路，登临峰山便成了一个梦。近日得一机缘，终于走进了峰山。

时令虽已立秋，江南依旧异常燥热。午后的阳光白刺刺地炙烤着大地，苍穹之下，到处都仿佛要冒烟似的。小车带着我们直奔峰山主峰宝盖峰，一路上，我的脑海里不停地回放着有关这座大山的掌故遗存。从有关资料得知，宝盖峰海拔1016米，是赣州城郊第一高峰。原本以为不过千余米的高度，岂料山路弯弯，盘旋而上，竟然费了一个多小时，难怪后来人们索性以一个"峰"字给这一山系命名。

宝盖峰上有一座小亭，虽历经雨打风吹而破损严重，整体结构还算结实。最高峰上建亭台，自然极适于观景。旧时赣州八景中，"宝盖朝云"为其一，不过，此时天气晴朗，没有云雾缠绕，空气能见度极高，站在小亭中，四周风光尽收眼底。嗬，好壮观的山脉，群峰起伏，重峦叠嶂，一波接着一波，恍如跌宕浩瀚的大海。宋代大文豪苏东坡吟咏赣州诗句"山为翠浪涌"，说的正是这么一种状态。陪同游历的友人介绍，整个峰山山脉自西南向东北绵延达40余公里。这是一个不小的数字，难怪气势如此非凡。蓝天、白云、青山，一切都是那么宏廓，一切都是如许疏朗。暗自思忖，果真是"登上山顶我为峰"吗？我不敢这么想。群山耸翠，任何人都不过是沧海一粟，说多渺小就有多渺小；山立亿年，任何人都不过是匆匆过客，说多短暂就有多短暂。何况，一个人即便登上了山顶，也终究要下来，绝不能与高山比恒久。不是吗？山下的城市几经兴衰浮沉，峰山却从来未曾失去它的傲岸英姿。此时，我的心中忽然升腾起对峰山的深深敬畏感。

朝西北望去，两条银白色的飘带置于天际，那就是章江和贡江，苏东坡名句"山为翠浪涌"的后一句"水作玉虹流"，描绘的正是这样的图景。依山傍水，山水相依，峰山无疑为赣州城增添了无限魅力。同是北宋人的"章贡先生"李朴有诗赞道："云根秀出碧芙蓉，烟晃霞飞瑞霭中；地脉九枝龙奋蛰，天河一派练横空。"李朴忽而置身于山外，忽而站立在山中，倒是把眼前的美景写得熨熨帖帖。奇妙的是，远处的章、贡二江组合成了太极黑白二鱼的形制。据说，周易太极理论的最后完成者是名篇《爱莲说》的作者周敦颐，而此君曾在赣州为官。这么说来，周氏很有可能也曾经站在峰山这样的制高点上审视赣州城。现今赣州城市规划建设中，许多人津津乐道的城市发展中轴线，正是章贡合流后的玉虹塔处与峰山之顶宝盖峰的连线。有学者认为，玉虹塔处不仅是赣州城的水口，也是赣州这张自然生成的太极图中双鱼眼线的交汇点。望着章贡两江环抱下的赣州城，我更加理解了赣州人对峰山的情感。

也许是"夫夷以近，则游者众；险以远，则至者少"，相对而言，与宝盖峰相邻的狮子岩地势要平缓一些，其西侧一个叫天子地的所在建有宾馆，供游人们休闲。把车停在山路旁一处空地上，穿过一道幽静蜿蜒的林间山路，过了一座小亭，一排建筑出现在眼前。我不曾料到，这么一个静谧的地方，竟然有一所如此现代的宾馆。宾馆前方是一片竹林，其间夹杂着一些参天大树。坐在树旁石凳上，呷一口茶水，清风徐来，惬意至极。耳边蝉鸣此起彼伏，仿佛是在欢迎游人们的到来。

稍事休息，我打算随便走走，于是穿越竹林，径自朝山上走去。引人注目的是，上山的阶梯扶栏间或塑着狮子的造型，山崖石洞里也不时可见狮子的塑像。这个时候，我方才明白，此处便是狮子岩。攀行到一个开阔地带，只见怪石嶙峋，山的风骨始露了出来。抬头望去，天空中挂着一钩月牙。此时太阳尚未西下，站在峰山上，目睹日月同辉的盛况，尤其感觉人的渺小。寻一片树荫坐下小憩，一束阳光透过树枝柔柔地照在身上，此刻，想必我也成了峰山上的一道风景。

吃过晚饭，远远的赣州城已是万家灯火。披着星辉，我们重新上路，如同归巢的鸟儿，奔向山之北的城市。

热浪渐渐袭来……

叩访杨仙岭

"山不在高，有仙则名"，唐人刘禹锡一语道破天机，赣州杨仙岭即是一个佐证。这座山高不过412米，然而，由于杨筠松的栖居，它大放异彩，傲然耸立在江南此起彼伏的山岭之间。

杨筠松，唐末堪舆家，僖宗朝官至金紫大夫，掌灵台地理事。黄巢起义攻破长安后，隐居到贡水之滨一座人迹罕至的山中，修炼讲学，传道授业，风水术中的峦体派自此逐渐成型。人们把山的主人称作救贫仙人，这山就叫作了杨仙岭。"仙是山人"，看来，仓颉造字时压根儿就没把仙放在不食人间烟火之列，无非，他们住在云里雾里。救贫仙人也不离凡尘，他住在人间的山里，以平生所学，救民困，解民忧，教人们择地而居，繁衍生息。他倡导的风水术，剔除迷信成分，不乏处理人与自然之间关系的真知灼见。也是的，晨起开门，上坟祭祖，所见为一派颓废景象，心情舒畅、安居乐业从何谈起？自然环境对人们生存所起的某种微妙作用，以及唯心主义这个宽慰人心"莫须有"的狡猾理由，日复一日的暗示，久而久之，人们便迷恋起风水来。盖屋建坟，都要端罗盘，看地势，察方位。

风水先生为自己选定地盘，眼界总不至于太离谱吧。我们绕过无数道曲曲折折的山路，杨仙岭渐次明朗起来。真个好山！巍然矗立在眼前的杨仙岭，齐腰而上散落着灰白的嶙峋怪石。远远看去，就像是大山之巅绵亘着一座城堡。我甚至疑心已置身于世界屋脊，山体上那裸露的巨石缀成一片多么像气势恢宏的布达拉宫。有了怪石，山便显得神秘，单凭这一点，杨仙岭就足够有资格鹤立于这绵延的青山中。

我的确应该震惊，这样峭拔险峻的地方，居然砌着整齐的登山路。是什么朝代，是什么人，如此虔敬，如此坚韧不拔，捡来片片碎石一步步垒向高高的山头？不只是千余年前的救贫仙人，当我渐至峰顶，我有理由相信，慕仙人声名、步仙人后尘的山外来客当不会是少数。站在山上，极目远眺，谁都会有一种飘飘欲仙的感觉。尤其在你面江俯视的时候——四周，群峰荡漾，满目青松汇成绿色的海洋；山下，农舍静卧，袅袅炊烟弥漫着醉人的田园风情；远处，贡江悠悠，清澈明丽的江水如绶带般抛入眼帘；对岸，楼宇幢幢，新兴的梅林镇折射出一派都市状貌。放眼尽是好风景，得意的双眸游移不定，想把一切美丽景致看个饱，再带回去"反刍"，咀嚼个够。

杨救贫是一个有故事的仙，杨仙岭当然就是一座有故事的山。峰顶西端有块巨石，山下的人美其名曰鸡公石。据说，每每晨曦初现，睡眼惺忪的村民就会听见"喔喔"的啼唱，司晨的就是这酷似公鸡的大石头。我在峰顶的磐石间攀爬。我想，这里面肯定凝固着许许多多耐人寻味的珍闻。当我们有心拭擦，它们会抖露湮灭在岁月风尘中的遗痕。峰顶东侧兀地高悬着的那块岩石，危如累卵，我小心翼翼地攀援而上，只觉凉风飕飕，仿佛乘坐一柄利剑在时空隧道里遨游。更绝的是，它竟那么像智慧老人的头颅，莫非是救贫仙人羽化后的遗容？它不仅有鼻子有眼，还长着眉毛呢，眼眶上方那株小树的姿态像不像？中华民族的历史积淀太深厚了，随便拣起一截残砖碎瓦，吹吹灰，说不定就会晾出一段久远的故事。山南侧一块平地上散布着几只刻有"咸丰"字样的石制香炉。听人说，旧时杨仙岭不仅岭下有颇具规模的华林寺，岭上照例"白云生处有人家"，建有规格很高的杨仙祠。这些建筑今已荡然无存，但文化的衍播却不会停息，民间口耳相传势必演绎出新的情节。对这些或许禁不起科学质询的"文明"，我们该持什么态度呢？

我感叹商业社会人们的实在与精明，这样，我也就能够体会为何当地山民如渴望幸福生活一样，渴望杨仙岭不再是"养在深闺人未识"。旅游兴业，朋友们来看哪，盼得急切。"俗人"务实，"雅客"却喜好添上"文化味精"。很好很好，相得益彰，那就不妨搞个文化旅游。其实，不言而喻，历史长如中国，难免不交上这等好运，走上这条道儿。事实也是这样，旅游一旦与文化联姻，自然风光就会丰满起来。不是吗？湖北黄州那"小土坡而已"，因为有了东坡居士的《赤壁赋》而滋生出茂盛的枝节，闪烁着耀眼的金光。从这个方面说，我们这个处处蕴涵着文明气息的泱泱大国，不少景观都亟待掀开她的盖头来。贡江江畔的马祖岩，为旧时赣州八景之一，曾云游此地传教的唐代僧人道一禅师，一度使禅宗的南宗成为全国最大的佛教宗派，苏东坡则题有颇富哲理的"却从尘外望尘中，无限楼台烟雨蒙"的佳句，将这一系列家底包装亮出，马祖岩还怕乏人问津吗？赣州文庙，院内种上几株书卷气浓的松柏芭蕉之类的植物，网罗一点赣州掌故溢一丝书香，这个江西现存最完好的古代木构建筑群，还用得着导游介绍它是祭祀孔子的场所和古代县学的学舍吗？杨仙岭，同样无须自惭形秽，资历厚着呢。风水术，这种东方神秘文化的影响力不会小吧？摆摆谱谁都不必太惊讶，客气什么？此外，这里还有不少可以挖掘的资源，比如说隐藏于其中的八个山洞，称之为八仙洞并不唐突。一副传诵极广的对联写道："美味招来天外客，清香引出洞中仙。"仙居洞中，似有一说。八仙之首的吕纯阳还号称"洞宾"呢。传闻常常是这样诞生的。

　　登山的石砌路呈现在眼前，我想，人类文明总是如此：后人踏着前人铺就的道路，一代代交接、扬弃而得以延续和发展。

徜徉兰溪谷

　　热带雨林如同钟摆，以赤道为主轴，大多在南北纬10°左右区间徘佪。不过也有例外，譬如在更高纬度的一些山谷或盆地，由于地形因素，造成局部小低压，使得气流上升而极易形成降水，因而也会形成雨林气候。这样的地区被称为沟谷雨林，尽管远离赤道，同样高温多雨，并有着相似的生态圈。

一般认为，神州大地分布着三大沟谷雨林，众所周知的云南西双版纳、广东鼎湖山，其形象先后荣登被誉为"国家名片"的邮票。另外一处便是兰溪沟谷雨林，这是唯一位于北回归线以北，且可进入性最好的一处。然而，长期以来，如此容易亲密接触的地方，反而"养在深闺识者少"，外人知者不多。不知人们是否有一种思维定式，总以为"世之奇伟瑰怪非常之观，常在于险远"，却淡忘了，"小隐隐于野，大隐隐于市"同样屡见不鲜。印象中，福建连城县冠豸山，"不连岗自高，不托势自远"，兀立于咫尺之遥的县城东端；有着"山水甲天下"之誉的桂林，城内更是错落有致地散布着精致的山头，恍如一座座巨大的盆景，穿插在楼宇之间。

兰溪沟谷雨林，简称兰溪谷，位于江西省崇义县，是全国距县城最近的以原始森林资源为主体的自然景观。顾名思义，兰溪谷就是生长着兰草、溪流淙淙的山谷。三个字，字字不浪费，体现了命名的简约与务实。我想，尽管这个名字未必是明代大儒王阳明所取，但它或许也受到了阳明先生的点拨。毕竟，王阳明为崇义这片土地的走向带来了深刻影响。五百多年前，他曾在这里施展文治武功，奠定"三不朽"基业，甚至崇义县的设立与命名，也出自这位先贤的奏请。

立夏时节，阳光正好，我再一次徜徉兰溪谷，感受雨林奇观。从盘山公路步下，转瞬间，便融入广袤的雨林，仿佛步入了另一个清凉世界。这里古木参天，多种多样的植物扎根大地，吮吸山泉，追逐天空，忘情地生长。不同的植株你拥我抱，同一植物倒下后又发新芽，好一派生生不息的热闹景象，大伙儿竞相享受着生命的愉悦与多彩。偶尔投射进来的阳光，辉映着数十米深的绿色海洋，颜色或深或浅，旧叶新枝交汇，有的直插云霄，有的旁逸斜出，呈现出层次分明的立体感。步移景易，曲径通幽，时不时可见轰然倒塌的古树横亘溪涧，缠缠绵绵的藤蔓攀援高枝，时光仿佛在这里凝滞，恍然置身于辽远的蛮荒岁月。尽管天气晴明，这里却处处保持着湿漉漉的模样。树叶上挂着水珠，石头上布满青苔，朽木上蘑菇朵朵，贪婪的板根展示出强劲的吸水能力。抓一把空气，似乎手心也是潮湿的。"山中无甲子，寒尽不知年"，凝望着腐朽的古树，我不由得想起烂柯的典故。

这里也是动物们的天堂，有野生脊椎动物130余种，包括黄腹角雉、白鹇、娃娃鱼等国家一、二类保护珍稀动物。浅滩上，间或有缓缓爬行的螃蟹，以及结队游弋的小鱼。可惜动物们大多藏身于密林之间，除了隐隐约约传来的虫鸣鸟唱，以及忽然间在枝头跳跃的小松鼠，难得一见其他生灵的影子。正遗憾着，伸手想扶一把路旁的树干，猛然发现，一条色彩斑斓的毛毛虫闪现眼前，顿时毛骨悚然。

行走在兰溪谷，最令人心怡的是水。一道清溪，曲曲折折，穿洞越石，蜿蜒达6公里。一路上流水潺潺，哗哗的声响不绝如缕，愈发增添了幽谷的静寂。步入溪畔，寻一方石块，俯下身子，洗洗手，浑身都觉得清爽。掬一捧入口，清冽甘甜，沁人心脾。多水的山岭，每每都有瀑布，兰溪谷同样如此。密林之间，间或有飞瀑流泉。落差最大的是龙吐水瀑布，状若卧龙吐水，倾泻而下的溪水，如同散珠碎玉一般，分外迷人。自高空而下的流水，洁白似雪，在青枝绿叶的映衬下，宛若仙女身披白纱，美不胜收。龙吐水瀑布不远处，兰溪瀑布接踵而至。这一区域的空气负离子含量达到每立方厘米19万个，据说空气负离子浓度值居世界之首，不愧为天然氧吧。触景生情，提笔留字，似乎是雅士们的喜好。兰溪谷当然是挡不住的诱惑，这里分别典藏着5个"福"字、9个"寿"字的摩崖石刻，寓意五福临门、九九长寿，寄托着尘世的希冀。其中一个藏体"寿"字石刻，高达18.98米，尤其引人注目，为与齐白石老人以"南吴北齐"并称的著名书画家吴昌硕先生所题。

时间渐晚，路人渐增。听当地人介绍，这里已成为市民们健身的好去处。每天下午下班后或节假日，人们都三三两两，相邀来到这里健走、漫步。目睹着悠闲的身影，我不禁感叹，崇义人是幸福的，他们竟然可以如许轻松地把雨林作为自己的庭院。同时，我也不由得对兰溪谷心生敬意！它让我更加深刻地感悟，真正的佳构，未必是书法界的丑书、新诗坛的呓语，未必是走火入魔、故作高深。"是真佛说家常话"，平淡中显神奇，未尝不是好风景！换言之，俗世中的风景更加难能可贵，它们不必用距离来制造神秘，不玩玄幻虚空，不避人间烟火，而任由人们前来沐足、散心。

对景区，不少人去过一次，便已心生倦怠、滋长淡漠，认为"至今已觉不新鲜"。其实，有的景区就像是周遭的空气，刚刚吸过，依然想吸。兰溪谷便是这样的地方，这里气象万千、变幻莫测，即使同一个季节，日子不同照样风情各具，每一次都有不一样的感受，每一次来过都想着旋即重返。东坡先生说，"日啖荔枝三百颗，不辞长作岭南人"，真羡慕崇义人呢！

菩提山纪游

家住赣水旁，背依储山居。

西南有眉黛，芳名叫菩提。

——题记

位于江西赣县东北部五云乡上丹村境内的菩提山，在我眼里，那是太阳下山的地方。还在儿时，每当霞光万顷，金乌西坠，坐在家门口的我就想，什么时候我可以放足其间，揭开它神秘的面纱。

酝酿二十余个春秋的梦终于在今夏实现了。这一天，我们几位朋友骑着自行车上了路。崎岖蜿蜒的山路，让人在一种警觉的状态下体味到无穷的趣味。上坡，下坡，左拐，右拐，不尽风光入眼来。

我们一路狂奔，忽然发现自行车已无用武之地。问了一位路人，被告知菩提山还远着哪，且只能徒步攀援，便把自行车寄放在当地农户家中，继续行进。爬山的路的确艰难，要么荆棘丛生，要么陡峭险峻，要么泥泞不堪，果然是一个藏在深山人未识的佳处。我们手挽手，小心翼翼地把山路一步步甩在身后。隐隐约约，传来潺潺的水流声，原来是一泓清泉。掬一捧山溪水吸入腹中，顿觉心旷神怡，通体清爽。索性倒掉随身带来的纯净水，换上山泉，寻一处草坪席地而坐，休息休息，削一只梨，撕几片面包，填填肚子加加油。

走走看看，菩提山近在眼前！不料山重水复，每越过一道屏障，山峰依然远远地巍然屹立于天边，仿佛一轮明月，我们走它也走。终于，它停顿了，静沐于云雾之中。偶尔遇上几位香客，奇怪，这种人迹罕至的地方也会有庙宇？正狐疑中，"法云寺"三个大字映入眼帘。真是天下好山僧占多，我不由得感叹佛家信徒的虔诚，这样僻远的青山也让佛门子弟给找着了。

据说，早在唐代，法云寺就藏在了这深山丛林间。《华业金狮子章》云，"菩提，此云道也，觉也"，菩提就是觉悟的境界。高天流云荡俗尘，如此清幽的地方，确实宜于静悟啊。距法云寺不远处，有一个洒满传说的山头，这里星星点点地散落着一些怪石。灰白的色泽使它们特别醒目，很容易让人想起那是遥远的过去，大海退潮，来不及逃走的虾兵蟹将们无奈搁浅。寒去暑来，岁月的风霜把它们雕成了化石，往昔的时空就这样凝固了下来。远远望去，这些石头形状各异，有的像水牛，有的像青蛙，有的像灵龟，应有尽有，不胜枚举，于是整个山头就成了一个大型娱乐场，禽兽们在这里尽情嬉戏。

"青山随地佳"，好风景原来就在身边，王阳明在赣州通天岩留下的墨宝不觉涌入我的脑海。是啊，这位哲人说得好，"但得此身闲，尘寰亦蓬岛"。拥有一份好心境，每一角天空都是亮丽的。菩提山，李杜不曾游，世人少有知，可你若徜徉其间，高远的情怀照例会飘然而至。

长铗归来看宝莲

云破日腾铺岭壑，天公忽助看妖娆。
金光朗照千山暖，绿叶通明万点涛。
谁纵斧斤峡谷裂，我持竹杖茂林飘。
循声曲径觅流水，一瀑与争一瀑高。

——题记

《战国策》记载了一位名叫冯谖的异人，倚柱弹剑，歌曰"长铗归来乎！食无鱼""长铗归来乎！出无车"。每每叨念这些话，不由得想及一些驴友，尽管周遭气象万千、风光旖旎，但他们无动于衷，心底仍然叹息："长铗归来乎！游无方。"

诗和远方固然是我们的向往，但用心观察、深入进去，我们身边其实也有分外迷人的景致。法国雕塑家罗丹说："生活中不是缺少美，而是缺少发现美的眼睛。"存在不等于发现，不去发现，再美的风景你也看不见。比罗丹早生300多年的中国明代哲学家王阳明有句名言："你未看此花时，此花与汝心同归于寂；你来看此花时，则此花颜色一时明白起来。"20多年前，我与湖南作家邓皓同游南昌西郊梅岭，印象中他有篇文章叫《最美的景色是心情》。我以为，古今中外的这几句话，可谓是异曲同工。

赣州市面积3.94万平方公里，地域辽阔，山川形态多样，风土人情各竞其芳。有山水有人文，一联以蔽之："雅溪村密溪村寒信村白鹭村，村村幽古；罗田岩罗汉岩汉仙岩通天岩，岩岩争奇。"赣南山岭绵延、峰峦耸立，奇山秀水并不鲜见，知名的山就能罗列出齐云山、阳明山、白鹤岭、五指峰等一连串名字。奈何，腿短气促，峰高难攀，很多山都未曾爬过。距江南宋城赣州近80公里、位于赣县韩坊镇的宝莲山，同样向往已久却久未成行。

冬日，决定了此心愿，遂驱车向山而行。好事多磨，行至半途，汽车居然抛锚。边走边加水，盘旋穿越，终于进入了宝莲山。欣喜的是，阴郁的天空乍然间金光万道，倾泻而下。行于山道，头顶上，蓝天白云偶尔映入眼帘。天公待我不薄，我不禁心生感恩。

据当地人介绍，宝莲山景点密布，野人洞、仙人岩、卧佛山、弥勒峰……一口气铺排出一大堆令人神往的名字。半天时间，不可能处处留踪。循水而行，我们步入了一个叫作观音谷的大峡谷。虽然时已枯冬，这里依然溪涧曲歌，泉水叮咚响，仿佛季节在这里停滞、时光在这里驻足。长长的峡谷，山林幽深，溪水潺潺，果然好所在！

呼吸着清新的空气，一边漫步，一边欣赏着沿途美景。在阳光朗照下，葱翠的绿叶折射出耀眼的光芒。放眼望去，一派银光点点，恍若波光粼粼。偶尔一簇红叶点缀其间，在漫山绿意中显得格外艳丽，让人不禁想起"霜叶红于二月花"的佳句。山道上，时而遇见古藤老树，或曲折回环，或参天高耸，这样的树木总是容易把人带入辽远的苍茫，令人陡生烂柯之感。忽然，一丛红通通的野果呈现在眼前，阳光辉映中，更加晶莹剔透，显得珠光宝气。野草莓！故乡人唤作"灯笼泡子"。久违了，少年时的味蕾记忆被重新唤起。我蹲下身子，体验着儿时的采摘欢娱，将鲜红的野果送进嘴里，感受入口即化，回味唇齿留香。

一座大山，因流水而添灵秀，因怪石而生筋骨。宝莲山兼而有之，飞瀑流泉，奇岩异石，在这里随处可见。聆听悦耳的水声，凝望着澄净的山溪水，不由得跃入清溪，将手指轻轻拢进溪水，感知着山里的清凉与灵动。这里的石头同样令人瞩目！峡谷中，日夜冲刷的石头，光亮中展现出无比的坚劲。谁说岁月无痕？就这样，石块在流水中剥去了棱角、磨出了光华。山体上，那些未曾受流水冲击的石头则见其另一般模样。或金粉密布，或白斑叠印，或彩绸暗嵌，每一处崖壁与岩石都是精美的丹青佳构。据说，这里的石头富含矿物质，加上山里湿润气候中活跃的菌藓，才有了这般色彩斑斓。依稀可以推断，亿万年前，这里经历过剧烈的地壳运动，仿佛有过爆破的痕迹，一些岩石在挤压中支离破碎，造就了怪石嶙峋。

　　这座山，为什么取名宝莲山？有人说，那是因为这个区域广种莲花。是吗？综观山岭的命名，我以为"宝莲"二字似乎更应该取自于山体的形态，就像笔架山、老虎岭、象山崇之类的山名。果然，这一推断有了出处。据说，登高鸟瞰，宝莲山酷似一朵盛开的莲花，绽放在广袤的大地上。实际上，民间对一个地方的命名，往往富有系统性，并寄予着祈福的愿望。莲花代表圣洁、美好，那正是人间的追求，同时，在佛门中也具有特别的象征意义。宝莲山诸多景点名字，比如观音谷、卧佛山、弥勒峰，莫不与莲花有着深厚的因缘，折射出为山岭命名者的情怀。山似莲花开，依形取名，也许更合乎本相。

　　徜徉观音谷，沿途那些风刀雪剑中倒下却依然不死的老树，让人联想起观音、净瓶、圣水等古老传说。我愈加相信，在世俗的目光里，这座山正是莲花幻化而成。在这里，你会看到生命的顽强与蓬勃。因冰雪而拦腰折断的树木，竟然依靠仅剩的残皮，再次拔节而起、直冲云霄；因山风连根拔起的树木，尽管已经倒下，横卧林中的树干上却耸立出根根新枝。虽折犹生、虽倒犹长，凝视着风霜雨雪后仍然努力生长的树，敬意顿生！人们常常感叹大漠胡杨千年不死，宝莲山的树木同样生生不息。"插根筷子都能长成竹子"，这是坊间用来指称某个地方适宜生存的俗语，宝莲山不正是这样的地方吗？如此所在，谓之以"宝莲"，不正蕴含着人们的敬仰之情吗？

如若问我，宝莲山最摄人魂魄的看点是什么，我以为应该是瀑布。长峡幽深，造就了次第高悬、叠罗汉式的瀑布群。这里的瀑布抑制不住内心的喜悦，宛如击鼓传花，一个个接踵而来。穿行于密林间，翻越山坡，循声而往，走过一个瀑布，原以为到了尽头，谁知又出现一个瀑布。一瀑更比一瀑高，一瀑更比一瀑奇，宝莲山分明要让你一次性把瀑布看个饱。尤为令人惊喜的是，因为可进入性好，你可以一路攀援而上，到达每个瀑布的出水处。这里的瀑布群如同一部摊开的卷轴，每道瀑布都可以上下齐观、一览无余。起初还高高仰望，吟诵"飞流直下三千尺，疑是银河落九天"，行至瀑布口，顿时豁然开朗，哦，原来上面是这么个样子。宝莲山分明是一位地理老师，把瀑布的整个生产流程清晰地展示给了你。

为什么这里的瀑布那么多？为什么这里的景致那般美？我想起了仓颉，这位传说中的汉字制造者，他给汉字设置了诸多信息和密码。"夹山成峡"，那是大山之间碾压出的奇秀；"夹金成铗"，那是千锤百炼中挤对出的利剑；"夹人成侠"，那是行走于局促中仗义执事的侠客。逼仄中逆势而生，于是，促狭之间出大侠、生异景。侠与铗，侠与峡，彼此间又惺惺相惜。侠客仗剑峰峡Z，这样的交融与"标配"，冥冥之中莫不是有什么奥妙与玄机？

有人说，每个人心中都有一个侠客梦，寒涧孤影里，携剑走江湖，逍遥天地间。"长铗归来乎！看宝莲。"那就怀揣你的梦想，仗剑而行，到宝莲山去……

登翠微峰

　　神州大地凡有山峦起伏的地方，几乎都会有奇峰突起，让人惊叹造物主的鬼斧神工。在江西宁都，翠微峰便是其中的代表。

　　新千年盛夏的一天，我们赣州文友一行十余人，经历风尘仆仆、七颠八簸的旅途，稍事休整，驱车直入宁都县城西北郊的金精山区，目标自然是翠微峰。然而，当翠微峰如同巨人顶天立地傲然高耸于我们面前时，大伙儿却傻了眼。山峰会是这样的吗？这简直就是直指碧空的擎天巨柱啊。这里山势异常险峻，四周壁立万仞，唯独刀削般的东南绝壁折裂处隐约可见一段小径，但很快就被黑暗吞没了。

　　进还是退？大家踌躇不定，结果，只有三五人决定前行，大部队望而却步。我鼓励自己，不到峰顶非好汉，既然来了就一定要登上去。才走了十余步，坚硬的峭壁便触抵眉端，眼前黑乎乎的一片，仅能依稀辨别出壁崖间人工凿出的凹坎。我像壁虎一样紧贴石崖，扣着凹坎手脚并用往上挪动。终于，一丝亮光透射进来，一小块狭长状平台展露在眼底。一会儿，同行的一位老兄上来了，其余的则敲着退堂鼓开了倒车。我们俩互相激励，继续攀登。原以为上面的路会更艰难，没料到，由于崖缝间有钢管支撑着充当扶手，个别地段还竖起了铁梯，这大大便利了我们的征程。我们不禁替待在峰底的同伴惋惜，他们被暂时的险要震住了，如果越过下面那段障碍，困难不就成了前进的阶梯吗？

　　登山的路很窄，每遇上凯旋而下的英雄，彼此间必须小心翼翼错身而过。就这样一步一个脚印，悬崖被我们一步步踩在了脚底。让我们欣喜的是，每越过一段暗无天日的崖缝，就会迎来一方亮丽的天地。索性稍驻片刻，歇口气，看看景。崖缝里看景，视野不很开阔，倒也别有一番韵味。狭长的景区仿佛黑夜中的一道闪电从天而降，明亮了我们的双眸。这不由得使我想起北宋王安石游褒禅山后的感悟："世之奇伟瑰怪非常之观，常在于险远，而人之所罕至焉，故非有志者不能至也。"眼前这样的视点、这样的美景，那些在峰脚下呆望的人们是很难体味到的。越往上攀，登峰的壁崖越发暴露在外，这时，人就悬在了空中。支撑的钢管在骄阳的炙烤下有些烫人，攀援的"天梯"还不见尽头。峰顶究竟会是怎样的迷人呢？无须心焦，攀登是美丽的，追求的过程本身就值得我们回味。

一股泥土的气息扑鼻而来，我惊觉，我踩过了最顶端的一级凹坎。呈现在面前的峰顶，茂林修竹遮住了当空烈日。我们席地而坐，看叶影曼舞，品暗香浮动，成功的喜悦涌上心头。"回头望望，沧海茫茫"，天险算得了什么？一种"难为水"的豪情油然而生。同伴发现了一处视野颇为开阔的山头，我们走上前去，高高地站立在峰顶。迎风俯视，金精山区绮丽的七十二峰宛如蛮荒时代天际坠落的陨石，姿态万千，摄人心魄，我们再一次为峰脚下的同伴深感遗憾。

大自然总是这样，它默默无语，从来无意于告诉我们什么。可是，当我们潜身其间，我们总会得到一些观照，总会收获一种叫作哲理的东西。登翠微峰，不也如此吗？

梅关觅踪痕

我一直以为，路是很重要的。人类在深层次的思考中，常常追问"我从哪里来，我到哪里去"，这其实说的便是"来路"与"去路"。

"来路"是我们行走的轨迹，"去路"则是我们前行的轨道。没有路，我们将寸步难行。

鲁迅先生曾说，"其实地上本没有路，走的人多了，也便成了路"，这自然是没错的。然而，在某一片空地上，走的人"多了"，却绝非偶然。正是如此，当我们弄清了其中的缘由，无论生命个体，抑或人类群体，都可能会走得更顺畅一些，从而少一些"鹿回头"。

当我行走在梅关古驿道时，我忽然产生了上述想法。

梅关，雄居于赣粤两省交界处的梅岭隘口。虽然陆游吟咏驿外梅花的名句，让我很轻易地相信这位南宋大词人曾经莅临梅关，并由此对梅关的梅花产生了浓厚兴趣，但是，梅关最让我倾心的仍然是古驿道，是这条朴朴实实的"路"。

梅关古驿道，从南安古城至关楼长约25里，全部用鹅卵石铺筑，宽约3米，至今保存完好的有3000余米。它是江南仅有、全国罕见的千年古驿道，是历史上中原通往岭南及海外诸国的"陆上丝绸之路"中的必经之地。这条古驿道最早由唐代著名丞相张九龄主持开拓，在相当长的历史时期，作为贯通南北的唯一交通要道，"商贾如云，货物如雨，万足践踏，冬无寒土"。直到清朝末年，随着海运发展、五口通商和铁路的开通，才逐渐冷落。

也许，我们与古人最易亲近的乃是古人用过的物件，比如书画、瓷器。可是，因为它们大都成了文物，被收藏进了博物馆，并非许多今人有机会触摸的。那么，还有什么更能够让芸芸众生与古人亲密接触吗？我想，这就是"路"，是古人用自己的双脚踩出的踪痕。正是如此——当我漫步在故宫之中，目睹凹坎斑驳的地砖，我每每疑心，帝王将相们正在我的身旁谈笑风生；当我攀行于长城之上，目睹踏成薄片的石阶，我常常感觉，周边有持着长矛的将士们在不停穿梭。岁月无痕，许多东西都会"雨打风吹去"，如同一场大雪，"万径人踪灭"，而那些尚存的前人们所踩过的路，会依然让我们感喟岁月的短暂，拉近我们与古人的距离。

漫步于梅花丛中的我，凝视着脚下这片距今已近一千三百年的古驿道，不由得骤然沉思："千年驿道今犹在，不见当年过往人。"一块块光溜溜的鹅卵石上面，曾经行走着的南来北往客，踪痕依在，人却不知已归何方。时光如此匆匆，怪不得圣人曾说，"逝者如斯夫"，我们真的没理由虚度光阴啊。

罗田岩问善

对话圣贤岩壁下，方知上善亦如山。

——题记

《道德经》有语："上善若水。水善利万物而不争，处众人之所恶，故几于道。"老子把水作为"上善"的标准，然而，位于于都县贡江南岸的罗田岩，却又称作善山，古往今来，不少贤达之士来此问善求道。"上善若水"，他们却向山问善，这又是为何？

入秋，前往罗田岩，寻个究竟。刚进山门，下车伊始，秋雨翩然而至。如此甚好！雨是小精灵，雨点清凉，雨丝飘洒，容易营造出一个与古人深谈的意境，适合与灵魂对话。罗田岩，正是一处前贤纷至沓来、深邃灵魂汇聚的地方。也许是源自地居江边，也许是源自于都"六县之母"的特殊历史，也许是源自景致清幽，历代不少名人在此留踪。这样的雨天，正宜与古贤交谈。穿越时空隧道的雨，不经意间便把人带进了苍茫的过往……

与诸多以"岩"为名的胜地一样，这里也是丹霞地貌。红色砂岩，丹山碧水，悬崖峭壁，幽谷洞天，构成了一道奇观。所谓"自古名山僧占多"，僧侣的眼光是敏锐的，不少奇秀之山都成了佛门圣地，香火缭绕、梵音传唱。罗田岩也不例外，早在南北朝时期，这里即"有僧庐其上"，北宋时创立"华岩禅院"，高僧黄龙禅师曾结刹于此，一时享誉盛名。史志记载，南宋绍兴三年（1133），岳飞奉命"征剿"农民起义军，便到罗田岩拜访过住持黄龙禅师，还提笔写下七言绝句《罗田岩访黄龙禅迹留题》（后多写作《题雩都华严寺》）。如今古寺依存，询问，得悉有4位僧人。

与诸多以"岩"为名的胜地不同，这里汇集了众多名人摩崖石刻。据统计，在罗田岩四周约2平方公里的崖壁上，分布着唐宋以来周敦颐、岳飞、文天祥、朱熹、八大山人、王阳明等历代名人题刻100余品。因年代久远，一些石刻已风化剥落，加上人为的破坏，目前保护较好、尚能辨认的还有57品，主要分布在寺东悬崖、观善岩、寺庙等处。其中，北宋理学家周敦颐不仅开创了罗田岩名人题刻的先河，而且据说这里还成为经典名篇《爱莲说》碑刻发表地。

周敦颐两度任职赣州，庆历四年（1044）至庆历六年（1046）任南安军司理参军，嘉祐六年（1061）至治平元年（1064）任虔州通判，正是年富力强之时。这期间，兴国知县程珦慕周敦颐的道德情操与丰厚学养，让儿子程颢、程颐拜其为师，学习理学思想。明朝时，一代大儒王阳明也曾于人生盛年，在赣州有过4个年头的职业生涯，后来重返赣州驾鹤西去，最终将一缕魂魄和"此心光明，亦复何言"8字遗言留于章江西岸。军政之余，王阳明治学、传道不辍，将理学发扬光大，创立心学。"扬善弃恶、问善求道"是儒家思想的重要内核，众多文化巨匠在赣州这片土地上汲取养分、探寻大道，使赣州成为宋明理学的重要发祥地。

"罗田岩问善"，正是先贤们在赣州观照万象的一扇窗、一个平台、一条路径。在罗田岩的凌空岩壁上，有一个小洞，呈倒挂的漏斗形，叫作"米岩"。相传这里曾经每日流米，流量正好够当天食用，不缺不余。后来，一贪心和尚嫌洞口小、流米少，便把"米岩"加宽凿深，结果流了三天三夜的糠皮，再也不出米了。这个"和尚心大出砻糠"的传说，与赣州另一胜地——王阳明讲学的通天岩如出一辙。贪婪与善良格格不入，为善去恶，就必须抑制人性中的贪欲、愚痴和仇恨等不良习气。周敦颐、王阳明等理学大家，应该都曾站在米岩下，仰望小洞，聆听传说，思索着善恶之理。

如何悟道？《学记》有言，"相观而善之谓摩"，说的是，人们相互砥砺研磨，各得其助、深受裨益，这叫作切磋。观善岩崖壁上方，留有王阳明题刻《观善岩小序》："善，吾性也。曰观善，取传所谓相观而善者也。"或许，历代先贤来到罗田岩，多半抱有一种情怀，以岩为纸绢，以刀为笔墨，各抒己见、愤启悱发，从中获取真知。更有情怀深厚者，在崖壁下构筑书院、聚众讲学，于摩崖下观摩，于观摩中悟道，日修月养、灼灼其华。莲花乃君子人格，周敦颐于观赏水陆草木之花中作《爱莲说》，并刻之于摩崖，借此表达和传扬洁身自爱的君子操守，不也是历代贤人志士向上向善的精神追求吗？

在罗田岩，有一座后人为纪念周敦颐而建的濂溪书院，正门上悬挂着于都籍旅台学者蔡仁厚撰写的楹联："儒道重本根，尽性尽伦尽份；理学无穷际，希贤希圣希天。"寥寥20余字，信息量极大，体现了理学追求的境界及其通达路径。"士希贤、贤希圣、圣希天"，周敦颐将此立为理学的宗旨和目标，"希贤希圣"成为传统士人安身立命、经世治国的人生格言，理学也因此被称作希圣希天之学，名曰"儒家三希真修"。乾隆皇帝的书房命名为"三希堂"，不知是否也深蕴着这样的情愫？清人陆树藩挽张之洞长联中，以"希贤希圣希天"对仗"立言立功立德"，则把"三不朽"追求与"三希"目标贯通起来了。

哲学也罢，宗教也罢，都有其修为主张。佛教以皈依僧、皈依法、皈依佛为"三皈大戒"，道教以精炼气、气炼神、神炼虚为"三炼实功"，儒家"三希真修"，其为圣成贤的路径又是什么呢？蔡仁厚先生楹联里说的是"三尽"，即尽性、尽伦、尽份。对此，近代高僧印光大师有言："尽性学佛，尽伦学孔，道学为体，科学为用，实为学道不易之宗旨。"自古成大学问者，总是"仰观宇宙之大，俯察品类之盛"，海纳百川、兼收并蓄，并把不同的学问相互打通，彼此观照丰润，成就一片汪洋。周敦颐便是如此，他的学术思想以儒家为宗，兼容了佛、道思想，由此建构起一套富有生命力的宇宙观。

尽性尽伦尽份，希贤希圣希天，实质上就是臻于至善、止于至善。什么叫作善？《道德经》里还有一段话："居善地，心善渊，与善仁，言善信，正善治，事善能，动善时。"大概的意思是，所处的位置像水那样安于卑下，心胸像水那样保持沉静，待人像水那样真诚仁爱，讲话像水那样恪守信用，为政像水那样有条不紊，处世像水那样发挥所长，行动像水那样把握时机。"世无一人不在伦常之内，亦无一人能出心性之外。"伦常与心性共生共融，一个人为人处世能够尽性、尽伦、尽份，大抵也就可以达到"七善"和"三希"。

老子说"上善若水"，其实，上善也若山。山，阻挡风暴，孕育奇珍，利万物而不言，不矜高自齐天。历代先贤们接踵而至，汇聚于贡江之畔的罗田岩，在这里问善悟道、相观而善，不正是因为"上善若山"吗？

醉游宝葫芦

终日在钢筋水泥架构的都市森林里穿梭，对季节的更替日渐迟钝。周末，妻说一起去宝葫芦踏青，方才感觉又是一年春来到。想想手头也没什么顶要紧的事情，于是跨上摩托车，径直奔去。

宝葫芦，一个农庄的名字，位于赣州城西郊。这里原本是一处紫色页岩的小山头，草木稀疏，满目荒凉，经过创业者几年的辛苦经营，竟一天天亮丽起来，出落得如出水芙蓉，成为了古城赣州的一方新景。

我一向敬佩大自然的鬼斧神工和超凡手段，它只是对几个星体的位置略加调整，就将我们生活的世界演绎得错落有致，一会儿白雪皑皑，一会儿色彩斑斓。刚刚还是冰风刺骨，万物凋零，一旦春风拂过，便又是青山绿水，生机盎然。眼前的宝葫芦，由于春天的降临，由于大自然这位伟大的化妆师的精心调理，此时显得尤为美丽。

和煦的春风轻吻额头，让人如痴如醉。我们顺着曲曲折折的小径信步而行，感受着春天的气息。草儿返青了，如茵的草场上，一群白鸽轻盈地跳来跃去，享受暖暖的阳光。花儿绽放了，淡淡的清香弥散在潮湿的空气中。马儿、骆驼、海狮、鳄鱼等各类生灵，也分明觉察到了春天的降临，尽情地做着深呼吸。

其实，人也是一道风景。看人便是看景，看游人则是看景中之景。我们一边欣赏着美丽的景致，一边欣赏如织的游人。放眼看去，有人在垂钓，有人在戏猴，有人在狂欢，有人在闲聊。不一样的活动，一样的闲逸；不一样的神情，一样的可爱。目睹这一切，你会情不自禁地喟叹，人人幸福安详是多么可贵，社会和谐是多么让人舒心。

来到碧波荡漾的西湖湖畔，我们要了一只依靠脚踏制动的游船，轻轻地旋转踏板，聆听着汩汩的水声，沿着堤岸悠然而过。随风轻摆的柳枝，不时扑打着我们的脸颊。感觉困了，我们便歇下来，任微风拽着游船缓缓移动。抬头看天，低头看水，燕子在空中梭行，鱼儿在水中嬉戏。呵，春天是动感的，一切都在翕动着生命的韵律，张扬着流畅的章节。

君子好酒，贵在微醺，旅游也是如此。良好的心境，适量的运动，乘兴而来，驾兴而归，周身的疲乏随着旅行中的摇荡消融在大自然中，生命重新获得了助力，一阵清爽从体内漫溢开来……

赣 州 的 桥

有朋友问我，中华人民共和国成立60周年以来，赣州给我印象至深的变化是什么？"桥"，我的脑海中立刻闪现出桥的形象来。

赣州是一座江城，两江拱抱，三面环水，自古以来，人们出入城市，就离不开桥。由于江面宽阔，以及经济社会发展状况和造桥技术所限，从宋代到共和国成立之初，横亘在赣州江面上的桥，虽有三座，但都是主要供人行走的浮桥。

浮桥由小船拼接而成，一般三只一组，每组之间用缆绳连接起来，上面铺上厚木板连缀而成，然后用钢缆、铁锚固定在江面上。儿时，每每进城的时候，都要经过西津浮桥。隐约记得，桥面上大人小孩，挑夫菜农，人来人往，络绎不绝。因为水流湍急，加之行人众多，浮桥有时摇晃得很厉害，一不留神就要摔跤。特别是那时节水运仍然繁忙，来往的船只不少，每天早上和下午，浮桥都要开启一次，以便让船只通过。遇上这个时候，就只好望江兴叹，坐在旁边等候了。

为适应日益繁忙的交通运输需要，中华人民共和国诞生8年后，即1957年，章江之上，赣州西河大桥建成通车，这是赣州历史上第一座公路大桥。此桥为钢混梁式结构，全长256米，主跨七孔，每孔跨径33米，桥面宽10米，两边人行道各宽1.5米。7年后的1964年，赣江的另一支流贡江之上，赣州东河大桥开始兴建，当年红极一时的"赣州桥"牌香烟，用的便是这桥的图案。这座钢筋混凝土八墩九孔大桥，其桥名还是当代大文豪郭沫若先生亲笔题写的呢。

与浮桥相比，现代钢混桥梁有着诸多优势。沿用达800余年之久的浮桥，于是渐渐退出了历史舞台。1985年和1991年，西河人行桥、南河大桥相继建成，西津浮桥和南河浮桥随之拆除。三座古浮桥中，仅保存了长度最长的建春门浮桥。这座浮桥长约400米，由100多只小船相连而成，现已成为赣州这座全国历史文化名城的"活化石"和重要城市景观。建春门浮桥始建于南宋时期，由时任赣州知军的洪迈所建。与该桥同样传世的是，洪迈还著有《容斋随笔》一书，这是唐宋笔记中规模最大、影响极深的一部，备受共和国开国领袖毛泽东的喜爱。建一桥惠及世人，著一书传之名山，立功立言两相宜，洪迈的一生可谓无憾了。

随着经济社会的快速发展和城市化的推进，进入新世纪以来，飞架于赣州三江六岸的大桥一座接一座腾空而起。据不完全统计，按照城市规划，近几年内，赣州城区的大江之上将挺立18座大桥，城市交通由此变得更加方便快捷。且来数一数吧，目前已建成的桥中——贡江有4座，分别是梅林大桥、贡江铁路大桥、东河大桥和建春门浮桥；章江有8座，分别是西河人行桥、西河大桥、杨梅渡大桥、南河大桥、全球通大桥、赣州大桥、南河浮桥和黄金大桥。正在建设或即将动工的6座桥中，贡江之上有贡江大桥，章江之上有新世纪大桥、章江大桥、飞龙大桥，赣江之上有赣江高速公路大桥和赣江大桥。这些不同时代不同形制的桥，已不仅仅是供人们往来于大江两岸之用，它们还装扮着城市，装点着赣州人民的美好生活。2008年先后竣工的新南河浮桥和章江南岸栈桥，更是成为市民休闲生活的重要场所。

由江城而为桥城，如歌曲《北京的桥》中所唱，赣州的桥同样千姿百态、瑰丽多彩。"一桥飞架南北，天堑变通途"，赣州的桥，不啻为沟通之桥、跨越之桥、和谐之桥。

夜幕中的滨江大道

任何沿江铺设的街道都令我神往，我认为它们恰如其分地融入了现代文明与悠远历史的气息，处于这样的交汇点上你会心旷神怡，思绪万千。新修建的赣州滨江大道同样如此，我不能遗漏这道风景。

夜幕降临，华灯初上，我随同几位朋友穿过南河路，绵延开阔的滨江大道就铺展在我们眼前。在这里，静静的章江弯出了一道弧形，街道相应地也曲意顿生。此刻，最引人瞩目的是临江一侧的大道旁，那次第绽放的明灯连缀成了一条美丽的长虹。岸上一线牵，水中泛银鳞，路灯的倒影抹亮了夜色中的江水。岸上水底连成一体，气势陡然间壮观起来。

顺着江边的护栏，我们慢慢地走着。也许是天公作美，忽觉星星点点的雨滴轻叩着额头，带来丝丝凉意。真好，这样的夜晚更迷人。

信步来到章江公园。这里不愧为滨江大道的神来之笔，可谓是大道上的精彩华章。整个公园呈带状沿江伸展，打破了传统公园的封闭型格局。这的确是一个极富情趣的地方，婆娑的古榕，雅致的花卉，精美的石雕，一切都赏心悦目。在柔柔的灯光下，所有的景物若隐若现，透出几许神秘，平添几分意趣。

我们坐在江边的一张长椅上，享受着夜的温馨。"突、突、突"，江面传来一阵阵马达声，我不由得想起朱自清和俞平伯同游桨声灯影里的秦淮河——"在这薄蔼和微漪里，听着那悠然的间歇的桨声，谁能不被引入他的美梦去呢？"欸乃的桨声虽已隐入历史的风尘，一样的情韵却依然让人心仪。"突突"声渐渐远去，接之而来的是一曲青蛙交响乐。"呱、呱、呱"，和着潺潺的流水，吹奏出一派祥和与温馨。我直起身，凝视着眼前柔和的画面。对岸，静立着一片参差朦胧的树影，看上去宛如一张黑白风景照。左侧，远远地亮着一盏孤灯。哪位渔人还不肯歇息，陶醉于这美丽的夜晚？临近南河大桥的那一段大道，白天似乎单调了一些，受地形制约，那里没有花坛，街灯的下面就是章江，现在倒别有一番景致。街灯的倒影把章江切分成了错落有致的章节，恍惚中我疑心那是一座长桥。看，亮着的部分是桥孔，桥孔之间自然是桥墩。在夜色的拱抱下，这桥显得多么雄伟。

朋友们意犹未尽，一看手表，不知不觉已近子夜时分，我们这才恋恋不舍地告别了善于造梦的滨江大道。

赣州有条银杏大道

"不作无聊之事，何以遣有涯之生？"哲人慧语，看似无厘头，实则蕴禅机。时隔经年，未能相忘。

晨起外出，决定数数，顺路清点赣州银杏大道的银杏树。忙着赶路，没有点完，午餐后回家，依然步行，继续数数。

很欣喜，赣州也有一条银杏大道。

很庆幸，这条银杏大道就在家门口。

很有缘，这条大道以我的生日命名。

大自然万千树种，对银杏，我是怀有特殊情感的。年少时节，兄长厚厚的书册里，一页别致的书签就让我一见倾心。其形如蝶羽，色同黄宣，柔顺坚韧，脉理纤微，散发着淡淡的书香。数十年后，在母校新校区，端详着挂满白果的银杏树，才得知原来那就是鼎鼎大名的银杏叶。去年寓居京城，更是狠狠地饱览了银杏秀色。夏似翡翠，秋若黄金，养眼养心养神！银杏可是上等的绿化树啊！是亿万年不朽的活化石！百虫奈何，百病不沾，百毒难侵，百世稀有，百代流芳！

种树是美化环境、优化生态的有效路径。传统堪舆学借助种植树木来改造所谓的风水，从现代科学的视角来看，也不乏美学取向与生态思考。建设美丽中国，树不能缺位、不宜缺位，应该让它们不忘初心，有所担当，有所作为，有所成就。银杏还是我国特有的珍贵树种，是第四纪冰川运动遗留下来的最古老的裸子植物，其坚忍不拔、不畏艰险的精神，正是中华民族生生不息的"民族之魂"，是实现中华民族伟大复兴的中国梦须臾不可或缺的精气神。树立文化自信，理所应当仰望银杏，仰望我们的"国树"。

一棵树，就是一个生命。每个生命都不容易，树不要随随便便种，种了不要随随便便挖。尤其是有些年载的树，或许已成为另一个生命，亦即某一个人记忆长河中的一朵浪花。树没了，浪花就没了，也许那个人就因此多了一丝惆怅、多了一分遗憾，少了一缕对家园厚土的温暖回忆，少了一段美好人生的丰满章节。

一棵树，一旦落地生根，就有了故事、有了温度，就不再是简简单单的一棵树。尤其在洋溢着人类气息的城市里，它已不只是"自然树"，成了"社会树"，属于朝夕相处的市民们。与之厮守的市民，人生中从此添了一分情感，埋下一桩心事，存储一段记忆。所以，城市绿化，要慎种、慎砍、慎移，想好了再种，种下了养好！少折腾，少任性，少遗憾！

赣州的银杏大道主要有两种树：一种似乎是银桦，四季常青；一种无疑是银杏，起居有时。银杏仿佛晚些入驻，但也有了些年头。其根稳杆粗，舒枝展叶，日日夜夜凝望着匆匆过往的车流人流。这条或许是赣州城区最为拥堵的街道，由此不那么闹心。堵车时节，抬头看银杏，亦为赏心乐事。

北方银杏大道已是一地碎金，江南银杏大道依然满枝碧玉。顺时而生，因地制宜，如此甚好！

哦，差点忘了报数。若是没看走眼没算错数，赣州的银杏大道共有银杏树97棵，其中，南侧35棵，北侧62棵。它们集中布局在我家门口，此处别无他树，放眼皆是银杏。这，纯属巧合！

冠盖满江南

在江南，榕树如同西北荒漠中的胡杨一样，是一种有着地域特色的代表性植物，可以称作形象大使。无论是水塘之侧还是大江两岸，都常常能见到它伟岸的身躯。尤其是那些农耕文明时代形成的古村落，少了它，几乎很难说是一个兴盛的家园。

榕树是一种常绿树，树形高大，枝繁叶茂。尤其令人称奇的是，它"干既生枝，枝复生根"，全身都是青枝绿叶铺陈的好地方，所以其荫极广，一棵榕树就是一支巨大的凉伞。榕树遍布的江南因此冠盖四方，绿意勃发，终年生机盎然。著名作家巴金笔下的《鸟的天堂》，其实写的就是一棵古榕树。此树位于广东新会天马河河心沙洲上，据说有500多年历史，它独木成林，树冠覆盖面积达15亩，宛如一个庞大的鸟类建筑，于是引来群鸟栖身、金嗓欢鸣。一棵树就是一个小岛，一棵树便成了鸟的天堂，用这来写照榕树，真是恰如其分。

榕树树形很大，叶子却很小，状如翠舌。其果实呈扁圆形，生于叶腋，果径不到1厘米，其味甘甜，不啻为果中珍品。也许因为细小味美，在榕树上落户的鸟儿，同时也把它当作了美餐。加上种子萌发力强，在飞鸟的搬运下，它随遇而安，挺立在江南广袤的土地上。榕树的根须非常发达，树干上也能长出许多悬垂的气根，从潮湿的空气中吸收水分，而入土的支柱根，则密密匝匝地盘踞在身下的大地上，有人便把榕树叫作了美髯公。

要说榕树最为可贵的地方，也许是它与人类的亲近。如果说狗是动物界中人类的忠诚朋友，在江南，榕树则可以说是植物家族中人类的好伙伴。江南的田舍边、小径旁，一棵棵榕树如同一座座凉亭，成为人们休憩、乘凉和躲避风雨的绝佳所在。也许是这个原因，在江南人家的风水学中，向有"前榕后樟"之说。房前植榕，屋后种樟，这样的古村落屡见不鲜。我不知道，这是否与"榕""人"音近、"樟""章"音同相关，暗含着人丁兴旺、文章养家的寓意，或者，因为人们有着树大好乘凉的希冀，而榕与樟同属于江南的长青巨无霸。

严格说来，江南也不是处处适宜生长榕树的。古代南方有"榕不过吉"的俗谚，这个"吉"指的是江西吉安，其意思是，吉安以北不宜于榕树生存，难得见到榕树的踪影。这自然与气候相关。说到这，就要提到福州了。福州是我国榕树的主要栽培地和分布中心，榕树遍布各地，称其为"榕城"确是实至名归。至于是否称得上最宜于榕树生长，则不敢妄言了。

冠盖满江南，此树最风光。榕树在江南的地位，想必是不可动摇的。毕竟，大自然赋予了它成长之利，而它又是那么自强不息，要它不风光，还难着呢。

边村密溪

2020年，外出第一站便是密溪古村。那是元旦假期后一个傍晚，天色已暗。尽管只是夜色朦胧中的匆匆一瞥，却是难以忘却地惊艳。时隔近一年，我决定利用这一年仅剩的周日，回眸这一次"艳遇"。

密溪，位于瑞金市九堡镇东北面，地居瑞金与宁都两地接壤的崇山峻岭之中，素为瑞金北部重要门户。沈从文先生把地处湘川边际的茶峒叫作"边城"，密溪则可称作是"边村"。在密溪，你会不由得想起欧阳修《醉翁亭记》首句"环滁皆山也"。环顾周遭，群山竞秀：凤凰山、枫林嶂、庙子崇、金龙仙、珊瑚庵……一个个充满文化底蕴的山名颇耐品咂。群山中，则是一个人丁兴盛的盆地。早在清嘉庆年间，时人文章中即描绘道："户口数千丁，无巨富亦无甚贫。遍室皆闻弦诵，四野悉勤种耕。人多秀杰而老寿，敦礼让，绝浇习，雍雍然淳庞风也。"

如此僻远的大山深处，俨然一个世外桃源。然而，它并不与世隔绝。相反，从瑞金通往宁都的驿道，自古就从密溪经过。在漫长的历史长河中，这里车水马龙，商旅不绝于道，成为重要的贸易交通线。据记载，密溪曾有茶楼、酒馆、当铺、药坊、日杂等商店数十家，路边经济异常红火。而今，庄严宽敞的古祠、巍峨高耸的古塔、庭院深深的古宅、历经沧桑的古道……依然星罗棋布。透过存留的古建筑，依稀可见当年的繁盛与烟火味。那些被踩得光亮的鹅卵石驿道，更是无声地诉说它曾经有过的风光。

密溪村数百户人家，几乎都是罗姓。当地人介绍，自南宋咸淳年间，罗氏便在此定居。"耕者质以朴，读者秀而文"，经数代人辛苦经营，密溪宛如一颗璀璨夺目的明珠，镶嵌在奇峰秀岭之中。行于粉墙黛瓦间，踩着阅历数百年风霜雨雪的石板街，我的目光在古旧的梁柱上游移。我知道，那里面藏着文化，那里面深蕴着人类文明进步的密码。任何一个地方的繁庶与落寞，从来不是"妙手偶得之"或者"拙蹄偶失之"，总会有它的必然性理由。当地人指着屋宇说，那是南屏书舍，那是台山草堂……这就对了！一个人，同样的躯壳，注入不同的灵魂，才会有不同的境地。"钦赐翰林""彝伦攸叙""理释名家"……一块块匾额告诉人们，这里曾为"文章节义之邦，人文渊源之地"。数百年来，这里的人们虽然居于山乡僻壤，但静守书屋、默闻书香，由此走出了罗应文、罗大用等名贤俊彦，他们以身示范，浓郁了这个小山村的书卷气息。

自古以来，"耕读传家远，诗书继世长"，晴耕雨读，于点点滴滴之中积尺寸之功，衣食无忧且精神充盈，而能细水长流、长盛不衰，这样的例子屡见不鲜。反观那些缺乏必要积淀、后来又不及时补课的各类暴发户，他们纵然盛极一时，往往也来得快、去得快，"眼看他起高楼，眼看他楼塌了"，昙花一现，甚至一失足成千古恨，酿成人生大悲剧。今天人们钟情于古城古村游，我想，游客在考察古代风貌中，也一定寄望于从历史烟云中获得些许洞悟。

密溪村是偏僻的，偏僻得你必须翻山越岭，经漫漫长路才能见到它的尊容；密溪村又是热闹的，不仅聚集了数千人口，而且来往过客不绝于缕。偏僻与热闹，似乎有些格格不入，但它们并不违和。一个地方偏僻与否，那要看你的站位。你离它近，它就不偏僻；你离它远，它再如何国际化，对你而言或许也是偏僻的。古人讲，"梁园虽好，终非久居之家"，莫非正是这个道理？当然，还要看看你的通达性，来往便利，虽远亦近。我想起了我所居住的古城赣州，一段时间里，有人觉得它偏。可是，在水运居于重要地位的古代，由于地处沟通长江流域和珠江流域的特殊区位，相当长的时间里，赣州成为南来北往的要塞，雄踞江南，据说一度成为宋代"三十六大城市、四十四大经济中心"之一。豪放派词人苏东坡、辛弃疾，儒学大师周敦颐、王阳明等前贤，都曾在这里流连忘返。今天，随着高铁逐步建成，赣州作为"沿海的腹地、内陆地区的前沿"，这一区位优势又日渐凸显。

　　"读万卷书，行万里路"，行路也是读书，走马一个地方，其实也是做学问。多年前读一本著作，面对前所未闻的课题，我眼前一亮，不禁沉思：做学问，什么叫作冷门？什么叫作热门？我深深感到，冷门与热门是动态的，把冷门做热了，就成了热门。于是，我思考起边缘与前沿的关系："边缘绝不是无足轻重、可有可无的代名词，恰恰相反，就治学来说，边缘的突破往往意味着步入前沿。谁尽早地认识了边缘，谁让边缘成为前沿，谁就可以深入到问题的中心。"学问做到一定火候，当初的边缘性研究同样可以前沿化与中心化。起初默默无闻的"红学"，不正是这样的吗？

　　做学问如此，做人何尝不是如此？有人说，到大城市去，有更大的天地、更大的舞台，这才会有更大的出息。我颇不以为然，我想，大城市也许会有更多的机会，然而，回望历史，古今成大事业者，许多并不在一线城市。如今步入信息时代，信息的分享更是突破了时空限制。穿越互联网，天涯咫尺间，即便在大山里，你也可以掌握外面的信息。其实，一个人的成败，如同一个村落的兴衰一样，需要"努力+机遇"，付出了努力，又幸会机遇，自然将熠熠生辉。是金子总会发光！沉心静气、持之不懈，花开是水到渠成的事。否则，再高的平台也是白搭，甚至一跤摔下、粉身碎骨。不必羡慕他人，不必自惭形秽，踏踏实实走你的路，长空万里就在前方。

世间没有绝对的方位，一切都是辩证法。偏僻与热闹，边缘与前沿，随时都在转化。去密溪古村走一走，你会获得内心的观照。

一个古村的背影

赣江上游储潭至白涧滩一段，河床宽阔，水流平缓，其南岸是一片广袤而肥沃的冲积平原。正是这独特的地形，造就了白田村这个农业文明时代的古老村落。

是谁最早耕耘于这片土地？已无从稽考，但可以料定，这个村落的繁盛与客家先民的辛勤劳作不无关系。由于战乱和饥荒，自东晋以来，中原居民数次南迁。其中有数户人家，乘船溯赣江而上。一个月朗星稀的夜晚，他们行至此处。"星垂平野阔，月涌大江流。"月华辉映下，江岸一片白茫茫的田野进入眼帘，于是，他们泊船上岸，新辟家园，并将这一新大陆命名为白田。也许"白田"二字太容易与"一穷二白"联想在一起，有负于这方厚土，人们便取"蓝田生玉""家是产玉之田"的意思，将"白田"更名为"玉田"。后来，村名几经变更，但终究九九归一，还是早期村名"白田"沿用至今。

村因人兴，勤于创业的客家先民扎根白田村后，开塘植树，建房筑庙，逐渐在这片热土上烙上了许多人文痕迹。在村里曾经有过的建筑中，最为恢宏的当数陈家大院了。陈家大院地处村落中心地带，背依赣江，一条号称九曲十八弯的小溪如玉带般斜挂前方，自东南的山沟飘忽而过，在村庄的西北角汇入赣江。有溪流的村庄总是充满灵性的，千百年来，潺潺溪水吟奏着欢快的曲调，白田村便是歌声盈盈了。村民珍爱小溪，在溪流的两岸广植柳树，于是，每至春风骀荡的季节，漫天的柳絮纷纷扬扬，给村庄平添了几分诗意。一时间，柳树洲成了白田村的又一个名字。

在现今村民的记忆中，陈家大院的轮廓已不是完整的了。由于地处赣江边，虽然修筑了厚厚的堤坝，白田村仍不免受到洪水的侵扰。距今较大的水灾有两次，一次是老人们经常絮絮叨叨的乙卯大水，即1915年那次泛滥九州大地的水患。那一次，陈家大院的正厅、祠堂都轰然坍塌，之后辟为了果园和菜地。另一次发生在1964年，这次洪涝再度席卷了陈家大院，部分附属建筑被夷为平地。目前仍竖立在原正厅前方的高达4米、刻有"恩科进士陈元立"字样的碑石，与之匹配的另外3块，即是在这次洪水中，被驶入的轮船撞断了。两次洪水没有摧毁一切，正厅与祠堂两旁的院落固若金汤，依然雄居赣江南岸。从建筑形制看，两旁的院落虽可以视作为整个建筑群的附件，但都独立成型，天井、厅堂、房舍一应俱全。

据残存的墙体分析，陈家大院坐落的地方原本应该与周边一样，也是一片沃野。先人们考证，在这一位置上建房比较适宜居家，遂有选择性地在其四周开挖池塘，并用挖出的泥土堆垒出一个逐级升高的坡地。这个办法是不错的，不仅为新居设置了诸多池塘，作为了这一风水学中所谓的"气孔"，而且使新居由前而后逐次上升，这对采光和防潮大有裨益。同时，整个建筑群倚仗渐行渐高的地势，显得分外大气。陈家大院给人印象最深的，除了连绵的青砖碧瓦、斗拱飞檐，大概就要数这层级分明中蕴聚的气势了。现在还能清楚地看出，大院的前厅、中厅、后厅呈阶梯状，错落成三个层次，各层级间有2米左右的落差。

陈家大院建于何时？何人所建？也许建造者为了省却后人的疑问与考究，早已在四面墙体大量青砖上标注了答案。审视如书页般的铭文砖，最为常见的文字是"乾隆辛丑陈大鹤记"。可见，陈家大院至少在1781年已着手兴建。这样庞大的建筑群当然不可能在短期内拔地而起，不同时期的铭文砖对此也做了诠释。从陈氏家谱看，陈大鹤生于1725年，殁于1789年。这样看来，这位"生平简静，行己端方，廉明正直，为乡里所推重"的儒林郎，无疑是建造陈家大院的主要策划者。

一个古村，建筑是一个标本，但古老的景观树往往是更为重要的活化石。因为，古树不仅有着同等地位的象征意义，而且具有更加旺盛的生命力。并且，居家植树，一向是中华儿女的传统。对榕树、樟树这些长寿植物而言，白田村的气候与土壤不啻为她们成长的温床。客家先民们慧眼识珠，在池塘的一隅种下了希望。果不其然，历经百年风雨，这些小树苗长成了参天大树。浓荫如冠，引来百鸟齐鸣，以及来此乘凉和闲谈的村民们。古村因为拥有了古树，而滋长出更加丰满的记忆，而增添了更加浓郁的沧桑感，而积淀着更加厚实的精神宝藏。

"风流总被雨打风吹去。"由于万安水电站的建造，白田村村民已由20世纪80年代末整体搬迁到对面的山上居住，所有的建筑悉数拆尽。也许是少了建筑物的荫佑，也许是少了人气的滋养，仅存的数株古榕，随后相继被江风刮倒。一个古老的客家村落，已经仅能从沉睡于土层里的石柱中，依稀看见曾有过的繁华与喧闹。其实，很多客家古村的陨落都是如此，战乱、水患、火灾、疫病、移民，抹平了太多太多的辉煌。而今，面对苍茫大地，浮光掠影，人们可能割断历史，但细心人却总能从文明的碎片中，窥见清晰的背影，洞察辽远的风光。

第二辑
客家风情

中原人转辗南迁，形成汉民族中独特的客家民系。

赣州，是中原与江南的合体。北方人的基因，江南的山水，一拍即合，造就了客家人独特的风情……

迎春接福

哲人说："过分的谦虚便是骄傲。"有了这话垫底，我就可以放肆一点：论读书的数量，我显然比父亲多，虽然父亲长我30余岁。这其实也很正常，我出生的时机比父亲选得好，并且我是在父亲创造的条件下读的书。

凡人讲："读书读得多，料字念成科。"这又警示有机会多读了一些书的人，不要自视甚高。读书不带脑袋，可能越读越糊涂。常人所谓"死读书，读死书，读书死"，指的正是这个意思。我不说这个意思，我想说的是，多读了几本书的人，未必就处处比别人高明。比如说写字，这原本与读书是紧密相连的，但我依旧明显地不如父亲。因而父亲关于"你的字要好好练练"的批评，我就必须老老实实地接受。坦白地说，父亲的字确实比我写得好，特别是毛笔字。

印象中，父亲写得最多的字是"迎春接福"。每年立春这一天，父亲总要浓墨重笔，恭恭敬敬地写下这四个字，再端端正正地贴在厅堂的屏风上。父亲说，他这四个字得到了族中一位清末塾师的真传。说是真传，实际上是"偷"来的。老塾师写字的时候，常常叫父亲牵纸，父亲便趁此之机暗自揣摩，于是悟出了一点门道。立春是一年之始，自然是个特别严肃的日子。"迎春接福"四字，父亲便写得分外尽心。春天到了，寒冬即退，新的希望、新的生机款款而来。笔笔浓墨，寄寓着父亲对新一年生活无尽的希冀。

不知是我的御寒能力增强了，还是地球真的变暖了。似乎还没感觉怎么冷，春天居然就到了。前天晚上与弟弟网聊，他不经意地说："后天就是春天了。"我其时还以为他在调侃，翻翻历书，果然如此。想想正值周日，估摸春节前没空回故乡了，遂决定今天先回去一趟，顺便也再感受一番原始的"立春"。

初初盘算了一下，好多记忆似乎都是十岁前的留存。因为久远一些，现在想来反而倍觉亲切。昨晚躺在床上，我回顾了有关立春的习俗。隐约记得，立春之时，村子里有人早早地站在山头，敲锣打鼓，高呼"今日立春，不要挑尿桶"。不禁思忖，这一民间宗教式的禁忌，大概是怕人们搞坏了"勺子"，得罪了神灵。你想，神灵原本已安排着风调雨顺，你却挑着尿桶浇菜，那不是对它的不信任？既然你不信任它，它就要耍大牌，闹脾气，索性不予行雨，让你天天挑尿桶。下午我坐在庭院里，与父亲闲聊间，借机验证了这番儿时的记忆，发现竟然被我搞混了。人们大声嚷嚷的那就话，应该是"今日逢龙，不要挑尿桶"。"逢龙"这个提法已不多见。据父亲说，这个日子是夏至后的第一个辰日，也就是"龙日"。这一天之后，雨水尽稀。人们为了体现自己对龙王的信任，约定这一天不能挑尿桶。呵呵，殊途同归啊。看来，学问家常常犯错误，原因如我一样，从逻辑看，推理过程无懈可击。不去管它，即使说的不是立春，敬畏自然也是没有错的。

天气预报里说，一股冷空气即将来到。我又琢磨，为什么立春之后，江南仍然寒流不断，难道仅仅是"倒春寒"三字可以释解释的？我想，是不是中国幅员辽阔，而夏历本来就是黄河文明的产物，江南准要慢一个节拍呢？

不必多虑了吧，春天已经"立"起来了，"福"已经接入家中了，再冷，时间也不会很长的了！

新春旧事

年纪再轻的妻子称老婆都不会错，资历再浅的教师称老师都错不了，同样，时间再久远的春节，都可以称之为新春。春节是国人最重要的节日，记忆深处的故事往往也特别多，尤其是儿时的那些新春。

年幼时家里很拮据，但压岁钱还是有的。每个大年初一起来，父亲都会发给我们一个红包。并且，他声言，红包里的钱可以由我们自行支配。要知道，在那个颇为窘迫的时节，除了父母给的压岁钱，其他一切收入都是要充公的。亲戚们发的红包也是如此，必须悉数上交母亲用于还礼。也就是说，大年初一是我们一年中最有钱的时候。拿到压岁钱后，我们便相邀着去集镇的商店里挑选喜欢的东西。有一年新春，我与弟弟拿着压岁钱，分别买了军棋和扑克。我们知道，这样消费并不符合父母的意愿，他们总是希望我们用心读书而不贪玩。好在正值过年，加之我们学习尚可，父母亲为免我们扫兴，便没有提出异议。有了棋牌之后，我与弟弟放学回来，偶尔摆开阵势，或对弈，或玩牌。玩得正酣，少不了有把长辈的话当耳边风或废寝忘食的时候。终于，某个中午，我们在父亲的要求下，乖乖地把棋牌送进了燃得正旺的灶膛。盯着闪烁的火光，我们泪眼模糊。多年以后，我才体会到，父亲原来是担心我们玩物丧志。

在传统的新春里，走亲访友，总得送个红包。当然，红包只是一个道具。它是一个约定，如同接力棒，甲方送给乙方，意思是乙方得在元宵前抽个时间带着红包回访。口袋里装着红包，难免有遗失的时候，这就给了孩子们要弄人的时机。手段很是简单，就是把所收红包内的钱取出来，再原样折叠好，偷偷丢在路中间。一切准备就绪，便躲在墙根处，看看谁会上当。这样的勾当，估计我也做过。即使没有做过，也必定曾经跟着别的孩子看热闹。我清晰地记得，有一次，我猫着腰藏在旮旯里，两眼盯着旁边的大路。这时，一位大婶径自走来，看见躺在路中间的假红包。只见她用脚轻轻踩住红包，接着蹲下身子，假装系鞋带，随手将红包放在了裤兜里。她左看看右瞧瞧，没发现周围有人，便急匆匆拆开红包。原来是有人搞恶作剧，大婶心里很是不爽，骂骂咧咧。听着她念念有词、絮絮叨叨，我趴在地上拼命地强忍住笑声。

过去的新春，吃酒娘蛋（酒酿蒸蛋）是一个重要习俗，且有一个专用名称，叫"满碗"。有人来拜年，饭可以不吃，这个"满碗"可不能少。少了，客人感觉受了怠慢，主人也会为礼数不到而自责不已。实在是情况特殊而错过了，事后也要赔不是，并在回访时托人转送几个生鸡蛋。一般来说，一个"满碗"里有三个鸡蛋。二十世纪八十年代，许多人家还不宽裕。对于一个大家庭来说，亲戚多，做酒娘蛋的花费不小。也许是彼此间都清楚这一情况，客人们一般只会象征性地吃一个鸡蛋。这样，主人再添一个鸡蛋，又可以用来款待后面的来客。如此回环，一个"满碗"便可打点三位客人。有的人家客人少些，不必通过这种方式缓解压力，但有些客人根据当时的惯例，还是会客气地留下一两个鸡蛋，这就为那家的孩子增添了分享美味的机会。话说有这么一个孩子，嘴巴很馋。他坐在大厅的门槛上，盯着正在吃"满碗"的来客。无疑，他指望客人不会一扫精光，待客人走后，他可以尽情享用。这孩子真是太天真了。他就这么看着客人，数着客人吃蛋的进程——"还有两个"；"哦，还有一个"；"哦嗬，冇了"。客人显然不大舒畅：这孩子太没礼貌了，我偏偏要吃个大碗朝天，让他愿望落空。

新春里的三桩旧事，都发生在物资贫乏的年代，也都是孩子们身上的故事。如今，那个时代已然远去，我也早已告别了童年时光。"今夜年尾，明朝年头，年年年尾接年头"，周而复始，新春总会如期而至，但却似乎很难找到昔日的那份况味。

响声中的记忆

"砰"，每当耳边隐隐回荡起这雄浑的响声，年少时的那幕图景便不由得浮现在眼前。

那时节，每年新春前夕，家家户户都要"打炒米"，作为节日期间待客的点心。"炒米"是用精心熬制的热糖水，将爆米花黏结压制而成的，于是，爆米花这个行当就产生了。其时，每至年关，就会有走南闯北的小生意人，挑着简易的家当，一头是爆米花机，一头是风箱，来到村子里，替人们将大米、玉米之类膨化，家乡人将这个过程称作"蹦炒米"。印象中，师傅是收不收钱的，计量收取一定的大米作为服务费用。

那时的爆米花机由转炉式爆锅构成，其外形如同一把硕大的椭圆形酒壶，我管它叫铁肚子。爆锅的一端装着盖子，一端连着摇柄，摇柄上有计时器。经营蹦炒米生意的师傅通常会选择一个空旷的地方，将其家当一一摆开，为人们提供服务。师傅坐在小木凳上，爆锅用铁支架支起在他的左前方，右前方则是风箱。爆锅下面有一个小火炉，底部与风箱的排风管相通。

风箱轻拉，炉火旺起，摇柄轻转，铁肚慢旋，这时的蹦炒米师傅颇让我们崇敬。当然，更叫我们崇敬的是那即将出膛的爆米花。也许是因为贫穷，平时难得有多少口福，那个时候实在是嘴馋得很。刚刚出膛的爆米花又酥又香，塞在嘴里努着腮帮子，那是多么美的享受啊。正是如此，每当村子里摆开了蹦炒米的阵势，总会吸引来一大堆孩子。大家簇拥着蹲在师傅周围，两眼紧盯着师傅的神情。当感觉师傅打量计时器的眼神忽然停滞时，立即明白就要开膛了。果然，师傅直起身，将爆锅移出火炉，出口的一端对准一只长长的大麻袋。紧随着"砰"的一声巨响，炉膛的盖子被打开了，一股浓白式的雾气弥散开来，爆米花猛然冲进了麻袋。多数时候，我们当然不能够享用麻袋里的爆米花，毕竟那时家家户户粮食都不丰裕。我们可以指望的，也就是麻袋破损处蹦将出来的少许爆米花，但这已经是非常诱人的了。

由于大人们很忙，蹦炒米的差使经常落在我们这些小孩子身上。这可绝对是一个美差，每每接到这个差使，我们便乐得屁颠屁颠的。那时普遍兄弟姊妹多，几个人约定好，谁背米袋子，谁提装有木炭、松球之类燃料的畚箕，谁挑装爆米花的空箩筐，各司其职，叫嚷着来到蹦炒米的地方。村子那么大，师傅就一个，照例是要排位子的。不过，没有关系，等待的是快乐，而在快乐中等待快乐，这样的时光总是让人感觉并不漫长。

进去的是硬硬的米粒，出来的是酥酥的米花；进去的是一小桶，出来的是大半桶。那个会转动的铁肚子咋这么神奇？那些个寒冷的冬日，我偎在师傅身边暗自琢磨。如今，这些琢磨已然渐渐淡忘，这"砰"的一声乍响，却常常勾起我亲切的记忆，让我的心中油然生出一股暖意。

怀念酒娘蛋

很久没尝过酒娘蛋的味道了，我的内心不由得萌生一缕情丝，一种空落落的感觉喷涌而来。

记得在儿时，走亲戚或家里来客人了，什么都可以不吃，就这"满碗"少不了。这是礼数，是待客之道。少了它，客人觉得不被重视受了奚落，主人也耿耿于怀，于心不安。假使主人家来客多，实在应接不暇忙不过来，或者客人已经"大满灌"，肚腹确已无法容纳，也必定要婆婆妈妈一番，再拉拉扯扯客套一遍，这厢赔不是那厢称见外，最后客人提着几个生鸡蛋上了路，方才了结一桩盛事。

一碗酒娘蛋，看上去很简单，盛半碗开水，兑点米酒，敲落三个蛋，再添几根馃子，放进锅里蒸一支烟的时间，就可以上桌面了。其实是挺费功夫的：蛋是家养的母鸡一只只攒下来的；酒是用上等糯米家酿的，不仅需耗费些时日，还要有一定的技术，弄不好就要发酸，整坛整坛地倒掉；馃子的制作则更麻烦，做馃子用的米要先泡上一夜，滴干水，然后碾成粉末。小时候，碾粉靠一种叫作碓的舂米用具来完成。简单的碓只是一个石臼，将米倒入其中，双手握杵反复捣，米即成粉末。如果量大，凭一个人的臂力就很费劲了，这时有条件的话最好找到使用脚力的石碓。这种碓构造较复杂，数量相对也少些，我们家后院那台因此每至年关十分走红。记忆中，一只大石臼像锅头一样埋在地上，后面竖着两块凿有凹坎的石头，再扛来一根状如锄头的木杠，把尾端支在凹坎上，一架古朴的石碓就搭了起来。一至三个人伸出脚连续地踏扁而宽的木杠尾部，前端朝下伸出的木柱便次第起落，木柱落地处笼着的铁罩子将米粒渐次碾碎。这样一来，力气是省了一些，但踩个七八斗米，脚板还是要痛上几天。米粉准备好了，接下来就是熬糖、搅拌、搓团、切条、油炸……如此一番折腾，香甜酥脆的馃子终于出锅了。说起来，这最后一道工序，照例很不容易呢。儿时年关家里烧馃子，多在晚上。母亲神情严肃地拿着网勺，注视着吱吱作响的油锅。这时我们小孩子不能随便说话，不然，万一馃子炸不起来，细细的、硬硬的，大人就要迁怒到小孩，疑心"都是胡说惹的祸"。

小小一碗酒娘蛋，得赔上多少气力啊，难怪人们那般看重，把它当作最高礼遇。

岁月的变迁真大，今天，人们的生产方式已大大改变，做酒娘蛋再也不像以前那样费心。到大型养殖场转一圈，鸡蛋是一个接一个地溜出来的；酒也不用自己小小心心地酿了，商店里它的品牌多得你记都记不住；而做馃子用的米粉，把米倒进磨粉机，眨眼就冒了出来。酒娘蛋容易做了，其地位竟随之每况愈下，人们不再把它看得很神圣。就连一年一度的春节，拜年时的那碗酒娘蛋也慢慢地被依旧带壳的茶叶蛋取代，要么干脆就免却了这"意思意思"。

奇怪的是，即使偶尔还能重享吃酒娘蛋的待遇，我也感觉，儿时的纯正口味已杳然远去。难道正如人们所说，饲料鸡下的蛋不如土鸡蛋味鲜？难道工业化生产出的酒不如家酿的香醇？难道大米用机器磨碎后做出的便不再是绿色食品？于是我思忖着到被现代文明波及稍少的客家山乡，去寻觅那碗梦牵神绕的酒娘蛋。

哟，多么爽滑，含一嘴尚流淌着的鸡蛋，倏地吞下，一直滑入心窝，乡间说这是"嫩"蛋。多添点火候，蛋就"老"了，咬上一口，黄是黄白是白，唇齿余香。我把儿时的好口福抛出来，反复咀嚼，回味无穷。

怀念酒娘蛋，并不是怀念那个时代的贫穷。这时，怀念只是一个挥之不去的情结、一种无法重新拥有的心态。这正如每一次触及卡朋特的《昨日重现》，悠扬的曲子飘将过来，大学时光如在眼前，一丝难以言喻的颤动顿时如潮水般漫溢过我的心间……

争渡争渡

有幸生长在江边，于是也有幸目睹龙舟竞渡的热闹场面。小时候每逢端午，总要依例赶场，感受这一年一度的激情。如今个子虽然拔长了许多，这沿袭多年的兴致却并未减退几分。

根据家乡的传统，农历四月二十八举行龙舟下水仪式，也算热身，如果没有额外赛事，五月初二练兵，端午节午后则是正餐，规模大，气氛热烈，观看的人也多。到了这一天中午，各家各户早早用过午餐，拎一串刚煮熟的粽子，夹几片才从油锅里捞起的花生巴或豆巴子，扶着老人，牵着小孩，沿着曲曲折折的田间小道，三三两两说说笑笑赶往赛场。不多时，江岸便黑压压的满是人头。

宽阔的江面，水手们正摆开架势。每一只龙舟上，二十余位虎背熊腰的汉子光着臂膀，分列龙舟两侧。此外还有三人，各有重任，一位擂鼓，一位敲锣，一位掌舵。岸上的人等得焦急，江中的人也火烧火燎的。好不容易，一只龙舟飞跃而出，其他龙舟随即接二连三纷纷涌将出来，一字排开，等候号令发出。远处江心，早有两叶主动前来凑趣的渔船，一左一右静泊着，船头各插一面红旗，显得更加醒目。待会儿，龙舟将从渔船中间通过，谁率先冲出水平线，谁就是优胜者。

紧张的时刻到了，壮汉们个个摩肩擦掌，跃跃欲试。"铿锵"一声锣响，只只龙舟似出水蛟龙，飞速滑行于江面上，激起阵阵浪花。水手们齐声吆喝，奋力挥桨；擂鼓手稳稳端坐，两把鼓槌如雨点般坠落；打锣汉子微微欠着身子，手持布锤，在空中不断画出漂亮的弧线；舟尾斜倚着的舵手，则悠然地把持着舵，不紧不慢，一派大将风度。沿江两岸，大人小孩男男女女挤坐一团。眼看着这只龙舟抢在前面，一刹那又被抛了后头。看客们的目光骤然凝聚在一起，附着冲在前面的龙舟快速游移。人群骚动起来，有的直起身子张望，有的追着龙舟奔跑着，有的嘴里塞满金黄色的粽子忘了咀嚼。掌声呐喊声脚步声，鼓声锣声桨声吆喝声，交织成了一片。岸上的人们，舟上的人们，一齐望着炽热的盛夏，把积蓄已久的热情尽情释放。

童年的春天，江中常常有白帆扯满天空的船儿悠悠飘荡，这时的眼前完全是另一种境况。不再是那么闲适，不再是那么优哉游哉，这里是沸腾的海洋，是熊熊燃烧着的火山。只只龙舟争先恐后，急速更替前后次序。"噢"，一舟汉子振臂高呼，率先突破目标。落在后面的则甩着水乡男人特有的粗犷，互相责骂自己的友伴。当然不服气，于是重来，返回起点重新比试，真正的胜利者是应该笑到最后的。

龙舟，顾名思义，具备龙的外形，拥有龙的神韵。游弋于水中，自然是水龙。关于龙的趣闻有很多，一种说法认为龙是雷电。下雨的时候，雷电交加，龙就是根据闪电的形状想象出来的，而汉语中"龙"的发音，也与"隆隆"的雷声相仿呢。一切的假想总会有一些貌似或接近事实的表象。端午的江南，正是雷雨得意的季节，每每大伙儿耽溺于龙舟竞渡的当儿，忽然间乌云密布、电闪雷鸣，大雨顷刻而至。雨伞攒动，江边顿成一片荷塘。浸润天雨浇淋，水手们情绪更加高涨，越发地喊得震天响。雨蒙蒙，江蒙蒙，龙舟化作一条条水龙，钻过层层雨浪如梭子般穿行。大雨滂沱，但谁也不想躲避。过了今日——水手们又要酝酿一年，难得；看客们又要盼上一年，难熬。雨，怕什么？好好地洗个澡，不觉得爽快吗？风雨依旧，热烈依旧。

相传端午划龙舟的习俗肇端于屈原，屈原是战国时期楚大夫，忧国忧民，并为此沉江殉国。老百姓闻知，驾舟前往营救。营救没有成功，这一活动却承传下来了，聊表人们对爱国者的无尽怀念。透过茫茫雨雾，我想，而今龙舟竞渡早已走脱了单一的历史故事吧。在这里，积极参与、奋力拼搏、团结进取诸种精神都得到了深刻折射。龙是中华民族的象征，"争渡，争渡"，这竞相前行的龙舟所展示出的精气神，正是中华民族生生不息的根源。

雨点渐稀，一抹夕阳斜洒江心。龙舟上岸了，人们次第踏上归程，江边青青小草缓缓地挺直了身姿。我与龙舟相约，明年端阳，还到此地来相会。

远去的古文声

小时候，村里常有戏班子光顾。或是夜幕中三五人搭一个平台唱采茶戏，或是大白天瞅一个空坪耍杂技，或是不分白天黑夜摆一顶轿子表演木偶戏（家乡人称此为"木脑子戏"），五花八门，煞是好看。其间最让我觉得神秘的是唱古文，对它的底细，我一直不甚了了。

唱古文只是村里人的说法，书上怎么讲，迄今我没有得到确切的答案。我疑心，这与盛行于宋元时代的民间"说话"技艺很有些瓜葛。据《醉翁谈录》载，说国贼忠臣，论鬼怪闺怨，言人头厮挺、两阵对圆，谈青云得路、白日升天，讲发迹话、负心底，都是"说话"的内容。请教长辈，他们说唱古文与此相似，什么火烧连营、武松打虎、岳飞征战之类的故事，古文里均能听到这些段子。大概，我所听过的古文，与书上讲的"说话"是同一回事了。

在我的记忆中，唱古文与别的节目不一样，它一般在小屋里进行，不需要大场子。黑暗里，一位年逾半百的盲人男子坐在长条木凳上，一边拉着二胡（因其状如农家浇菜用的一种工具，村里人称之为"尿罂子"），一边拖着长长的唱词。唱腔用的是客家方言，我根本就听不懂。有一回，我挤进人群，把头伸进房门内，只见老人清清嗓门，"戒指挖了就可以做得，哩呦烂花生"，唱一句，顿一顿，接着扶着二胡缓缓地拉了几个来回，"昂里昂里昂"，余音袅袅，不绝如缕。那愤激哀怨之状，看上去很落魄，听起来很凄凉，常人说的"听评书掉泪，替古人担忧"，想必就是这种效果。当然，其中究竟讲了一个什么伤心事，我至今都觉着茫然。

奇怪的是，我所见到的唱古文者全是盲人。联系到那古朴黑旧的二胡，我不由得常常想起以二胡曲《二泉映月》闻名的盲人阿炳。这些走南闯北的民间艺人，似乎如同阿炳一样，通过幽怨的乐曲向人们尽情倾吐坎坷的人生历程。话本小说《豆棚闲话》这部民间说话技艺的底本，其序言把编者称作"当今之韵人，在古曰狂士"。如此说来，难道唱古文者也都是一些愤世嫉俗的失意人？不去考究吧，盲人们毕竟既可借此养家糊口，客观上也促进了传统文化的传播与普及。

一晃二十余年似水东流，肩背二胡的盲人多已作古，悠远的古文声杳如黄鹤无处觅寻，仅存的一点记忆却不时地与我盘桓。一个谜团，一头雾水，那段思绪便成了一根长长的细丝，绵延不绝，荡漾在我的脑海里。

脚踏木龙舞

木龙是形象化的名称，书上叫翻车，家乡人唤作水车。这是一种旧式提水灌溉工具，最早由三国时马钧所制，现已不多见，但在我的少年时代，故乡的水塘边还常常见到它的踪影。

那时刚刚实行家庭联产承包责任制，父母也刚刚还清了大集体时历年所欠的超支，家境已颇为拮据。尽管如此，父亲添置农具仍毫不含糊，几乎样样配齐。他说这些东西不能少，自家有了，方便，不误农时。故乡是传统的产稻区，水车自然是离不了的。父亲请木匠做了一架手摇式水车，使用臂力，适用于水满时节小水量的添加，比如秧田。大面积的灌溉，特别是水浅的季节，倚仗手摇式水车显然是"杀牛用鸡刀"，于是父亲组织家人往返20多公里，在城市边缘一个村庄抬回了一架旧的脚踏式水车。好一个庞然大物！这架水车居然长近20米，在偌大的村子里无与伦比，让我深深地为之自豪。

脚踏式水车的构造比较复杂，左右两个支架立在岸上，上端一根横杆相连，下方离地约40厘米处架着一只滚轴。状如水渠的车身一头搭在田坎上，一头伸进水里。一上一下，装有页片的车链绕过滚轴在车身内连缀成一个环形的圈子。滚轴两侧共有3副柱形踏板，可同时容纳3人。人站在上面，双手扶着横杆，原地踏步，滚轴便旋转起来，带动页片将水源源不断地送入稻田，这种劳作即"车水"。

其时家中堪称劳力的唯有父母两人，我们这些孩子少不得要派上用场。父亲总是有意识地将这一"求雨大典"安排在周末。我们年幼个小，够不着水车上面的横杆。父母便找来一根竹篙，平着横杆下移，在支架适当的高度上扎牢，我们才得以攀上水车。开初我们担心踏空，得紧紧盯着脚下的踏板才敢迈步。父亲笑着说，不用紧张，若无其事地望着远方，两只脚自然地伸出去，就像平日走路一样，不会掉下去的。果然，胜似闲庭信步。但过不了多久，就觉脚底心隐隐作痛。我们叫嚷着要停下来穿鞋，父亲又笑了。他瞟一眼自己赤着的双脚，很轻盈的样子，说"用脚板前侧接触踏板，便不痛了"，果然见效。

车水终究是一件苦差使，过不了多久，我们便讨厌水车起来。我居心不良地老是指望串接车链的榫头折断，这样，停下来以后，父亲修理水车时，我便可以借机歇一口气。所以，有时候趁父亲去察看水位的当儿，我们喊一声"一伙鸭子抢水吃"，两只脚死命地踩起来，似乎很卖力。陡然间滚轴也确实转得飞快，水"哗哗哗"地上了稻田。可是没有几下，只听见"吧嗒"一声，榫头断了，车链脱节了。我们"哇"地大叫，脚离开了踏板，人悬在了空中。不知父亲是否看出了我们的鬼心眼，他走过来，装上新的榫头，说，一脚一脚，柔柔地，匀匀地，便不易断了。

中午时分，太阳毒辣辣的，没有一丝风，广袤的田野里看不见几个人影。鸟雀也不知躲藏到哪儿去了，四周一片寂静，只听见脚下水车发出吱嘎吱嘎的声响。这个时候，在我们的头顶，父亲扯起他那条布满补丁的被单，水塘边于是竖起了一把硕大的凉伞。父亲真是一个聪明人，烦闷的活儿在他这里无端地生出了几许浪漫。我们高高地站立在水车上，踩着碎步，扫一眼一望无垠的田野，竟颇有点自得，仿佛自己是一个盖世英雄，把守在凯旋门上君临茫茫苍宇。父亲笼起双手，倚在横杆上，说起了关羽、岳飞。听着故事，我愣愣地盯着稻田里靠近水车进水处游弋着的"马难骑"来。这样的"马"的确难骑，左右摆动，变幻多姿。我不禁慨叹人们取名字的智慧。后来我从课本上才得知，书上不但不这么叫，还给这玩意儿分了类，吸血的叫水蛭，不吸血的叫蚂蟥。"马难骑"呈暗绿色，身体狭长而扁平，乍一看像细长的叶片，轻舞飞扬，颇具灵性。看着水中流动的曲线，我联想起父亲在手摇式水车车身两侧书写的毛笔字。"手挥木龙舞，雨淋世间苗"，父亲的字酣畅淋漓，飘逸极了。这十个大字，该有多少条"马难骑"呢？

在水车上踩了一天，有时稻田水位仍然达不到父亲"确保熬过一周"的要求，天黑后便接着踩。月亮出来了，洁白的月光铺洒在大地上，整个世界一派静谧。父亲打开了他亲手制作的木匣子精心包装并上了锁的收音机。他听，我们也听。风吹过，优美的旋律便回荡在耳边。

伴随着电线杆向村庄的伸入，水车如同老兵，缓缓地退役了。但记忆没有抹去，它反而如风干的字迹，变得愈加清晰起来。我感喟，在那艰苦的岁月里，父亲把生活演绎得多么生动！直到今日，他的达观与平和，也每每令我于人生的烦扰中，平息浮躁，走出迷惘，心境有如那轻舞的水车……

咱村的三句名言

咱村村民曾有致信《现代汉语词典》编写组的念头，对此，我是举双手赞成的，并决定自告奋勇担当捉刀的重任。好在"吕端大事不糊涂"，落笔前，我靠在书架上随手翻翻。"名言，著名的话"，词典上写得明明白白，其对名言所做的解释绝非咱村村民包括鄙人想当然的所谓"名人讲的话"。

咱村村民的这番咬文嚼字，初衷还没上升到规范祖国语言文字的地位。大家只是觉得，如果词典将"名言"一词定性为名人讲的话，那么，在咱村颇具影响力的三句名言就会如同浮萍根基不牢，就会名不正言不顺，大伙儿说起来自然将底气不足。毕竟，这三句名言的始作俑者只是咱村三位平平常常的庄稼汉。然而，这三句话在咱村里实在是太有名气了，的的确确是咱村"著名的话"。

名言之一，"菜菜菜，可有米哩？你米都没有噢！"说的是三年困难时期，某家主人明知客人无意留下来用餐，但为了表示自己的客气，在客人正要离去时，高声叫嚷，使唤其子去菜园里拔菜。其子饥肠辘辘，对父亲的穷要面子十分不满，便当面揭穿了西洋镜。村民们笑过之余，觉得这小子还是蛮可爱的，算是个明白人，抓住了根本，懂得粮为纲，纲不举目不张。你想想，饭都没得吃还谈啥子菜？

名言之二，"穿鞋子的要注意一点。"这话的版权所有人是我的老邻居，说这话时大伙儿正穷得叮当响，有鞋穿尚属极奢侈的事儿。据说一次邻居去自留地里，发现有人为抄近路踩坏了他家的瓜苗，仔细一看竟有鞋印。其时一般认为，能够穿上鞋子的大多不同凡响，家中有人吃皇粮，属于有知识、有文化、有修养的角儿。于是老邻居便说出了这句名言，没想到不经意的一句话，却如雷贯耳，提醒人们越是"不平凡"，越是要"夹着尾巴做人"，从严要求自己，以免愧对人们的良好期望。

名言之三，"现在的人格外更刁。"三句名言中，唯有这一句我是亲耳听见的。那是一个黄昏，我们几个孩子协助生产队长收拾晒坪上的花生，馋猫般的我们故意不抖落卡在竹枝扫把里的花生，想趁队长走后尝个鲜，没料队长颇不近人情，竟一个子不落地给弹了出来。有人便不罢休，佯装随意走走，用光着的脚丫夹着花生若无其事地往晒坪外走去。队长居然再度明察秋毫，喊响了这第三句名言。其所说的"刁"，是方言里的词语，也就是聪明的意思。贫穷的时代已经远去，老队长也已作古，这句名言却道出了一个真理。它告诉人们，"江山代有才人出"，今天的人应该并且也一定能够比过去的人聪明些。

咱村的三句名言流传至今，久久地惠泽着村子里的人们，给大家启迪，让大家深思，哪有不算作名言的道理？

乡音如烙

在讲坛上开讲多年，本应是倡导普通话合格的身体力行者，然而，那深深烙在话语中不绝如缕的乡音，却不时让我尴尬不已。

我是江南乡下人，自小在普通话的外围生存。所幸说话不大漂亮，一贯来奉守沉默是金的信条，隐隐的乡音得以长期潜伏，不露庐山真面目。自己竟也被蒙在鼓里，忘乎所以，若无其事。大四那年，我到一所城市中学实习，陡然间面对几十号普通话里浸泡的孩子，站在讲台上长时间居高临下，侃侃而谈，破绽再也藏不住了。当顽皮的孩子们毫不客气地重复我讲话的腔调时，我终于获知自己乡音的浓重，终于发现十多年学海泛舟，普通话学得并不到家，终于发现与生俱来的乡音是那么根深蒂固。

坦白地说，讲坛的露馅我并不太担心。毕竟说话的主动权在我，毕竟我面对的是学生，我尚可倚仗传统的师道尊严唬住孩子们。事实正是如此，其时年轻气盛，加上孩子们渐渐地习以为常，我很快就不以为然了。

多年前的一个夏夜，再度遭遇自己的乡音，一丝惊恐跃上心头。那天，我兀自走在南昌一条不甚热闹的老街上。慵懒的我无意与他人嚼口舌，只想买两个面包填填肚子，回到客栈困上一觉。逛进一间小店，话一出口，店主一口咬定"你从那里来，我们是老乡"。准啊！我这乡音就那么浓？此时，他乡遇故人的惊喜顷刻间烟消云散，我真的如此不可教也？

后来，缘于种种需要，多说些话，与更多的人对话，已是不容我回避的了。乡音问题便屡屡摆在了桌面上。我的乡音如同江南水乡的雨丝，常常横空出世，来一个突然袭击，弄得对方一头雾水，不知就里。更糟糕的是，代表先进科技的电脑语音输入法在我这儿卡了壳。普通话不与时俱进，人机对话举步维艰。

乡音的困扰，让我啼笑皆非，对周围人来说，自己居然仿佛来自另一个国度。我深知：我这人做地下工作者，固然不甚合格；当演员，角色亦非常有限。但为了交流，我这乡音……

唉，一声叹息！

聊天里面有真味

所谓"与君一席话，胜读十年书"，这是古人总结出的金玉良言。几年前，一位上司在与我谈话时，也特意提到这个问题。大意是，要多与别人聊天，因为多聊天能够扩大信息量，获得一些启发。

不了解我的人也许会认为我是"沉默是金"的偏执狂，殊不知，他们忘了，"只有圣人与野兽才喜欢孤独"。我既非圣人也非野兽，当然不喜欢孤独，对聊天并不避而远之。记得读大学时的一个暑期，我护校时竟与某位同窗学友秉烛长谈，直至深夜。这样的事情不止一回，我还多次与别人有过超常纪录的聊天史。

聊天的确很有必要，但聊天需要有好的心情、好的聊伴和好的时机，尤其是要求聊天的双方彼此间真诚相待。这样的条件具备了，聊天便是快乐的事情，也是让人受益的事情。否则，聊天就成了胡侃，成了虚与委蛇，成了慢性自杀。那种毫无意义的聊天我是没有兴趣的，通常会哈欠连连。我知道，这是对人的不尊重，而我，偏偏又不大愿意怠慢人。因此，在聊天方面我不会苟且，要聊就真诚地聊，不然就缄默不语。

真诚的聊天是快乐的，听人真诚地聊天同样是快乐的。我喜欢听人聊天，这正如我喜欢观看打牌。在一些社交场合，因为时间比较充裕，人们常常借助打牌来等待客人、等待开席等等。假如有那么多"脚"，不是"三缺一"，我一般会说"你们玩，我看看"。其间我通常还会带上一句："我喜欢看。"我这后一句话既是化解尴尬，也是实话实说。看打牌，虽没有运筹帷幄的快感，却无须费神，还有左顾右看的潇洒。听聊天也是这样，自己免了口舌之劳，但同样可以从聊天中获取一些知识，悟出一些道理。

今日上午，我到一位长辈家串门，恰巧有一手拄拐杖的老翁前来造访。于是，我有幸聆听两位八旬老者聊天。

我对老人们向来是充满敬畏的，个中缘由，很大一部分来自儿时听过的一则笑话。笑话中，一位不懂礼貌的小青年向一老人问路："喂，到车站还有多远？"

老人答："三拐杖。"

小青年这下提高了嗓门儿："这路论'里'，怎么叫拐杖？"

老者答："论'礼'你该叫我大爷。"

这个故事告诉我们要有礼貌，但我从中同时增添了对老人们的敬畏。因为，只有他们有资格"用拐杖丈量路程"。为此，我曾经写过一篇叫作《敬畏拐杖》的文章，可惜去年给毁了。

老人历经人生的风风雨雨，从他们身上我们能够学到许多东西。与他们聊天，或者听他们聊天，一样如此。如果有缘坐在老人丛中，收益一定不会少的。

今天我便遇上了这样的好事。席间，二位老人谈起某生意人的大量工程款没有收回，生活压力大，以致卖了小车。当议及"年底收债难"时，一老者说，过去讲"躲皇历"，有的人家一到年关便关门闭户，举家在外，杳如黄鹤。一些人以为这是民俗里的忌讳，是回避什么"凡事不宜"。实际上，"躲皇历"的人躲的并不是皇历，而是债务。等大家放过鞭炮，吃年夜饭时，躲皇历的就回家了。

以前我也听过"躲皇历"的说法，没料到其中竟有这个道道。看来，古人的忌讳，里面暗含着不少玄机。

听人聊天，学问多着呢。

厅堂里挂着朱元璋

我这个博客有一个自定功能，叫作"唤醒沉睡的记忆"。我在博客里展示儿时的一些模糊记忆，期待朋友们填充，从而让它们清晰一点。

我发觉，儿时的一些记忆根深蒂固，尽管我们后来可能离开了生养自己的乐园，但长大后的许多梦境，背景常常是故乡。去年春节我到姨父家拜年时，还特意就此向这位曾在大学任教的长者聊起过这一话题。当时姨父的解释是，小时候接触的信息量小，所以记忆相当地牢。这轻轻一点，让我茅塞顿开，不禁感喟姨父的高明。

昨日读明史，忽然想起了儿时所见过的朱元璋画像。大约是20世纪80年代初，其时我年仅一旬，忽然发现宗族古老的正厅厅堂挂起了朱元璋的画像。后来有长辈听说大哥能涂鸦几笔，便嘱咐大哥画一张。大哥果然不负众望，即刻画了一张一米多长的朱元璋大型画像，高高地悬挂在了正厅屏风的正中央。我猜想其时大哥心里一定是美滋滋的，因为当年他不过是一个才参加工作的小学教师，也没有受过专门的美术教育，却能够将自己的作品挂在一个古老的宅院里，让整个村庄的人们长久地仰视，这种成就感自然不言而喻。兴许"表扬使人向上"，后来大哥决定再接再厉，画一张更有气魄的朱元璋画像。由于正值家中新盖房子，他没有遂愿，只画出了头部，但从中可以看出他的画技确有不少长进，这画的视觉冲击力也的确大得多，因为仅这头部画幅就接近一米长。

上初中时，我从历史教科书上看到了朱元璋的画像，感觉这位帝王实在长得不怎么样，面目与我们一般人大相径庭，远远不如古宅正厅中所悬挂的画像相貌端正与和蔼慈祥。我疑心，坊间所挂画像经过了艺术加工，是皇家"标准像"，由于有着"为帝王讳"的意识，与真实的相貌并不相符。对比朱元璋的两类挂像，差别最大的地方在于脸庞，史书上刊载的"脸似月牙",厅堂里悬挂的"面如满月"。不过,对于我辈长相不是非常出众的人来说,倒是不介意甚至宁愿相信朱元璋"脸似月牙"。因为他与美国著名总统林肯一样,以平凡的相貌和不凡的业绩给了许多人信心——其实相貌不是特别地重要,其实"吾貌虽丑,必美天下",是豪情也是实情!

坊间为什么热衷于悬挂朱元璋的画像?这一点我是不大明白的。记得当年教科书中曾有这么一个注解:"说凤阳,道凤阳,凤阳本是好地方,自从出了朱皇帝,十年倒有九年荒。"就字面上看,朱元璋似乎乏善可陈。于是,我仔细地搜索了一番朱元璋的身世。

朱元璋,安徽凤阳人,祖籍江苏句容。少年时是个放牛娃,后父母双亡。17岁在老家皇觉寺做和尚糊口,25岁参加郭子兴领导的红巾军农民起义军,并娶郭子兴义女马氏为妻。27岁郭子兴病故,他成了军中统帅。28岁时,即1356年3月,率领属部打过长江,攻占南京。1360年在狮子山指挥伏兵,以8万兵马击败政敌陈友谅40万军马,确立"群雄之首"的位置,奠定了大明王朝的根基。1364年当上"吴王",史称西吴。1368年君临天下,国号"大明",年号"洪武"。朱元璋在位期间,废除了元代富豪权贵蓄奴制度,奖励垦荒和屯田,大力兴修水利,社会经济有了比较大的发展。

这样看来,朱元璋还是卓有政绩的,但自己的故乡人为什么不仅不予称颂,反而把凤阳十年九荒的责任归罪于他?原来,朱元璋当了皇帝以后,耗时6年在老家凤阳建都,时称中都。后经过数年冷静思考,感到凤阳不具备都城的条件,且竣工的建筑过于豪华奢侈等,遂放弃中都建设。凤阳没有成为都城,体现出朱元璋的眼界与胸襟,体现出朱元璋的务实与简朴。然而,数年的中都工程却在一定程度上劳民伤财,加上凤阳地处淮河之滨,从春秋时代以来黄河多次决口和改道,并侵夺淮河,长期贫困的凤阳雪上加霜,外出乞讨者甚众,于是民怨声声。

被家乡人咒骂，这样的帝王估计为数不多吧。凤阳花鼓里最知名的"自从出了朱皇帝，十年倒有九年荒"的唱段，20世纪80年代初"拨乱反正百废兴，改革春风吹大地"的坊间时兴悬挂朱元璋画像，两者结合在一起，不能不引起我的深深思考。

在清史热过后的明史热中，想起儿时见过的朱元璋画像，我疑窦丛生。看来，历史课还得再补一补。

客家村名里的玄机

所谓"名不正则言不顺"，没有名字即不便于称谓，指称起来就很别扭。所以，为了方便称呼，讲得顺口，世间万事万物大抵会取一个名字。

那么，名字究竟怎么个取法？战国时期荀子有一句很经典的话，叫作"名无固宜，约之以命，约定俗成谓之宜"。大意是，名字并非一定要哪个才适宜，只要人们共同约定并广为接受，就可以说它是适宜的。由此看来，取名似乎是一件很随意的事情。一个人出生后，你叫他狗剩就是狗剩，叫他福娃就是福娃。这话是不错的，可是，当初叫狗剩而不叫福娃，却是有来由的。人如此，村落同样如此，且来看看赣州客家古村落的名称。

我发现，许多客家古村落的名称取得有意思，咀嚼起来可以读出一些故事。纵观这些村落名，大体以下几类取法。

一是以景命名。赣州城东以七里镇为名的村落，尽管与城区相距正好约七里，却并非由此得名。经考证，其本名叫作七鲤镇，位于贡江之畔，对岸七条山脚一字排开，斜插江边，分开成七条水路，如同七条大鲤鱼嬉戏抢水，因而得名。当地诞生了赣州城区历史上唯一的状元，名叫池梦鲤，其名或许即与此相关。后来，不知哪位错将"鲤"字写作"里"，以讹传讹，七鲤镇便成了七里镇。七里镇的得名来自"实景"，赣江东北隅白鹭村的得名则来自"幻景"。据说，该村开基祖钟舆当年由兴国竹坝村放鸭来到此地，夜宿溪河边，梦见白鹭栖息于此，遂将该地命名为白鹭。

二是以方位命名。从字面上推断，龙南县关西村大概是位于某个关隘的西面。这个思维方式确实没错，事实上，关西村的得名正是这样来的。明朝正德年间，南赣巡抚都御史王守仁领兵前往广东和平、连平一带"平剿匪寇"，曾经在与现今定南县交界处的程岭安营扎寨，设关把口，关西村处于关隘之西，故此得名，这与东三省位于山海关之东而被称作关东有异曲同工之妙。

三是以人命名。市场经济社会，冠名权成为一种无形资产，谁肯出钱，便能够拥有对某座桥梁、某条道路之类命名的权利。有些客家古村落的得名与此有相似之处，只是未曾花钱。譬如南康唐江镇卢屋村，顾名思义，这个地方姓卢的人特别多。实情也是这样，据了解，该村是我国卢姓族人最大的集结村，至今留守的仍达六七千人之多，连同从这里迁徙他乡的，则有数万之众。

有的人给孩子取名，喜欢取一个"贱名"，比如狗仔、牛牯之类，称这是"贱养"，说这样容易抚养成人。村落名一般不采用这种思路，毕竟，"茅坑村"之类住得再舒服，听起来都让人恶心。恰恰相反，许多村落都热衷于取一个能登大雅之堂的名字。比如赣县湖江乡的夏府，"华夏天府"，那是多么中听！这一命名心理启示我们，今天可以借此判定一些存在争议的村落名字。赣江储潭对岸的玉田村，二十世纪中叶地名普查时曾有白田和玉田之争。从"家是产玉之田""蓝田日暖玉生烟"这些古语判断，称作"玉田"的可能性比较大。果然，2007年水西有色冶金产业基地兴建，人们从拆迁中的一块墓志铭上发现，早在嘉庆十六年即1812年，当地地名即为"玉田"。可见，200多年前，这里就叫作"玉田"。

应该看到，年湮世远，有的村落名已经数度变更，特别是不少已被同音字替代。前面说到的七里镇如此，兴国县三僚村和宁都县杨依村也是如此。三僚村被称为中国风水文化第一村，原名三寮，意思是三座茅寮，估计因当初三位在此开基的先祖搭建的三座茅草屋而得名，现在写成了三僚，似乎是说该村出了三位官僚。这应该不是当地人的虚荣心作怪，而也许是"寮"字过于冷僻，有人用了一个比较常用的汉字"僚"，便成了"三僚"。位于宁都县黄陂镇东南约3公里处一个小盆地里的杨依村，从字面上分析，这个名字仿佛取自于"杨柳依依"，据悉，其本名叫作漾漪，因村前一条溪河清波荡漾、涟漪泛起而得名。或许这两个字比较难写，也给后人换成了同音字。

浓缩的往往是精华，高度凝练的村落名看似只有寥寥两三个字，却暗含玄机，蕴藏着极为丰富的意味。不少赣州客家村落名甚至是一个密码，透过它，人们可以破解某一客家族群的生活流变史。

祠堂楹联见证客家摇篮

在以宗法家庭制度为基础的传统中国社会，人们的宗族观念普遍比较浓厚，尊祖敬宗、报本追源的意识十分强烈。那时，同一宗族一般都有供奉祖宗或先贤的庙堂，也叫祠堂，作为思亲崇祖、慎终追远的重要活动场所。由于客家人独特的迁徙经历，其在客家人眼里具有更加特殊的地位。在客家摇篮赣南，客家有族便有祠。与家谱一样，祠堂成了家族的象征，祠堂建筑是族人心中的圣殿。

祠堂这一过去的重要公共建筑，体现了一个家族的脸面和实力，在当时的建筑中最为威严、最为抢眼、最有讲究。青砖碧瓦、门额大匾、斗拱飞檐、雕栏画栋，各个细节都极为考究，直观地反映出宗族的渊源，折射出文明的传承，透露出富有特色的文化心理背景。在赣南客家祠堂，后人透过这些细节，可以窥见赣南客家与中原难以割舍的血脉情，可以了解中原居民辗转迁徙另辟新基的艰难历程。在这些细节中，祠堂楹联是以文字形式来表现的，且一般镌刻在正门两侧或厅堂的柱子上，占据了醒目的位置。实际上，它不只是装饰，对内是励志铭，对外是广告词，起着内聚人心、外树形象的作用。可以这么说，如果将祠堂喻为一姓一族的门面，祠堂楹联则是一姓一族之魂。所谓文章千古事，文字的直白性迫使人们对祠堂楹联倾注更多的心力。用语平平让人感觉本族缺乏文化内涵，言过其实则必然贻笑大方，每一宗族对此都极为慎重，往往要请大手笔出马，力求精练、贴切，恰如其分地展示本族辉煌的历史。其中，许多祠堂楹联在字里行间，追源抱本，讲述了本族的迁徙历程和家族传统，记载着赣南客家人繁衍发展的艰辛，这是先人留下的文化瑰宝，也是我们认识赣南客家悠远历史的活化石。以下辑录数则，以兹佐证。

之一："支从吴国而分，赖有子孝孙贤，博得炽昌至此；族自浒江乃大，若非宗功祖德，焉能繁衍如斯。"

这是赣县湖江乡夏府村戚氏祠堂的一副楹联，其中反映出戚氏迁居至夏府后，人丁兴盛，成为当地望族。

之二："源远流长自唐代为御史中丞，祖德宗功当思发扬光大；溪清水秀由博州迁豫章南林，瓜繁椒衍毋忘好友亲朋。"

这副楹联见于上犹紫阳乡源溪村廖氏祠堂。上联表明廖氏在唐代时就出过杰出人物，勉励后人要以之为楷模，再接再厉；下联讲述了源溪村廖氏的由来，并希望宗亲团结和睦。

之三："华胄耀唐江之南，由宋迄今声并田门称叠起；族姓衍颍川之绪，建宇妥灵誉继振公永流传。"

在这副南康大岭乡犹水江边钟氏祠堂的楹联里，不仅可以了解到钟氏在唐江之南的土地上得到长足发展，还让人明白钟氏的源头在颍川，犹水江边的钟氏来自中原大地。

类似的楹联还有不少，它们从一个侧面证明，赣南客家是从中原迁徙而来的，在赣南已有很长的历史，并获得了新的发展，说赣南是客家摇篮，这是有事实依据的。

解码客家文化的钥匙

无论做什么事情，方法问题都至关重要，研究客家文化同样如此。由于客家历史的演变极其复杂，加上正史的记载比较苍白，客观上造成客家文化研究难度大。解决这一问题，宜充分重视客家家谱、族谱的作用，善于从家谱、族谱的片言只语中，洞察客家文化的蛛丝马迹，从而建构起科学、宏大的文化体系。

一方面，家谱、族谱是一个家族的生命史，不仅记录着一个家族的来源、迁徙的轨迹，还往往涵盖了该家族生息、繁衍、婚姻、文化、族规、家约等历史文化的方方面面。另一方面，安土重迁作为中华民族的传统文化心理，根深蒂固。无论是为了躲避战乱、摆脱饥荒，还是出外寻找更大的生存空间，开拓新的生活领域，对中国人来说，迁徙总是一件特别重大的事情。

客家人本是原籍为河南地区的中原汉族，东晋战乱时候南迁，此后又数度迁徙，逐步形成了具有自身特色的风俗习惯和文化的客家民系。独特的生存境遇和文化心理背景决定，家谱、族谱在客家民系中的地位尤为重要。从某种意义上说，家谱、族谱是解码客家文化的金钥匙。由于序跋往往简明扼要、提纲挈领地叙述了家族文化的核心内容，在研究中，要特别注重对家谱、族谱序跋的研究。

中国人骨子里一向家国相连，神州赤子由己及人，由家及国，造就了中华民族强大的凝聚力、同化力和认同感。从古至今，数不尽的中华儿女由一谱一牒中，孕育了对祖国的无比热爱之情，"修身齐家治国平天下"一直都是许多华夏儿女的终身理想。因此，研究家谱、族谱，不仅有助于解读客家文化，也将对认识整个中华民族文化，提供一扇明亮的窗口。

由拜东莲的得名看民间智慧

昨日上午会议结束后和与会者一同用餐，席间，一位久未谋面的朋友跟我谈到拜东莲，问我是否听过。拜东莲？我感觉很有些生疏。他说其实就是向日葵，拜东莲是他们老家的说法。

细细咀嚼，拜东莲这名字取得还真是有一些意思呢。日出于东，向日即是对东方朝拜，因此，"拜东"二字形象地体现了向日葵的"势"。"莲"则是取其"形"，见过莲和向日葵的人会发现，二者的花形的确很有些相似。将向日葵称作拜东莲，自然是由于莲花的形象更早地植根于朋友老家人的脑海中，当他们初见向日葵，便很自然地给它取了这个名字。

我一直感觉，草野中潜藏着大智慧，这从一些事物的命名和民间一些俗语中即可看出。拜东莲这一名称，非但形象地勾勒出了向日葵的外形特征，而且将其与莲花联姻，彰显了向日葵的高贵。一个"拜"字，还有着朝圣的意味呢。与太阳升起之处的神秘东方结合在一起，折射出向日葵的圣洁与卓尔不凡。

诸如这样妙不可言的名称还有很多。

举几个故乡的例子。

空中飞的，如蜻蜓，它们经常在池塘边盘旋，故乡人给它们取的名字叫"塘溜子"。水中游的，如江南水塘里一种长条状的小鱼，洗菜的时候经常看见它们偷偷地爬来吃菜叶子，故乡人给它们取的名字叫"爬塘子"。地上爬的，如眼镜蛇，它们发威的时候头部探起，呈扁平状，吐着舌头，呼呼地发出如同黄蜂鸣叫一般的声音，故乡人给它们取的名字叫"扁头蜂"。

动物如此，人呢？眼睛残疾的所谓"独眼龙"，故乡人的称谓是"打雕眼"。雕即鸟，麻雀就被称为麻雕子。小时候念过一首儿歌："麻雕子，飞过河，吹吹打打讨老婆。"举枪打鸟，自然得如木匠拉墨线，睁一只眼闭一只眼。将一只眼睛有问题的人称作"打雕眼"，岂不妙绝？

上面几个例子都是"写实"，抽象的方面同样不逊色。比如，一个人游来荡去，无所事事，故乡人称之为"打摆子"。"打摆子"原本就是一个相当有创意的词，估计最早是用来称谓"疟疾"这一疾病的。"疟疾"的症状是全身发抖，摆来摆去，看似全身在动，实际毫无作为。这样看来，将忽悠着过日子叫作"打摆子"，真是别有一番滋味。我感觉，优哉游哉式的荡秋千也有些"打摆子"的味道。假使可以这样联系的话，"打摆子"这个说法之妙，则更是叫人佩服得五体投地了。

单个的词如此，完整的话同样体现出民间智慧而耐人寻味。我曾从故乡辗转听来两句"异曲同工"的话，一句是"崽崽回来，下的笼灯雨来了"，一句是"你的灯笼要打高一点"。一个是笼灯一个是灯笼，顺序颠倒，其实指的都应该是灯笼。前者是一位母亲叫孩子快快回来，免得被如灯笼般大的雨点淋坏了；后者是一位岳母大人提醒其女婿眼睛要看清楚些，看看到底谁是好心人。说这些话的人现在年纪都很大了，后一位甚至已作古多年，但两句饶有趣味的话一直让我啧啧称叹。

这些例子都取自于家乡，因此，我不由得想及家乡地名的变迁。家乡有两个名称，一是白田，二是玉田。哪个名称正统些？从意思上说："白田"，一穷二白，不大中听；"玉田"嘛，古有"家是产玉之田"一说，将家乡称作"玉田"，正是情理之中。据此，我认定"玉田"这个名称渊源更深一些。去年发掘清代年间的墓葬，从墓志铭上看，果如我所料，"玉田"的历史要远得多。

于语言中探究民间智慧，最便捷的渠道是考察方言。因为生于斯长于斯，上面的例子均取自我较为熟悉的故乡，这是顺理成章的事。高兴的是，当我打电话给哥哥，问他是否知道"拜东莲"是什么时，他竟然告诉我，故乡人把向日葵叫作"拜东莲"。我小学毕业即远赴他乡求学，不少故乡方言词汇都不甚了了，因此错过了对许多民间智慧的品味。哥哥这一说，我才发觉，故乡的称谓居然与朋友老家的说法天然地一致。不过，哥哥不大清楚"拜东莲"三字怎么写，甚至模糊地以为是"拜东年"。看来，感受民间智慧，还是得做有心人哪。

朦胧中的"民间偏方"

记忆之门，让儿时一些过往，不经意间回放。只是，由于时光已远，加之少不更事，本就朦胧的往事，而今尤为模糊。特别是某些"民间偏方"，朦朦胧胧中，愈觉隐秘神奇。或许，那些偏方，今天我们都称之为迷信，但在相当漫长的人类社会，却被当作了救命稻草，甚至固化为宗教式的信仰，代代沿袭，温润着我们的生命。

魂，似乎是至为空灵的存在，看不见、摸不着，但人们能够真切地感知到它的状态。在约定俗成、日常使用的成语中，就有不少关于魂的表述，比如，魂不附体、魂飞魄散、魂摇魄乱、魂销魄散、目断魂消、破胆丧魂、魂丧神夺、神魂颠倒……可谓不胜枚举！这些成语，无疑体现了人类的某些认知，或者说凝注着人类对生命的关切。且不论其科学与否，至少，现实生活中，确实有些时候，肉身虽然还活着，精神却很颓唐。一个人要活得有模有样，当然要心魂俱静。魂不守舍时，安魂定魄便成为必须之举，"魂兮归来"由此被人们喊了几千年。也正是如此，与魂相关的"民间偏方"很是常见。

许多人"失魂"，都与受惊有关，坊间就把惊魂未定称为"掉了魂儿"。小孩子心智不健全，容易受到惊吓，民间"招魂"偏方遂大有用武之地。从科学角度看，这些偏方尽管让今人颇感邪门，有意思的是，它们却同样讲究"对症下药"，像煞有介事。一般而言，受惊吓不外乎来自几个方面的因素：要么是自然界异常现象，比如不期然电闪雷鸣；要么是突如其来的人身打击，比如做错事后毫无思想准备地招致家长一顿毒打；要么猝不及防地被某些动物追咬，比如正端着饭碗忽然身后有公鸡猛然蹿来啄食。惊恐之余，大抵萎靡不振、不思饮食，或者夜间哭闹、梦话连连。

对于稳定心神，印象中，故乡比较常用的办法是洗脸。有些顽皮的成年男子，总喜欢搞恶作剧，出其不意间吓唬小孩，以此逗乐。解铃还须系铃人。若是遇上不经吓的孩子，家长便要找麻烦，请吓唬小孩的人来家里一趟，亲手给孩子洗一把脸。据说效果不错，恐惧感立马消除。这个时候，搞恶作剧的人难免有些尴尬。被乍然狂吠的狗惊吓，也是常见的事。当然，请狗洗脸可办不到。所谓不怕办不到，只怕想不到，办法总比困难多，解决的方案做了微调，那就是剪下一撮狗毛，用毛巾包着狗毛洗脸。当然，不管谁来洗，既然是受了惊吓，总与平常洗脸有所分别。为受惊吓的孩子洗脸，嘴里要念叨着："拿回你了，拿回你了。"大意是，掉了的魂已经拿回来了，放回到了你的身体里。

有一种"招魂术"比较烦琐，故乡叫"喊魂"，有的地方则唤作"喊惊"。这个方式神秘兮兮，儿时老觉得毛骨悚然，不敢旁观或者倾耳细听，记忆因之尤其朦胧。隐约中，只记得多半是夜幕降临之际，有老奶奶在野外轻声地呼喊："宝宝仔，回来……宝宝仔，回来……"一声接着一声。其实，孩子正在家中，老奶奶喊的是所谓孩子的魂灵，是把被惊吓而丢了的魂喊回到孩子身上，使魂灵重归于体、魂体合一。

余生也晚，关于这个偏方的详情，知之甚少。听异乡一位同龄人说，他们当地也有"喊魂"的做法。孩子在某处受到惊吓，也就是魂所"丢失"的地方，夜里就到那里把魂喊回来。基本套路是：在受惊吓地燃三炷香，烧几张纸钱，一路喊魂，并用衣襟兜一点纸灰和当地的泥土带回家，放至孩子枕头旁。到底喊多少天为宜，自然视孩子身体恢复状况而定，一般是一至七天不等。当然，如果搞不准孩子到底是在哪儿受到的惊吓，也就是不知道魂具体丢在什么方位，那就在自家门口"打野喊"。家长在家门口点上香，轻轻地呼唤孩子的乳名，不停吆喝："吓了归来哟！"也有的在门坪竖起一根竹竿，上面顶一个酒篓，然后吆喝起来，据说这样效果更佳。这个做法流传很广，另一位异乡同龄人回忆说，他小时候曾被一座石像吓倒，回家后哭闹不止，母亲便再度跑到石像那里，把他的魂给"喊了回来"。

有人认为，"喊魂"就是祝由术。祝由术，是古代对巫术的又一个称谓，据说历史非常悠久，曾经是轩辕黄帝所赐的一个官名。"祝"者，咒也；"由"者，病的缘由也。祝由术是人类蒙昧时期，借助符咒禁禳治疗疾病的一种方法。未加考证，不知真伪。"喊魂"究竟有没有科学依据？或者说是否属于伪科学？具体问题具体分析。受惊原本是心病，心病还须心药医，从现代科学研究成果看，对受惊吓者施以心理诊疗，未必完全不合乎情理。或者说，这类"喊魂"与洗脸一样，可以视为一种心理疗法，是对受惊吓孩子的宽慰。

故乡还有一种招魂术或安魂术，匪夷所思。那时候的民宅，门板都特别厚实，门角背粗大的横木上容易积灰。据说，抓上少许灰，泡一碗清水喝，也能让受惊吓的孩子情绪稳定下来。还有的做法，则是将柴灶烧的锅头灰抹在受惊吓人的脑门上。锅头灰也罢，门角背的灰也罢，都如乡井土，如果说对成年后远赴他乡的游子还有一点心理暗示，对于不谙世事的孩子能起什么特别作用，却委实讲不通。

除了"喊魂"这种"以玄对玄"的旁门左道，故乡也有很"务实"的民间偏方。那个时候，老家卧室的墙上写有不少"羊"字，每个字周围还画有圈圈，这居然也与治病有关。年少时，生活水平低，缺医少药，环境卫生也差，夏天，孩子们容易生疖子，由此导致淋巴结肿大。脖子、腋下、大腿根部，偶尔能触摸到硬块，按一按微痛，故乡人称之为"羊疯"，有的地方叫"羊子"。那时故乡的民间偏方，就是用毛笔在墙上写一个"羊"字，同时蘸着墨水在身上有"羊疯"的地方画一个圈。传说，肿大的淋巴结隔日就会被圈去、迅捷消退。"古人用迷信来解释科学，今人用科学来破除迷信"，莫非，当年的墨水含有某种消炎成分？

在人类漫长的历史长河中，我们这一代人所经历的只是弹指一挥间，然而，这"一挥间"，于人类发展史，却可谓是"断代史"。在城市化与信息技术的双重催化下，这些年来，传统社会结构和生活方式发生了巨大变化。诸多传承千百年的"民间秘方"，与那些传统工艺和民间习俗一样，已陷入断层之境。随着老辈子相继故去，知之者日渐稀少，遑论承续？社会流变，一代人有一代人的选项，这原本是很自然的事情。只是，某些带有人文关怀与生命情怀的元素，或许也将随之一去不复返，却未免令人唏嘘！

第三辑
烟火记忆

生于斯，长于斯，总有一些记忆永驻心间。

透过这些生命个体的记忆碎片，你能呼吸到"江南之南"的烟火味，感受到"江南之南"的脉动……

歌声响起，我热泪盈眶

　　我骄傲，我有一个伟大的祖国；我自豪，我生长在地球的东方。此生有幸，成为龙的传人，成为中华儿女。每当凝视着迎风招展的五星红旗，每当深情款款的音符汩汩流淌，我不禁热泪盈眶。那一支支发乎肺腑、献给祖国的美好旋律，总是让我心潮澎湃……

　　犹记30多年前，我还是一名蒙昧无知的乡村少年。记得那是一个夏天，老师骑车20余里，穿过山岭，驮着我来到当时的公社大礼堂，参加"六一"盛典。落座后，音乐缓缓响起，主持人领唱歌曲《我的中国心》，优美的曲子顿时溢满整个礼堂。声音柔和轻缓，渐次起伏激昂，"长江长城、黄山黄河"，从此深深烙进我的心田。少年的我，霎时理解了祖国的形象。祖国，她究竟是什么模样？歌声告诉我：祖国可感可见，祖国就是"长江长城、黄山黄河"。这山水中的中国，此后多少年来，看长江长城，游黄山黄河，便成了我永恒的记忆和追寻的梦想，如同母亲根植进的味蕾。在八达岭，在慕田峪，踏着厚实的古砖，远眺莽莽河山，我惊叹于长城的雄伟，感慨于中华民族的宏大气魄和五千年悠远文明史！在春日融冰的壶口，凝视着奔泻飞溅的黄河水，我默默吟唱《黄河大合唱》，激愤于中华民族近代百年屈辱史，憧憬于中华民族伟大复兴的中国梦；趁着出差的间隙，在夜色朦胧中，我信步芦荻滩，看滚滚东流的长江水。还有很多很多时候，在穿梭南北的飞机、火车或汽车里，望眼欲穿的我，每每探头望向窗外，试图一睹中华民族母亲河的磅礴风采。"长江长城、黄山黄河"，而今尚未涉足的黄山，也已列入共和国诞辰70周年寻访计划。少时聆听的歌，儿时追逐的梦，在成长的脚步里次第相会。

　　我的家乡在赣江北岸，依山傍水，良田万顷，溪流淙淙，杨柳依依。小时候春水泛涨的时节，站在屋后的果园里，透过新芽初萌的枝条，片片白帆在眼前飘过，如同夏日里悬挂在床上的蚊帐，或是门前树丫上晾晒的床单；稻浪飘香时，轻风吹拂，满目金波荡漾，拱抱整个村庄。这自小定格在脑海里的图景，遇上了歌曲《我的祖国》，便愈加亲切，豁然开朗。"一条大河波浪宽，风吹稻花香两岸，我家就在岸上住……"歌声告诉我：祖国并不遥远，祖国就是"我生长的地方"。我曾经疑心，这首乔羽作词、刘炽作曲的歌曲，可是在我的家乡写成的？正如唐人杜甫笔下的"星垂平野阔，月涌大江流"，正如宋人赵师秀笔下的"黄梅时节家家雨，青草池塘处处蛙"，这诗词里的中国，写的分明也是我的家乡。后来，我逐一查考这些诗和曲的由来，走了许许多多的地方，方才明白，我的家、我的国，是如此紧密地交融在一起。岁月流金，经典永驻，郭兰英真挚朴实的歌声，常常在我的耳畔回荡。尤其令人激昂的是，"这是英雄的祖国，是我生长的地方，在这片古老的土地上，到处都有青春的力量""这是强大的祖国，是我生长的地方，在这片温暖的土地上，到处都有和平的阳光"，两个章节结尾处，合唱气概冲天，直教人热血沸腾，不由得感叹"此生幸为中国人！"

近年来，在一些学校、商场、街道等公众场所，伴随着悠扬的手风琴，或雄浑的钢琴曲，或轻盈的口琴声，或其他乐器，歌曲《我和我的祖国》声声如诉、舒展流畅，如许轻灵柔美，打动着千千万万的人们。音乐响起，不管是否在做什么，人们总是如潮水般涌动，纵情欢歌，沉浸于斯、陶醉于斯。无论平时是否身怀感受，但此时此刻，歌声真切地告诉我们：我和我的祖国一刻也不能分割。其实，这支由张藜填词、秦咏诚谱曲的歌创作于1985年，距今也已30多年。但随着民族复兴在望，我们比历史上任何时期都更接近中华民族伟大复兴的目标，比历史上任何时期都更有信心、有能力实现这个目标，我们的国家更加自信，我们的人民豪情满怀。"我和我的祖国，一刻也不能分割，无论我走到哪里，都流出一首赞歌。我歌唱每一座高山，我歌唱每一条河。袅袅炊烟，小小村落，路上一道辙……"每一个中华儿女都是祖国的孩子，一根脐带与生而来、紧紧相连；我们的祖国就像是辽阔蔚蓝的大海，每一个中华儿女正是大海中的一朵浪花。我们依恋母亲，我们依恋大海，我们与生养自己的祖国永不分割。每一次通过视频，注视着宏大的场面，聆听着曼妙的旋律，我便情不自禁地哼唱起来。渐渐地，自己也宛若化作一朵浪花，融进了歌声的海洋里，融进了红色的浪潮里。

诗人艾青说："为什么我的眼里常含泪水？因为我对这土地爱得深沉。"一首首献给祖国的歌，一个个情怀跃动的音符，常常"随风潜入夜"，悄悄地打开我情感的闸门，让我情不自禁地向祖国表白。我不通音律、不善管弦，不能够完整地歌唱瞿琮作词、郑秋枫作曲的《我爱你，中国》，然而，歌中反复吟唱的"我爱你中国，我爱你中国"，却仿佛已固化了音节，即便是看独立的文字，也已经带上了曲调。每每目及，不由清唱，不由手舞足蹈，如痴如醉。这首歌曲，本是电影《海外赤子》的主题歌，与《我的中国心》一样，抒发着海外游子对祖国的满腔赤忱和真挚的爱国主义情感。爱国不分区域，无论是身在海外，还是居住神州，我们都是祖国蓝天翱翔的百灵鸟。这里春天蓬勃的秧苗、秋日金黄的硕果，家乡的甜蔗、淙淙的小河、碧波滚滚的南海、白雪飘飘的北国，青松气质、红梅品格，森林无边、群山巍峨……一切的一切，如同长江长城、黄山黄河，都是祖国的意象，都是生我养我的地方，都"一刻也不能分割"。这支歌曲，与《我和我的祖国》一样，也都是二十世纪八十年代初传唱开来的旋律。那个时代，正是春风骀荡时，开启着祖国新的春天，亿万中华儿女何其振奋！面对欣欣向荣的春天，每一个中华儿女昂扬激奋，话语铿锵、深情款款：我要把最美的歌儿献给你，我要把美好的青春献给你，我的母亲我的祖国……

身为中华儿女，身为龙的传人，总有一支歌曲让我们忍不住循环播放，总有一支歌曲让我们瞬间泪奔。而今，中华民族迎来又一个生机勃发的春天，复兴之路凯歌飞扬！"我们都在努力奔跑，我们都是追梦人。"踏着新时代的节拍，我们走在大路上，与祖国同行，为祖国放歌！

最是情怀出初心

一个地方的发展，如同一个人的人生，往往会有那么几个"关键的一步"。对赣州来说，赣南苏区振兴发展成为国家战略，便是"关键的一步"。许多事理，经年越岁，容易看得真切一些。五年时光，国策良方带来的红利加速彰显，赣南老区日新月异。行走于振兴之途，耳闻目睹变化，不由得感叹：最是情怀出初心。

几年来，聚焦赣南，情注振兴，那些来来往往的人与事，总是让人心生感动。无数双眼睛关注着赣南，关注着这块曾经为中国革命做出过巨大贡献和重大牺牲的红土圣地。

感恩岁月，让我得以见证《国务院关于支持赣南等原中央苏区振兴发展的若干意见》（以下简称《若干意见》）正式出台，并有幸参与其间，有缘感受来自各方面的浓浓老区情怀。往事历历在目：习近平总书记做出重要批示，国家支持赣南等原中央苏区振兴发展若干意见制定工作启动会在北京举行，42个国家部委组成联合调研组分赴赣州实地调研……正是情怀在胸，"四个特殊"成为共识：赣南苏区历史贡献特殊、历史地位特殊、面临困难特殊，应予特殊支持。共识促成共为。短短时间，《若干意见》顺利出台，从国家层面制定了赣南苏区振兴发展的时间表和路线图，形成了"打好攻坚战，同步奔小康"的政策体系。

随着《若干意见》深入实施，顶层设计带来的政策红利加快释放。不曾料到，当年参与起草中央国家机关及有关单位对口支援赣南等原中央苏区实施方案，红军长征胜利80周年之际，自己竟也成为了政策的直接受益者，由组织安排到中国人民银行挂职锻炼。在首都工作一年时光，身处国家部委，再一次深深感动于来自各方面的老区情怀。素不相识、素昧平生，只因为我来自赣南老区，而一见倾心、一见如故。大家情凝赣南、关爱有加，尤其是，每每谈起支持赣南苏区振兴发展，都觉得责无旁贷、义不容辞。"行程万里，不忘初心。"大家都这么说，赣南是共和国摇篮，共和国从赣南走来，任何时候都不能忘了当年的初心，不能忘了浸染革命烈士鲜血的红土地。

在赣南苏区振兴发展的大道上，"情怀"与"初心"，两个关键词不时萦绕脑际。由于从事开放教育，自己自然与国家开放大学有更多的接触。深铭于心的是，杨志坚校长每次谈及赣南老区，总是一腔浓情溢于言表。正是怀揣深厚的老区情怀，杨志坚校长极为关切赣南开放教育事业发展，三年之间，已三度来到赣州调研指导。该校党委书记李凌同志也专程来到赣州，研究支持赣南开放教育发展事宜。令人振奋的是，《若干意见》出台五周年之际，国家开放大学同样出台了一个21号文件，即实施"长征带"教育精准扶贫工程，并在赣州举行启动仪式，率先在赣州开展教育精准扶贫。

殊为难得是情怀，最是情怀出初心。"情怀"是浓郁家国情怀，"初心"是赤诚为民之心。习近平总书记指出，我们要永远保持建党时中国共产党人的奋斗精神，永远保持对人民的赤子之心。"不忘初心，继续前进"，这个始终萦系于怀的"初心"，正是中国共产党人自建党之初就树立起的奋斗精神和赤子之心。拥有这个初心，牢记理想、信念和宗旨，就能继续前进。赣南苏区振兴发展，是中华民族伟大复兴进程中的一个缩影。透过这个标本，可以真切地感受到，正如习近平总书记所说："我们比历史上任何时期都更接近中华民族伟大复兴的目标，比历史上任何时期都更有信心、有能力实现这个目标。"

弹指一挥间，不觉已五载。在这2017年的夏天，谨以此文纪念《若干意见》出台实施五周年，祝愿赣南老区明天更美好！

振兴路上又一年

2014年最后一天，梭行于大广高速。透过车窗，目睹青山闪现，回首行将过去的一年，不由得思绪万千。振兴路上又一年！匆匆又匆匆，忙碌的时光总觉得那般短暂。

思考是个奇怪的东西，就这么随着游移的青山，不着边际地想着，我忽然发现，站位至关重要。看一件事、一个人，乃至一个时段，站位决定视角，视角决定论断。"跳出三界外，不在五行中"，自会有异于常人的洞见。佛于云端，坐莲花台，双手合十，俯视芸芸众生，才得以明心见性、拈花一笑。又是一年，赣南振兴发展之路，如何看待？我想，观察2014年，驻足于这一年的终点，显然不是最佳站位。铅华洗尽，岁月静好，当时光沉淀之后，由于站位高远一些，往往能够做出更为清晰的论断。事过之后看得真切固然可喜，然而，若能提前洞明，这对于我们准确把握趋势，抓住机遇、赢得发展，岂不更佳？

所谓不登高山不知天地之广阔，洞明需要阅历做支撑。我常常庆幸：感谢生活，给了我丰富阅历的宝贵机遇！这些年，与赣南振兴一路同行，亲身感受着赣南苏区振兴发展成为国家战略并付诸实施的难忘历程。这样的经历让我有了更多的感悟，我想，如果能锲而不舍实施好振兴发展战略，站在历史长河中回望，2014年必将在赣南史册上大放异彩！

俗话说："人努力，天帮忙。"一个地方的发展，需要内外兼修。"好风凭借力"，内力驱动、艰苦奋斗无疑至为重要，但外力助推、特殊支持将催生加速度。这一年，我真切感受到，在党中央亲切关怀下，各方面倾情支持赣南力度空前。2014年元旦假期刚过，来自中央国家机关的39

名干部即来到赣州，参与对口支援工作。国家不仅制定特殊支持政策，而且直接派出精兵强将，帮助赣南加快振兴。年尾忆年头，我突然感到，国家支持赣南苏区振兴发展，实质上就是一种大范围的精准扶贫。赣南是老区，也是全国较大的集中连片特殊困难地区，党中央着眼于赣南的特殊地位、特殊贡献和特殊困难，予以特殊支持，出台整体性、系统化的扶持政策，无不体现出扶贫的精准性。

赣南是共和国的根，赣南需要特殊帮扶。炽热的情感，浓浓的情怀，喷涌而出、汇聚赣州。每每与国家部委的同志接触，总会分外感动：赣南，成了他们的殷殷牵挂！

月坛南街38号，国家发改委，诸多经济社会发展政策在此酝酿出台。记不清多少次来到这里，印象中的几个节点却不能忘怀。2012年3月31日，国家支持赣南等原中央苏区振兴发展的若干意见制定工作启动会就在这里召开。会后，由49人组成的国家部委联合调研组来到赣南，把脉问诊、开具良方。而后，还是在这里，马不停蹄起草《若干意见》，其间的几个细节深深烙在我的脑海里。那一天，在国家发改委小会议室，委领导亲自坐镇，将文稿投影在墙上，逐字细细推敲；那一天，在国家发改委院子里，恰好遇上那位领导，如同邻家长者，挎着背包信步上班，见着后热情地停下来叙谈；那一天，我拿着一份文稿请地区司领导赐教，他拿起笔，亲自修改并予点拨。支持赣南振兴，责无旁贷，一定尽力而为，部委的同志字字句句不离赣南。

2014年，我再次来到国家发改委。这一年11月27日，支持赣南等原中央苏区振兴发展部际联席会议第二次会议在这里召开。时虽寒冬，暖意融融。来自有关部委的领导济济一堂，协调解决振兴发展中遇到的难题。我感叹于会议的高效，那么多的支持事项，三言两语就成共识。这是情感的力量！世间贵有真情，有了真情，坚冰也会融化。我看到一位长者的迷人笑脸，就像赣南山里的红杜鹃，灿烂绽放，看着也是莫大的享受。

真想掏出手机，将这位国家发改委领导的慈颜定格下来，可是，这样不庄重吧？那么，记住这张笑脸吧，虽没有定格于方寸，却将永恒于心间。几个月前，也就是7月4日，赣南等原中央苏区振兴发展工作座谈会在江西大厦召开，仍然有一张笑脸，让我深深铭记。这是中央组织部的一位领导，他始终笑容可掬，让人如沐春风。一年两个商议赣南振兴的部委"诸葛亮会"，一年两张分外迷人的笑脸。振兴在路上，赣南在发展，大家都高兴啊！

记得在很多年前，每每外出，我自报家门，说来自赣州。令我尴尬的是，许多人都不知道赣州在哪儿，甚至连"赣"字都认不出来。如今，受益于中央惠民德政，赣州有了强大的气场。部委领导同志来了，创新创业的客商来了，方方面面的朋友来了，聚焦赣南、络绎不绝，心系这方热土。人气带来生气，可以想见：今天的蓄势，必将带来明天的腾飞；强大的气场，必将铸就恢宏的气象。

赣南曾经落后，现在仍然落后，但一时的落后并不要紧，要紧的是不敢正视落后、没有志气改变落后。回眸2014年，回眸《若干意见》实施以来走过的路，我们深深体会到：赣南，赣南，实干就不难！时近年关，又闻捷报，昌赣客专正式开工。发展基础夯实了，发展后劲增强了，赣南振兴之路，必将迎来高铁速度！

汽车犹在前行，大广高速正在拓宽。我默默地望着车窗外，想起前些日子欠的"文债"。辞旧迎新，为着探究振兴之路"往哪里去"，一位朋友嘱我做年终回顾，回望振兴之路"从哪里来"。岁末年初，事情扎堆，但我不能食言，这是做人准则。其实，我也无法食言，毕竟，振兴路上又一年，有着太多感慨，难免不涌将出来……

风景这边更好

有道是"美不美，家乡水"，游子在外，故乡情结总是萦系于怀。这不，远在天津的弟弟屡屡来电，千言万语归结成三句话：赣州变化怎么样？发展怎么样？前景怎么样？

赣州是个好地方，"有诗为证"——古人写文章似乎挺喜好带上这么一笔，当初觉得未免故弄玄虚、搞形式主义。后来感叹，古人把诗歌作为生活的一种境界，所谓"在诗意里栖居"，诗词歌咏之地多为清幽之所。弟弟虽如我一般，青少年时代即外出求学，但源头活水清冽在心，故乡的一草一木早已根植进了血液。当年躺在摇篮里，向左看向右看，处处是诗行。左边为赣州八景之一的"储潭晓月"，城市八景文化发祥于赣州，肇端自北宋苏东坡，这位大文豪与赣州缘分不浅，屡屡题诗，"山为翠浪涌，水作玉虹流"描绘出了山水赣州的婀娜多姿。右边为"江南第一石窟"通天岩，明代大思想家王阳明在峭壁上题诗"青山随地佳，岂必故园好"，足见对赣州秀色的无限留恋。

弟弟记忆中的赣州充满诗情画意，栖居北国，故乡的影像也一定常常浮现在他的眼前。春节期间，他发来一条短信："月牙河畔半隅间，炉前独坐适意闲；最是一年好风景，回望南风拍窗棂；孤客先闻春来早，赶撵春风勤耕耘。"从"回望南风拍窗棂"一语中，我深深体味着他对故乡的眷恋。尽管交通条件大大改善，但毕竟事务缠身，且孩子年幼，来回一趟不易。弟弟已有一段时间没回赣州了，这期间，赣南苏区振兴发展成为国家战略，赣州迎来前所未有的重大历史机遇，开启了发展的新纪元。他从互联网上感受着这一重大喜讯，"赣州梦"不由得在心中升腾，于是，不时来电询问赣州的新变化。

我说，一切都在变化。步入老城区的中轴线，恍惚之间，会有置身时空隧道般的穿越感。文清路商业街改造提升工程已于去年竣工，沿街裙楼、精致的花格栅、古色古香的披檐等传统建筑元素随处可见，古朴清雅之风扑面而来，洋溢出宋城风情。往北一直走下去，宋代赣州的核心风貌正逐步修复，四贤坊、军门楼等建筑已经高高耸立。不久的将来，支撑赣州成为国家历史文化名城的元素将更成系统，赣州作为"宋城博物馆"的内涵将更为丰富。弟弟静静地听我描述，仿佛徜徉在古城的街巷中。

在商言商，身处商界，自然关心商机、关注发展。我向弟弟介绍，国家为赣州做出了五个战略定位。全国革命老区扶贫攻坚示范区，是综合性定位；全国稀有金属产业基地、先进制造业基地和特色农产品深加工基地，是产业定位；重要的区域性综合交通枢纽，是交通定位；我国南方地区重要的生态屏障，是生态定位；红色文化传承创新区，是文化定位。五个"国字号"定位，将进一步释放赣州潜能，凸显赣州优势，提升赣州地位，赣州的前程不可限量。

我以为，一个地方的发展，两个因素起着至关重要的作用，一是政策，二是交通。弟弟同意我的看法，听我慢慢道来。国家给予赣州的政策支持不仅呈现整体性、系统化的特点，而且具有独特性，在华东地区，赣州是唯一执行西部大开发政策的地区。作为沿海的腹地、内陆地区的前沿，赣州与东部地区相比有政策优势，与西部地区相比有区位优势，两大优势叠加在一起，真正是"人无我有、人有我优"。有一句耳熟能详的话叫"要想富先修路"，道出了交通的重要性。古代赣州就是因路而兴，在依靠水运的时代，赣州在相当长的时期成为沟通我国南北的必经之地，为古代"水上丝绸之路"的要塞，由此成就了"北有开封、南有赣州"的辉煌，与当时的都城齐名同芳。至今留存的梅关古驿道，依稀可见当年的繁华盛况。近代以来，铁路兴起，赣州交通优势渐失。如今，国务院《若干意见》提出将赣州打造成重要的区域性综合交通枢纽，赣州的交通区位优势必将显著提升。昌赣深高铁、鹰瑞梅铁路、赣韶铁路、赣井铁路……听我说起一连串的铁路，爱开玩笑的弟弟说："赣南赣南，实干就不难，赣州大有希望！"是啊，好政策加上实干，就一定大有希望！

赣州有着实干的好传统，客家人靠实干创造辉煌，诞生于赣南的苏区精神，"实干"同样是重要内涵。当年毛泽东同志面对赣南青山绿水，满怀深情吟诵"踏遍青山人未老，风景这边独好"，可以想见，"实干兴市"，随着赣南苏区振兴发展战略深入实施，美丽的赣州必定如他所说："装点此关山，今朝更好看！"

八千里路云和月

"深情献祖国，放歌新时代"，值此中华人民共和国成立70周年之际，如果用一句话来表达此刻的情怀，我不禁想起南宋名将岳飞的词句："八千里路云和月"。云和月，氤氲着时空的苍茫，路则关乎着我们每天的出行。回首过往，关于路的感慨也就特别多。

故乡地居城郊，今天走来，到赣州城也就半个小时车程，距离105国道那就叫作"咫尺之遥"了，然而，年少时外出一趟可真不大容易。山岭阻隔，山路弯弯，绕了大半个时辰，才能行至一条简易的泥土公路上。记得小时候陪伴母亲上城卖菜，凌晨三四点就得起床。我跟在母亲身后，踩着一地月光，望着黑魆魆的山岭，每每发出"敢问路在何方"之叹。初中高中，我先后考取了当时乡里的重点学校和城里的重点中学，周末往返，经常步行两三个小时。有时还得背米上学，两个肩膀换来换去，勒出两道深深的印痕。印象至深的是，一次周末，我独自走在回家的路上，因为放学晚，半路上天已黑下来。其时，我内心充满惶恐，加快了脚步。这时，一位壮汉骑着自行车经过，说带我一程，至今想起，仍然分外温馨。

二十世纪八十年代末，由于万安水电站的建设，村庄整体搬迁至对面山上，一条泥土公路也延伸进了家门口。九十年代中后期，家里买了小车，外出方便了一些。可是，一旦遇上雨天，车子进出便很成问题。泥土公路坑坑洼洼，汽车常常陷入泥淖里，上坡打滑更是常有的事。记得有一次，市博物馆馆长韩振飞先生来访，他乘坐的小车便遇上麻烦，陷进水坑，动弹不得，弄得好生狼狈。村里人走上前来，帮着垫稻草石块，"嘿哟，嘿哟"，折腾了好一阵子，方才把车子推出了水坑。我对天长叹，不由想及一千多年前唐朝李白叹息"蜀道之难，难于上青天"。那境况，近乎于南宋辛弃疾在赣州城北贺兰山上听鹧鸪声声："行不得也，哥哥。"只是，这位"醉里挑灯看剑""气吞万里如虎"的豪放派词人，登高远眺，望见了"青山遮不住，毕竟东流去"，尽管这条路指的是天然的黄金水道。

"要想富，先修路。"解决出行难，历来是群众的期盼。从不通公路到实现"村村通"，从村村通公路到村村通水泥路，从"村村通"到"组组通"，这些年来，赣南老区的路一直在提档升级。昔日的偏僻山村，因为有了路，渐次走出了封闭，告别了蛮荒。

由于历史原因和特定区位，空中之路，赣州倒是比较早就开通了。早在1959年即中华人民共和国成立10周年之际，赣州就有了民用机场，黄金机场成为全国民航最早建设的为数不多的支线机场之一。鉴于城市建设和航空事业发展所需，2008年，新黄金机场迁至凤岗镇峨眉村，成为仅次于南昌昌北国际机场的江西省第二大机场和赣粤闽湘中心机场。一段时间里，因为公务之需，我成了机场常客，在首都和赣州之间穿梭，甚至有时"才下飞机，又上飞机"。赣州至北京1800余公里，竟如许便利，不由得想起唐代诗人杜甫的佳句："即从巴峡穿巫峡，便下襄阳向洛阳。"什么叫"天马行空"？什么叫"平步青云"？公务虽忙，游走苍穹，惊叹于现代航空的快捷，不由生出"天高任鸟飞"之感。步入新时代，赣州航空事业快步发展，不远的将来，瑞金机场也将建成，届时赣州将成为全国为数不多拥有两个机场的城市。同时，黄金机场正按4D级实施改扩建，即将开通国际航线，并按4E级民用机场标准规划，向着国际空港目标迈进。

路多了，车也多了。拥堵，成为令人烦心的"城市病"。上班之路不过3公里，有时却堵得水泄不通，每每"望车兴叹"。作为一名政协委员，2017年我专门就缓解交通拥堵提出若干建议，得到有关部门采纳，人民政协网等媒体做了报道。局部问题可以迅速改观，最终的解决却需要大手笔。欣喜地看到，赣州着手规划建设"四横六纵"快速路网。2019年初，迎宾快速路首先开通，赣州步入"高架时代"。第一次行走快速路，感受"轻车已过万条街"的愉悦，不期然想起毛泽东同志笔下"换了人间"4个大字。2019年注定是赣州的辉煌岁月，这个名闻遐迩的"共和国摇篮"，年头进入"高架时代"，年底迈入"高铁时代"，昌赣客专的建成，将结束赣州没有高铁的历史。预计到2021年，南下方向的赣深客专也将建成通车，加上即将开工建设的长赣高铁，赣州有望成为南北贯通、东西纵横的高铁枢纽。鲁迅先生说："世上本没有路，走的人多了，也就成了路。"那说的是在荒野中一脚一脚走出来的路，现代化交通是用智慧和汗水修建出来的。赣州，在党中央、国务院亲切关怀下，纵深推进振兴发展。"高架时代"与"高铁时代"，正催生出一个革命老区加快发展的新时代，催生出新时代打造中国特色社会主义的红色样板。

历史的经验启示我们：路畅而兴，路断而衰。唐代名相张九龄开凿梅关驿站，造就了"商贾如云、货物如雨"的江南宋城，成就了赣州的千年繁华；近世以来，水运式微，一时间赣州失却了交通优势，加上其他诸多因素，显得有些沉寂；步入新时代，赣州将与国运共进，再度因路而兴，成为"一带一路"重要节点城市，崛起于"江南之南"，再续时代华章！

老家门前那条路

周日回乡。午餐后，坐在厅里闲聊。忽然间狂风大作，屋前的白玉兰摇来晃去。父亲说，快要下暴雨了。看着低空穿梭的燕子，我心里想，下就下吧，平日居住在城市的高楼中，难得见着山乡雨景，正好感受感受呢。况且，炎炎夏日，有这么一场大雨，必定会带来一阵清凉。

要在以前，我可没如此坦然。一见山雨欲来，必然急忙收拾行装，赶着回城。这样想着，老家门前那条路不禁如幻灯片般浮现在眼前……

余生虽晚，但还是大略清楚故乡道路的变迁。故乡地居赣江之滨的一个小盆地，水路通达，陆路却很不方便。田间小道，山路弯弯，外出一趟颇费精力。大约在改革开放之初，故乡终于通上了公路，然而，这条在山间开挖出来的简易公路却只是延伸至故乡的边缘。记忆中，每到甘蔗成熟的季节，乡亲们总要小心翼翼地推着满载甘蔗的独轮车，沿着曲曲折折的小路，一步步推向故乡山头的公路。那个时节，从早到晚，吱吱嘎嘎的声音响彻整个村庄，独轮车如同木牛流马，将一捆捆甘蔗运出山外。由于道路蜿蜒崎岖，稍不留神，有时连人带车一同陷入溪流、池塘或稻田里。乡亲们看着远在山头的公路直叹息：什么时候这公路可以修到家门口呢？

这样的期待等了近10年。20世纪80年代末，由于地处故乡下游的万安地段兴建江西省最大的水电站，乡亲们整体搬迁到了村庄对面的山腰上。在进行移民安置的同时，政府出资将公路延伸到了乡亲们的新居前。自此，世世代代在这方土地生活的人们，家门口终于通上了"马路"。四轮汽车开进来了，独轮车从此束之高阁，不再有用武之地。

公路是有了，然而，这仍然是一条简易的土路。故乡的泥土有个特点，有人概括为"天晴一块铜，下雨一包脓"。天晴的时候硬如铜板，且坑坑洼洼、尘土飞扬。如果是骑自行车或摩托车，驮西瓜之类就得分外小心，一不留神，西瓜就会震得四分五裂。古人说"衣锦还乡"，为着爱惜衣服鞋子，每次回乡的时候，我却特意要换上不那么珍惜的旧行头。

到了下雨天，麻烦就更大了，公路泥泞不堪，简直无从下脚。此时，"人骑车"往往成了"车骑人"，人们得一边仔细察看路况，一边谨小慎微地挪动脚步。有的人深恐把鞋子弄脏弄坏，甚至赤脚而行。印象中春节期间常常下雨，记得亲友们前来造访时，到家后的第一件事，常常是蹲在屋檐下拭擦鞋跟，或者提着鞋子找水洗脚，这样的"见面礼"真让人不好意思。如果有客人开着小车进来，则让人非常头痛。汽车通常会陷在某个地方，进退两难。于是，客人没到家，主人就得前往帮助推车，这样的差使我也不知道做过多少回。我们从家里提着稻草、木板甚至铁棍，竭尽全力将汽车一点一点移到稳当的地方。有了这样的经历，如果来客开车进来后忽然下雨，我们一般会很不礼貌地催促客人赶早回去。儿时读过一则关于句读的趣味故事，所谓"下雨天留客，天留，我不留"，这场景正好得上。

"行路难，行路难"，时隔一千余年，唐代大诗人李白的这一长叹，也成了我的叹息。什么时候故乡能通上水泥路呢？我推断，一定有许多乡亲也如我这般企盼。新世纪之初的一个冬天，在外工作的我再度回到故乡时，惊异地发现，老家门前的沙土公路已脱胎换骨，变成了水泥路面。而且，先前被父亲称为"盲肠"的公路，已拓展成了环村公路。目睹宽阔而坚实的大道，我的内心充满着无比的喜悦。

人们常说，一滴水能见到太阳的光辉。我想，老家门前的那条路，足以见证共和国的发展历程。正是在科学发展与社会和谐的大旗指引下，我们的道路越走越平坦，越走越宽敞。

赣州的"文化餐厅"

平生无所好，唯喜漫卷书。几乎每个夜晚，都是枕着书香入眠，书仿佛成了安眠药。喜欢书，自然喜欢逛书店。早年赣州城的书店，尽管在城市改造与社会变迁中，近乎消失殆尽，但我依然能准确地说出它们的方位。

近年来，工作繁忙，加上书架上尚有许多书未曾读过，逛书店少了。几年前，当荣膺"全国优秀读书家庭"、在赣州藏书首屈一指的老作家舒龙先生向我介绍起清大书店时，我竟然有些陌生。仔细想想，其实那书店我应该是去过的，只是搬了新址。

舒龙先生说，清大书店办得不错，并特别介绍，说那里经常举办文化沙龙，他已向掌柜推介，让我去做一堂讲座。后来清大掌柜还专门来电。思忖自己水平不济，且时间上说不准，担心失约，让主人不便组织，让听众扫兴而返，于是没有应承。2014年10月，拙著《文化行吟》出版发行，掌柜特地询问手头有书么，可以到清大书店销售，似乎还发了预告。甚是抱歉！坦率地说，作为作者，我手头并没有多少书。再一次失礼，内心深感不安。怀着愧疚之心，某夜晚餐之后，我带上若干册书，首次走进清大书店，不巧，掌柜外出了。我在书店里走了一遭，发现这里的书品位还真是不俗。人心浮躁之时，清大书店竟然如此定位，提供这么高雅的精神食粮，我顿时肃然起敬！

与赣州其他书店相比，清大书店有其鲜明特色。这里设有本土作家专柜，比较完整地收藏了赣州本土作家专著。记得一次聊天，李伟明先生谈及他的一些作品自己都没有存留，居然在清大书店见到了踪影，一时快慰莫名。由此也足见掌柜用心之至用情之深！这个印象深烙于心，以致一位朋友向我打听有关赣州风土人情的著作时，我毫不犹豫向她引荐，说清大书店或许可以找到。一位书商，难得有这么一份情怀！作为一介爱书之人，自然是惺惺相惜。当拙作《虫心雕文》出版后，尽管手头仍然数量不多，没法在清大书店发售，我还是专程奉赠。

自从加了掌柜的微信之后，"秀才不出门，能知天下事"，清大书店的动向也就经常关注。众所周知，组织讲座并不容易，然而，令人感佩的是，这么一家个体书店，没几个员工，举办文化沙龙竟然如此频繁，主讲者来源如此之广，讲座主题层次如此之高、社会反响如此之大。作为大学校长动议举办"书香赣州·电大讲坛"、深知个中艰辛的我，再度肃然起敬！2015年4月25日，得悉湖南著名作家王跃文先生做客清大，我再一次步入这个位于老城西端、树丛掩映间的书店。首次走进文化沙龙，发现这里如此热闹，不愧为赣州的"文化餐厅"。印象至深的是，年逾八旬、人称吴奶奶的一位老人，是如此意气风发。她让人深刻感受到，文化大餐给人文化滋养，精神食粮让人精神焕发。

"3·15"打假日悄然过去，收到清大掌柜发来的情真意切的约稿函，眼看已是一周，这篇"我与清大书店"的文章仍未交稿，不禁羞赧。真爱书还是假爱书？真情怀还是伪情怀？与清大书店的幕幕来往，不由得浮现眼前。就这么，春寒料峭的江南之夜，在断断续续接打电话中，我见缝插针、时写时停，完成了这篇短章。谨以此庆贺清大书店10周年华诞！祝愿这座赣州"文化餐厅"生意红火、书香远溢！

三月里来访农家

原本打算春节期间到所联系的农户家里走一走。农闲，热闹，大家也多半在家。因为走不开，没能遂愿。元宵一过，不觉已是三月。也好，江南春早，此时节到农村去，既可听听农户们的新年打算，也能感受春天的气息。

　　到了红河村，正要打电话给联系户富训，单位驻点干部说刚刚看见他，应该在家，于是直奔他家。富训与我年纪相仿，人很热情、朴实、厚道，去年初次见面便一见如故。尽管见面不太频繁，偶尔也通通电话。他正站在家门口与人聊着什么，看见我，走上前来招呼。我拍拍他的西装，冲他笑笑："闪闪发光啊！"

　　进了他家，倒上一杯茶，正要坐定。他忽然上楼，约莫五分钟光景，端来一只九龙盘，叫我尝点小吃。春节已过，照儿时故乡的规矩，九龙盘已完成了新年的使命，要束之高阁了。富训热情，又把它请出来。接着提起酒瓶，说是自家泡的杨梅酒，尝一尝。中央"八项规定"出台后，机关干部喝酒的似乎少了许多，况且我本不善饮、一饮脸红，想要推辞。转念想起一位老同事的话，"群众工作到不到家，就看三条：是不是进得了门、说得上话、喝得到酒"，既然这样，还是喝了吧。不喝见外，徒留疙瘩，索性恭敬不如从命。嫌杯子大，富训说不倒满，于是演绎起"莫笑农家腊酒浑"的诗境。富训说他爱人去菜地摘菜了，看来下一步将要演绎"丰年留客足鸡豚"。我赶紧致谢，说单位里有点事儿，饭就不吃了，下次再来。富训笑笑："周末带老婆孩子一起来啊。"

　　人勤春来早，不少农户外出打工或忙农活去了，许多人家都是"铁将军"把门。这次没见上面的，只好改日了，或者电话里问候一声。这么一来，便与富训多聊了一阵，问了村里基本状况和他家里的一些情况。整体上说，这个村组的农户生活条件比较好，从住房就看得出来。整洁清爽，房屋外观设计有一定的品位，用富训的话说是"看得上眼"。村里也很和谐，民风淳朴，大家勤劳致富，各忙各的活儿。富训介绍，村里的杨梅产量好，有的一棵树收入能达两千元左右，赣州城区的杨梅基本上都产自这里。在孩子教育方面，由于农户住得比较分散，这里有一个教学点，仅小学一、二年级两个班。去年我到学校看过了，条件简陋。从长远看，随着交通的改善和农民生活水平的提高，以后还是要尽可能整合资源、规模办学。现在一些条件较好的家庭，孩子也已不在当地上学，富训的孩子就随母亲到赣州城郊学校念书了。

赣江水拍岸，储山风轻吹，田畴菜花开。很喜欢红河村的布局，这里地居赣江之滨，有山有水，有溪有田。坐在富训家的厅堂里，对面即是宛若眉黛的青山。春天到了，山泛绿了，目睹山乡变化，不禁想起温家宝同志答记者问时化用的一句诗，也做个化用："莫道去年春意尽，今年春色倍还人。"在"中国梦"的引领下，在赣南苏区振兴发展战略的推动下，赣南大地必将日新月异，老百姓的生活必将一天更比一天好！

我跟富训谈及2012年中央出台的《关于支持赣南等原中央苏区振兴发展的若干意见》，谈及国家的特殊帮扶和赣州的发展前景。歌曲里唱"我们的生活充满阳光"，有国家鼎力支持，有赣南老表艰苦奋斗，赣州未来的发展定然大大加快。富训说，赣州发展好了，红河村也一定会有大发展。那是当然的，大河满了，小河焉能不满？

2012年是赣南苏区振兴发展战略实施的第一年，赣州把农村危旧土坯房改造作为开局大事，全市改造10.6万户。红河村的土坯房改造同样有声有色，在集中规划点，20余栋楼房已经拔地而起，正在完善水、电、路等基础配套设施。施工人员告诉我，如果进展顺利，20天左右大概可以完成。考虑到农户的情况，采取了先建后拆的模式，房子统一建好后，土坯房改造对象拆去自家的旧房，即可以换购新房。其中，4户五保户的房子装修快到位了，届时可以直接搬入居住。

正在村子里走着，一位同事与他的联系对象相谈甚欢，似乎是在谈论"向谁学习"的问题。村民说同事读书多，要同事多指点，同事则谦虚地说书本知识有限，"纸上得来终觉浅"，还是现实生活里学问大。听着他们你一言我一语，我不禁心生感触：赣州市组织机关干部到基层"送政策、送温暖、送服务"工作两年多来，不仅干群关系进一步好转，社会更加和谐，而且干部的精神面貌、能力素质也都有了很大的改观。古人说"知屋漏者在宇下"，这话再形象不过。实践出真知，群众中有大智慧，长久地坐在办公室，接不到"地气"，必定对社会冷暖感觉迟钝，甚至做出错误判断。这是很危险的，正如一位村民聊起铺张浪费时说，"决策错误是最大的浪费"。我曾经有一个说法，叫作"决策中的20度温差"。说的是，如果我们整天待在空调房里，就会误以为时时处处都是20度，而实际上，在江南，最高温度近40度，最低气温则在0度左右。这么一来，在温室里生活的人，与现实生活则会有近20度的温差，如果以此感受做决策，难免不出偏差。所谓"高楼闲听萧萧竹，不识民间疾苦声"，也就不奇怪了。

因为工作经历的关系，我不仅两度在不同的街道社区挂职，而且基本上走遍了所在地的66个村庄，村村寨寨多已涉足，大抵可以说用双脚丈量过民情。加上原本出身农家，老家未拆迁时经常回村里转一转。平日里住在城市，如果不赶时间，也或步行、或坐公交，或到小吃店、或坐在修鞋摊，感知人间万象。然而，毕竟是蜻蜓点水仅及皮毛，且时光流转，情况在变化，还应该深入一些、常态一些。由于成长环境所囿，时下不少机关干部经历单一，从家门到学校门到机关门，门里来门里去，对社会的判断容易走偏。因为走得顺，学校一毕业便进入公务员队伍，在激烈的就业竞争中过五关斩六将，如果修为不够，也容易产生自满情绪，自高自大。殊不知，自大多一点就是"臭"！在实践中不虚心，感觉良好，自以为是，老百姓背地里当作笑谈，根本瞧不上眼。干部到基层"补课"，与群众同吃、同住、同劳动，阅历能够得到丰富。当然，干部下基层，要"身下"更要"心下"。要把自己的心与群众的心融在一起，并用心去体悟所见所闻，这样才会有启发、有长进。我在一个小吃摊上听两人对话，很耐咀嚼。甲似乎对生活不大满意，说："来世上走一遭，没享到什么福。"乙应道："酸甜苦辣，什么都要尝尝。"静下来琢磨：我们应当怎样看待生活中的挫折呢？如果把艰难困苦作为一种滋味来品尝，人生不是会少一些叹息？

当然，就公务员特别是领导干部而言，体验基层疾苦，更为重要的价值还在于，作为公职人员，能够更真实地感知社会，从而"不唯上、不唯书、只唯实"，更好地履职尽责，更准确地做出决策，更务实地抓好落实。也是从这个角度上讲，如同任何事情都有两面性一样，当年组织知青上山下乡，不管是否出自初衷还是歪打正着，积极的意义也是有的。据有关方面统计，新一代中央领导集体205名中央委员中，65人有过知青经历，占总数的31.7%，中央政治局常委中知青经历者占比则高达57.1%。陕北老乡说，习近平总书记在陕西延川县文安驿公社梁家河大队插队时，能挑一二百斤麦子走10里山路长时间不换肩。有过这种刻骨铭心的艰苦岁月，其平民情怀、务实风格与强国梦想，也就顺理成章了。

1957年，毛泽东同志在苏联接见中国留苏学生和实习生时满怀深情地说："世界是你们的，也是我们的，但是归根结底是你们的。你们青年人朝气蓬勃，正在兴旺时期，好像早晨八九点钟的太阳。希望寄托在你们身上。"长江后浪推前浪，80后、90后相继担当重任，是自然规律。这些温室里成长起来的新生代，面对"中国梦"会有多大作为？很重要的一点，在于他们能否正确认知社会，从而牢固树立正确的人生观、世界观、价值观。这就需要一个认知社会的渠道，温室里来温室里去，是难以真正感知的。党的十八大提出，要围绕保持党的先进性和纯洁性，在全党深入开展以为民务实清廉为主要内容的党的群众路线教育实践活动，把握了根本、切中了要害，的确是深谋远虑。实践证明，赣州开展的"送政策、送温暖、送服务"工作，符合中央精神，是富有地方特色的生动实践。

三月里来访农家，春到农家万物新。看着农户家门口牌子上自己的名字和手机号码，默默祈愿：春天到了，村民们的生活一定会更加美好！

我家的传奇

有历史，就会有故事、有传奇。家庭是社会的细胞，社会有传奇，每一个家庭自然也会有自己的传奇。何其有幸！从辽远的蛮荒一代代走来，未曾断代，因而有了我们。然而，家庭旧事大多靠口耳相传，年湮代远、记忆模糊，难免语焉不详，传奇便多了一些朦胧。从片断化的闲谈中，我也有一些与家庭相关的碎片化记忆……

（一）飞来横财

陈大鹤，清代雍正、乾隆年间人。我是"相"字辈，根据家谱中"上大人，孔夫子，生周朝，相东鲁"的轮流表，大鹤公比我年长八代。按照"父之父为祖父，祖父之父为曾祖父，再一辈辈地往上，就是高祖父、天祖父、烈祖父、太祖父、远祖父、鼻祖父……"的推演，大鹤公是我的八世祖父，也就是远祖父。

大鹤公应该很有钱，据说，七个儿子分家，他给每人都建了一幢大宅子。我年少的时候，故乡仍矗立着数幢规制宏大的青砖黛瓦建筑，墙砖上还镌刻着"乾隆辛丑陈大鹤记"等字样。大鹤公为何如此富有？有一个传闻，说的是，他在街上开了一家商铺。一个风雨交加的夜晚，一位异乡人匆匆敲开店门，说借宿一夜。第二天一早客人离开，临走时寄存了一只包裹，说如果三年未来领取，则请自行处理。受人之托，大鹤公小心翼翼地把包裹挂在了屋梁上，每日悉心照看，直待客人返回领取。三年过去了，客人没有回来。于是，大鹤公解开包裹，发现竟是一袋子金条。大鹤公颇为惊异，旋即又挂回屋梁，再等候三年，仍不见客人前来领取。于是，大鹤公取来添置家产，给后人留下了庞大的建筑群。

此事未知真伪，只是，大鹤公的为人确可称道，有史料可以佐证。大约是2007年，故乡兴建工业园，大鹤公墓地迁移，发掘中见到200多年前的墓志铭。上载："太学生陈昌龄公，讳大鹤，赣县章水乡玉田人。其先自有明时，由江南来居赣之高石，盖二百余年矣。公曾祖讳英，暨大父安舜公，俱有隐德。公父上通公，由高石徙居火劳桥，妣鲁氏，生丈夫子五人，公其四也。公生而岐嶷，年三十余，父母俱即世，兄弟亦以次皆殁。公独力经营，合厝其先二人于火劳桥之木梓岭。葬后，公益以勤俭起家，称素封焉，始迁居玉田。公生平孝友性成，居乡尤慷慨，急人之急，虽倾囊不计也。诸昆季皆无后，其疾病丧葬悉公纪理，故乡里咸推重之至。其驭事精明，待人诚信，凡世俗所难能者，公无不一一能之，殆所谓'笃行君子'。""笃行君子"，以及墓志铭称道的"德厚而材良，抱奇而负异"，或许正是大鹤公富甲一方的密码。

（二）好大的派头

旧时代，教育不普及，村子里会舞文弄墨的人不多，这样的人往往也就很吃香。尤其是德高望重的人，往往成为一个地域的"礼簿先生"，名声远播。遇有红白喜事，大家都请他出面，帮忙牵头张罗，肩负理事之责。也许是素来注重耕读传家，我们家似乎传承了这个衣钵。曾祖父生祥公，据说便是这么一个角儿。

余生也晚，祖父周泰公，我都未曾见过其人，只是在一张大圆桌背面看见过他硬朗的遗墨。曾祖父自然就更别提了，经过晚清之后百余年的漫长动荡岁月，连遗墨都未曾留下一星半点。听长辈们说，生祥公个子不高，但一到那种众目睽睽的场合，立马就虎虎生威。他端来一张小板凳，高高站起，面带严肃，摇头晃脑："各位亲朋好友……"

时光虽然久远，听长辈介绍，生祥公抑扬顿挫的腔调，却仿佛就在耳边……可惜没有影像，对他的风采，也就只能在揣度中景仰了！

（三）"混账爷爷"

"混账"一词的由来，我疑心与糊涂会计有关。精明的会计心里有把铁算盘，一分一厘蒙不了他。比如父亲，三下五除二，就拨弄得异常娴熟。糊涂会计则不然，大小不清，整个一笔糊涂账。据此，一段时间里，我说爷爷是"混账"。

众所周知，旧社会养活一个人可不容易，所以，有的人生来便送给了别人，甚至抛弃路边或者溺亡，特别是女孩。可是，不知是不是爷爷想凑成一个"七仙女下凡"，我竟然有七个姑姑，她们不全是爷爷的亲骨肉，有的来路还颇为蹊跷，令我如丈二和尚摸不着脑儿。其中三个没有血缘关系：一个是从小抱养过来的，但不算童养媳，养大就嫁人了；一个是乳儿的配偶，奶奶用她的乳汁养大了一个男孩，男孩回到生养地结婚成家，由于配偶与爷爷同姓且没爹没娘，爷爷索性把这女人认作女儿，乳儿摇身一变成了女婿；还有一个更不可思议，非亲非故，也没其他什么瓜葛，但因为两家是同姓，讲话投缘，遂让爷爷不费吹灰之力又多了一个人叫他爸爸。其间的关系，常常搞得我们搅不清楚，直到多次梳理，我才明了了一些眉目。

透过爷爷的举动，我们以为他大概是挺喜爱小孩，可是，分析起来，他的亲生女儿却无一例外都有过做童养媳的历史。大姑、二姑不必说，典型的小小年纪就嫁了人，没吃过爷爷几碗饭。另外的两位，据说奶奶和伯母发现她们在新的家庭遭受虐待，遂一一强行捧回，方才正正经经在自己家里出嫁。我心里想，干吗自家的女儿不好好喂，偏要换着别人的来养，难道女儿是别人的乖？据悉爷爷也是一个小生意人，或许肚里有杆秤，他自有他的道理。

上代人埋下了因，到了父亲这一代便结出了果。我们家在当地算得上大户人家，亲戚多，每至过年过节热闹非凡。爷爷似乎确有远见，他的做法符合今天倡导的"人类命运共同体"理念。如果诺贝尔当初设立了"人类大团结奖",他老人家没准还能够入围呢!

(四)死而复生

有一句大伙耳熟能详的话:"人最宝贵的东西是生命,生命属于人只有一次。"可是,爷爷的生命至少有过两次。

据说,家人把手指放在爷爷的鼻孔前,发现已经没了气息,听听心脏,似乎也停止了跳动,便按照当时的规矩,给他穿上红衣红裤,抬至隔壁众家大宅院的厅堂里,放进了棺材。那是一个公共场所,比较空旷,家族中红白喜事一般都在那儿办理。夜里厅堂里也没什么人经过,只有神台上点燃的灯芯草,吮吸着清油,一闪一闪的,陪伴着渐行渐远的魂灵。

半夜里,或许因为没盖被子,有些凉意,躺在棺材里的爷爷竟然给冻醒了。他伸伸手,可是左右都推不动。幸好上面还没盖上棺材板,借着微弱的灯光,爷爷穿着一身寿衣,爬了出来。往事如烟,不知那一夜,"死去"的爷爷爬出棺材,一旁守灵的亲人们到底是一种什么况味?是惊魂还是惊喜?

故乡人说,爷爷这一次"死"叫作"变症",是"假死"。所谓假死,指的是呼吸、心跳、脉搏、血压等生命指征十分衰微,从表面看几乎完全和死人一样。爷爷死而复生,听听都感到后怕。假如已经钉上了棺材盖板,假如匆匆下葬,"假死"不成了"真死"?过去民俗里,人死之后不匆匆入殓下葬,而是先让遗体停放七天,或许也有它的道理。

(五)猫事

小时候,很长一段时间,我家不曾养猫。尽管楼上常有老鼠穿梭,尽管谷仓里常留下老鼠屎,父亲却总也不养猫。吵嚷多次,父亲仍无动于衷,后来,我才弄明白背后的故事。

据说，早年我们家也养过猫，一只很乖巧的猫。一个冬夜，一家人围坐在一起，靠在竹椅上聊天。奶奶穿着围裙，罩着大火笼取暖。过了些时候，奶奶困了，想起来走走，于是提起火笼顺手往旁边一搁。不料，家中的猫正安详地躺在奶奶身边，火笼落地，不巧正压着了猫的脖子。猫死了，奶奶很伤心。为免勾起往事，让奶奶伤怀，从此，家中不再养猫。

奶奶去世多年，这个阴影依然罩在父亲头上。包产到户后，家里储粮多了，老鼠也多了，父亲终于下决心买回一只猫。这是一只像老虎一样长着环形纹斑的花猫。天冷的夜晚，它常常钻进我的被窝，与我一起酣然入梦。奈何，有一天它在邻居家厨房里捕食了一只吃了毒药的老鼠，不幸中毒身亡。我和弟弟抱着它直挺挺的身子，在屋后一棵小树下挖了一个坑，默默地把它安葬，还用木片立了一个碑。从此以后，直至今天，我们家再也没有养过猫。

却话当年受教时

下班回来，姐姐跟孩子谈起当年父母对我们的教育。往昔岁月的一些细节，宛如情景剧一般，一幕幕浮现在眼前。

孩子们在外面玩耍，难免磕磕碰碰，与小伙伴产生摩擦。比如春来溪水滔滔，小孩子凑在一块放牧纸船，纸船彼此碰撞，本也寻常，但有的孩子心眼小，由此发生口角，甚至拉拉扯扯。不记得具体是什么情形了，我们感觉受人欺负，回家告状，原以为能搬来救兵，不料父亲居然二话不说，训斥我们下跪受责，还振振有辞："他打你，怎么不打我？"父亲没有学过哲学，但他显然认定内因的存在。他的逻辑简单明了，结论便是我们自己应该好好反思。现在回想起来，他也许是对的。人与人之间的龃龉，的确未必总能辩出个子丑寅卯，也就未必非要争个输赢，并且，从长远看，即使当时"小赢"，最终却可能"大输"，因此，把握自己才是上上策。

我家家教素以严格声名在外，可谓尽人皆知。大人讲话时不许插嘴；"食不言，寝不语"；有客人来小孩一般不上桌吃饭；每逢除夕之夜，总要叮嘱，过年走亲戚用餐时只能吃配料；不得随意吃别人的食物，更不能拿别人的东西，如果我们手头有来路不明的物品，则一定要问个究竟；不能与调皮捣蛋的孩子为伍……诸多小节，都有明确的要求。不过，印象中，父母极少体罚我们。厅堂屏风一角虽然插着一根细细的柳条，但使用几率极小，它更多地起着警示作用。即便是训斥，大抵也不会在餐前，总要待到吃过饭以后。

耕读传家、崇文重教，似乎是家中的传统。父母极为重视我们的学习，家教中一些往事也就与此相关。至今清晰地记得，上小学时一个夏天的夜晚，我正在煤油灯下写作业，不知什么时候父亲站在了我的身后。忽然传来一个轻轻的声音："你这个字好像少了点什么呢？"父亲没再说别的话。我仔细察看，哦，果然有个字不大顺眼。抬头瞅着墙上书写的标语，正巧有这么一个字，便迅速照着添上了两笔，父亲满意地笑了。也许是他很少检查我们的作业，时隔经年，这个温馨的场景我一直记忆犹新。也许直至离世，父亲都未曾知晓其时我的"作弊"。当时家境窘迫，孩子又多，父母供我们兄妹6人上学，真是不容易。作为同时代的人，我们相对享受了较高的学校教育，无疑凝聚着父母的心血。

由于年幼时特殊的遭际，尽管外公也是一个读书人，母亲却识字不多，但她同样非常关注我们的学业，给我们创造条件，在琐细的生活里给我们教诲。我与弟弟年龄相仿，小时候在一起闹腾的时间也多一些。大约是念初中时的某个假期，不知什么缘由，我们俩发生了争执，结果受到父亲的责罚。我觉得自己受了委屈，一时泪眼迷离。在厨房的一隅，母亲摸着我的脑袋，爱抚着说："你多读了几年书，读书人要讲理。"母亲是一个善良、隐忍的人，记忆里，她从来没有与别人发生过冲突。左邻右舍相处也都融洽，繁星点点的夏夜，我家屋前的葡萄架旁，总是聚集着前来纳凉的邻居们。

少时的生活是艰辛的，上课读书，下课干活，那是常事。由于生产生活条件滞后，有时确实非常辛苦。那时故乡不通电，给稻田灌溉大多仍然使用三国时马钧发明的水车，颇费力气。父母领着我们，把脚踏水车拆成几个部件，浩浩荡荡扛向稻田。安装好后，父亲还特地用被单在田野里支起一个大凉篷，我们踩着水车，塘水缓缓流进稻田。父亲或打开收音机，或给我们讲故事，起初尚不觉得怎么累，然而，时间稍长，小脚心便隐隐作痛。看着我们难受的样子，母亲爱怜地说："你们唱歌啊。"面对生活的艰难，父母从不言苦，总是那么平静、那么平和，仿佛一切都如同天晴下雨一般，原本便是人间本相。清晰地记得，父亲在新制的手拉式水车两侧，挥毫泼墨，写下"手挥木龙舞，雨润田间苗"十个大字，好像这种劳作乃是尘世间莫大的享受；清晰地记得，故乡刚通电，我家即添置了当时颇有些口碑的燕舞牌收录机，家中常常歌声嘹亮，劳碌中的父母从不因震耳欲聋而制止我们；清晰地记得，母亲病重期间，我们一直隐瞒她的病情，回到家我常常装着轻松的样子，笑容堆在脸上，至今想来，她一定也心里明白，只是同样假装糊涂，以免增添我们的忧伤，她早已看淡生死，唯一缺憾是我们兄弟尚未都成家立业，她静静地坐在藤椅上，慈爱地看着含笑的我，也笑笑，揶揄着说："笑我快死了啊。"往事不经回忆，我在泪水中感受着父母的达观与坚毅。

"生活恒久远，家风永传承。"父亲母亲没有多么高深的家教理论，他们只是用质朴的言行、平常的小事，点点滴滴告诉我们，善良、正直、低调、谦和、自信、坚韧、达观……这些都是人世间应该有的品德，都是人生行囊中的宝贵财富。在教育日益多元化的今天，人们的价值取向自然也趋于多样化，譬如有人说忠厚老实是要吃亏的，然而，阅历经年，我越来越感到，父母所赋予我们的未必已经过时。我也欣喜地看到，他们的孙辈曾孙辈们，也正在一代代耳濡目染、潜移默化中，领悟和坚守着自己的人生准则。

岁月无声，人间有情，如此甚好！

阳台旁的万年青

阳台一隅玻璃圆桌上，搁着一盆万年青。平日间忙碌，没多少工夫打理，只是偶尔浇浇水。就这么一天天过去，看它一天天生长，也忘记是哪时种下的了。

这盆万年青，来自故乡的庭院。记忆里，万年青是家中最早种养的花卉，数十年来家中从未间断过。最初的印象是，孩提时：老家座钟旁的一只小花瓶里，曾经插着一枝；屋前菜园的一个角落里，种植着一丛。葱绿葱绿的，生机盎然。我十二岁那年，鉴于兄妹们日渐长大，家中住房分外拥挤，其时赣江中游万安地段又着手兴建水电站，故乡面临移民搬迁，父亲领着家人在老宅对面山冈上另辟家园。新居背山而立，滔滔赣江宛如一条白练，从前方田畴尽头飘过，再往前是连绵的青山，我家大门正对的那座山状如大象，叫象山嶂。那时父亲刚过不惑之年，却已是他第二次辟建新居。约十年前，他曾经有过第一次规划，并已在老宅菜地里打下了六扇五间的地基，后因获悉即将兴建万安水电站而未能遂愿。作为一个年轻人，尤其是在那样一种艰苦的环境下，能够接连夯实两个地基，并盖起一座大房子，可不是一件容易的事。记得新居落成后的某个春节，父亲泼墨挥毫，写下一副对联："门对青山千年固，户朝江水万代兴。"许多年后回想起来，我依然能够体味到父亲当时的豪迈与欣喜，并感受到他喜爱万年青的某个缘由。

新居建成后，庭院更宽敞了，种花养草有了更大的空间。父亲在神龛中间爷爷奶奶的遗像两侧，分别摆放了一只大花瓶，插上两枝万年青。这一直是家中的"标配"，倘使某枝万年青长势不佳，父亲会立马更换新的插枝。于是，厅堂里总是满目葱翠，生机勃发。万年青容易繁殖，如同柳枝，扦插即可生根。父亲瞅准屋后崖壁下一个潮湿地带，插上数枝万年青。由于室外宜沾雨露，母亲浇菜时又每每一并施些肥料，这些万年青长势喜人，不断萌发新枝，不久便成为庭院里的一道风景。母亲在这栋新居里生活了整整一轮生肖，对这丛万年青也整整浇灌了一轮生肖，十二年后，她猝然与世长辞。

　　人到老年，家庭变故，无疑是对父亲沉重的打击。加上我们兄妹陆续迁入城市，平日间庭院里安静了许多，陪伴父亲更多的是院子里那些花花草草。为了减却触景伤怀，母亲去世后，家中庭院做了一些改动，新建了门楼。门楼背阴处一角，成了父亲种植万年青的好所在。他把屋后母亲浇灌过的一些万年青移植进花盆里，日月侍弄不休，不多时，门楼旁成了万年青的世界，萌蘖滋长，郁郁苍苍。未曾料到，父亲经营二十余年的庭院，在他年逾古稀时，因故乡被用于建设工业园区而面临拆迁的命运。建新居，搬家园，再度成为了父亲必须面对的问题，尽管他已垂垂老矣。我不知道此刻父亲的心境，他没有多说话，只是把一辈子陆陆续续添置的家当，一件件仔细盘点。一生心血不可能悉数搬走，收废品的上门了，父亲以很低的价钱对大多数物品做了了断。但他没有忘却万年青，没有忘却陪伴经年、寄寓人生希望的一抹绿色。他带走了一枝万年青，随后插在暂时租住的房子里。人生中第三次盖房，父亲最终没有等来。告别熟悉的故乡之后，他的身体便每况愈下，第二年初冬，他在城市的一所医院里长别人世。

　　有人说："父母在，人生尚有来处；父母去，人生只剩归途。"初闻不知句中意，再听已是句中人。因为工作繁忙，栖居城市的我，本就不常探视故乡，父母去世后，回乡就更少了，然而，对父母和故乡的情愫，一直萦系于心、不能释怀。阳台一隅的万年青，也就成为这样一个物象，把我与父母、与故乡联结起来。

父亲辞世后的一段时期，故乡虽已征拆，但昔日的庭院尚未完全被夷为平地。一个假日，我回到已然残垣断壁、杂草丛生的院落里，在屋后的水沟旁，看见了那丛熟悉的万年青，它们依然葱郁，顿时百感交集，临别时拔走两枝，种在了城市的家中。多少年来，从来没有这般仔细地观察。两枝来自故乡的万年青，两枝带着父母气息的万年青，它们悄然生长在远方城市的一个铁皮盆里，开花、结果，日渐丰厚了我的认知：万年青，百合科，铃兰族，多年生草本植物。根具许多纤维根，密生白色绵毛；叶为基生，排成两列，套迭成簇；花为肉质穗状花序，于叶腋抽出；花冠洁白，呈高脚碟状或漏斗状；果实为具单颗种子的浆果球形。多年后，两枝万年青已长达两尺余，支撑不住，横卧窗台。我忽然心生焦虑：小小花盆，究竟能够承载它们多久的生命？正担心它们因枝条过长缺失水分而渐趋枯萎时，我欣喜地发现，窗外一束阳光投射进来，照亮了铁皮盆里萌生的新芽。一寸寸日夜生长，新芽成了新枝，接续着阳台的绿意。

光阴荏苒，物是人非，故乡的那山那水已化作一片厂房，昔时的庭院早已了然无痕。父亲和母亲坟头的青草，也在枯黄与新生中重复着岁月的轮回。一切终将逝去，唯有真情永存。很多物象都会在时光流逝中沉淀下来，深藏心底，正如依然存储着的父亲用过的手机号码，正如阳台旁那盆来自昔日庭院的万年青……

自然妙趣匠心成

接族叔公周红先生电，一喜一踌躇。喜者，其呕心沥血之根艺作品，得以制成画册，结集刊行；踌躇者，蒙其厚爱，嘱作一序。

坦率地说，晚辈才疏学浅，加之艺术修养匮乏，无所见地，深恐难担此任，贻笑于大方之家。然其情切切，却之不恭，只得应承，斗胆提笔而为之。

幼时，曾与周红叔公为邻十余载。穿过一道幽深的小巷，即到其宅第。站在我家屋前葡萄架下，透过周红叔公家厨房的木窗传递物件，则触手可及。因了这个机缘，尤其是周红叔公与先父朝俊年龄相仿，两家走得近。星辉斑斓的夏夜，每每共沐清风，把椅闲谈。瓜棚豆下，八卦东西，不亦乐乎！至今想来，斯情斯景若在眼前，倍感温馨。

我因年少即外出求学，故乡人事，知之不多。参加工作后，公务缠身，难得回乡，与众位乡邻见面亦少。前番得悉周红叔公玩起了根艺，颇觉新鲜，亦深为高兴。诚如习近平总书记所说："生活在我们伟大祖国和伟大时代的中国人民，共同享有人生出彩的机会。"周红叔公年近古稀，寓居乡里，忽沉浸于根艺世界，让人生绽放异彩，岂不令人感叹于我们所处时代之不凡？所谓盛世收藏，盛世同样多有雅趣。文化勃兴，必定以经济社会繁荣活跃为基石，亦为民族复兴之要件；衣食无忧，寻常百姓对精神生活往往会有更高追求，也才会有心情亲近艺术。

细究起来，世间从来没有无因之果。追本溯源，周红叔公兴之所牵、寄情根艺，其实早见端倪。其年壮时曾随父研习木工，刀斧凿刨，得心应手。然而，自古以来，"班门弄斧"者不可胜数，缘何如白石老人从木匠而画坛巨匠者寥若晨星？这自与才情、慧心不无关联。

从小即知周红叔公酷爱读书、习字，记得先父藏书《说岳全传》下册曾夹着一张纸条，记载着上册借与了周红叔公。其毛笔字亦遒劲有力。承其深情，先父辞世后，家兄即请其执掌礼簿。挽联灵幡，字字苍劲，笔笔生悲，令人扼腕。从事根艺创作需要文化作为底气，胸无点墨，悟性了无，难以洞破造化的玄机，必然出不了好的作品。周红叔公生在乡野，素来钟情书香墨宝，我想，这为他与根艺结缘埋下了种子。

当然，更为重要的还是兴致。兴趣是最好的老师，没有兴趣做引导，才情和慧心即步入不同的方向。置身周红叔公家中，面对满屋的根艺作品，问其来龙去脉，周红叔公说，这个捡在家里已经二十载了，那个已经存放三十年了。真是一位有心人！其一些根艺作品的原始材料，竟然存留了那么长时间，且几经搬家，犹在身边。"根到自然成"，那么多年前的眼光选定的根，经过时光的积淀、阅历的积累、思想的积蓄，也就取法自然、因势赋意，落成为艺术佳品。

身居乡里，独自摸索，从事根艺创作之初，免不了要走点弯路。常见的便是根据自个儿的想法，忍不住动动刀子。然而，普遍的看法是，根艺这东西越自然越好。"放下屠刀，立地成佛"，能不动刀就不动刀，顺乎自然，才会臻于至境。面对当初刀落痕生的点滴遗憾，周红叔公坦然地说，边做边琢磨，越来越找到感觉了。这样好，本来就是寻找乐趣嘛，既然木已成舟，就不妨豁达一些。如果念念不忘，老是放不下，给自己徒添烦恼，不是失去了亲近雅趣的意义吗？随着创作数量的增加，周红叔公的体会也越来越深，有许多独到见解。"自然妙趣匠心成"，他的一些根艺佳品，已深获专家好评。

抚摩着一件件作品，听周红叔公侃侃而谈，为其老有所乐、老有所获而暗自欣喜。人生，就是要快乐！快乐的人生，才是有品位的人生！祝愿周红叔公在根艺创作中享受更多的人生趣味，获得更多的精神愉悦！

老大的石头会唱歌

老大打来电话，听得出很高兴。说捡了几块好石头，发了几张图片到我邮箱里，让我有时间给命个名。

我也很高兴。我早就建议他，闲暇时捡捡石头，实在是一个很好的安排。好在哪？至少三点：一是锻炼身体。高山溪涧、河滩水塘，野外走一走，快快乐乐健身，妙不可言！二是陶冶情操。时间有来打发，远离麻将牌桌，无聊成为有聊，人不容易空虚，不容易犯错误。三是积累财富。说不定某日邂逅宝石，只要一块，那就成了大富豪，这后半生也就轻轻松松了。呵呵，只要多捡就有梦！

　　我也想去捡石头，但可能因为忙，当下我是没得空去捡的，只好做一个"石头梦"。这个"石头梦"，不是宝黛情长，无关风花雪月，那是硬打硬的鹅卵石之梦。

　　老大真的是进入状态了。他提及我了解的某位老领导，说在石头面前相遇了。由于一直繁忙，我至今不曾看过老大的石头。但听他这么一说，就知道他的确行动起来了，因为那位老领导确实爱石头。

　　我问老大，可有什么奇石？他说很难。我说"捡石莫畏难，靠的是机缘"，捡得早不如捡得巧，捡得多不如捡得好。再者，捡石是需要眼光的。楚厉王、楚武王不识货，与和氏璧擦肩而过；楚文王叫人破开来看一看，得到了稀世之玉。

　　老大有艺术细胞，有独到眼光。记得他风华正茂之时，就用奇石制作了几个花盆，确实很有创意。只可惜，老家拆迁时，那几只历经数十年风雨的花盆没有搬走。他自小还喜欢种花养草，书画也有功底。潜移默化，他的眼光必定不俗。有这样的眼光，他一定能够与石头"相看两不厌，结得奇石缘"。

　　老大发给我石头照片，一定是他的得意之作。遗憾的是，邮箱老是靠不住。打开邮箱，居然没收到。那就留一个伏笔吧，缓缓再欣赏。

蜗居遇盗

近日入城工作，觅得小屋一间。环境不错，小小的院落让我可以偏安于喧嚣的城市。意想不到的是，我这穷书生居然也会被盗贼盯上，恬静的生活陡起波澜。

那天，我与朋友散心到很晚才打道回府。推门一看，发现门锁躺在门旁墙脚下，我猜想是门板朽了，我这下用力过猛把锁给别了下来。洗完澡，打算找出隔日穿的衬衣，却怎么也找不着，也许星期天返城时忘在老家了吧？可是，记忆中这衣服昨晚刚洗过呢。满腹狐疑的我于是仔细地查看了一遍陋室内极其有限的物件，终于认定，有梁上君子光顾过这屋子。我记得清清楚楚，前天夜里饥肠响如鼓的我上街买了一盒饼干，至少还吃剩有一大半，怎么突然杳如黄鹤了呢？蜗居必定是遭遇了盗贼。

看着简陋的陈设，我哈哈大笑，我弄不明白谁还打这主意，把我当作了目标。笑过之余，我有些气愤。我这屋里，虽然没几样东西，但每一样都是绝对的生活必需品，少了一样，我正常的生活就要打折扣。这不，明天我穿什么衣服上班呢？气愤之余，我又生出几分善心来。这位"仁兄"偷得有意思，衬衣加饼干，塞肚皮御风寒，都是为了基本的生存。况且，作案现场整洁如初，丝毫不见恣意的破坏。这样说起来，我似乎显得被动，不禁有些惭愧。为什么觉悟那么低，不主动奉献呢？暗自沉思，发觉也不宜过于自责，"衣食所安，弗敢专也，必以分人"——遗憾的是，我衣食不丰，仅可自用而已，实在无法与人共享。

偶然的一次遭窃，我想入非非，写下了上面的文字，并凑成两句话聊以作结：本非神仙，岂能不食人间烟火？蜗居遇盗，自然终归不足为奇。

闹铃轶事

对于作息时间不大有规律的人来说，生物钟未必靠谱。这不，周日醒来，天已大亮。得送孩子上辅导班，洗漱吃饭跑路，时间紧得很，分分不可误。不禁想起闹铃，这个既邪恶又贴心的人类发明。说它邪恶，因为它扰乱了"睡觉睡到自然醒"的幸福时光；说它贴心，因为它让人们可以高枕无忧安然入梦。

第一次用闹铃，是在念初中时。那时候，初中也搞选拔性考试，顺风顺水，我成为那时节家乡小学首度出远门读书的人，被录取到二三十里外的中学。说起来还有一段小插曲。小学升初中考试前夜，稀里糊涂中，准考证被当作废纸，揉成一团，扔进了垃圾桶。考试的那个早晨，"众里寻他千百度"，翻遍抽屉不见踪影，是那般猴急。幸而，终究在垃圾桶里扒了出来，在规定时间进了考场，得以奔赴异乡就读初中，便有了首次使用闹铃的机会。

也许是因为学校吃住条件差，也许是由于家中生活拮据，更多的原因，则是亲情使然。在学校过了一段时期的群居生活之后，姑妈让我住进了她在工厂的小房间。工厂离学校其实也不近，步行至少得三四十分钟吧。姑妈白天上班，给我准备好早餐晚餐，傍晚时回家。我独自一人，居于一隅。为避免上课迟到，姑妈特意买了只闹钟。一切尽如人意，每个早晨，伴着"铃铃铃……"的清脆声响，我起床上学。

可是有一天，当姑妈开门进屋后，发现我仍然蒙头大睡。我一骨碌惊醒。原来，睡梦中，放在枕头旁边的闹钟被我不慎推倒。闹钟背后的把柄给卡住了，无法旋转，自然不能发声。吃一堑长一智，后来，闹钟被高高悬挂在床对面的屋梁上，睡眠中再也碰不倒了。

参加工作后，时间相对机动一些，但为了遵规守纪、不误时辰，仍然得仰仗闹钟。大多数情况下，自然是顺理成章，听从闹钟的安排，可是也有失算的时候。有时，闹醒之后，瞅瞅时间，觉得还可以再睡上几分钟，便关了闹铃，继续闭目养神，不料这么一养，居然睡过头了。三下五除二，牙不刷、脸不洗、发不梳，急匆匆直奔单位，灰溜溜钻进办公室。

大体上讲，自己的睡眠质量不甚理想，闹铃一响，接通思想，即刻了无睡意，有时甚至还提前醒来，拉过闹钟看看几点。然而，偶尔也发生奇怪的一幕：隔壁房间敲门嚷嚷，"你这闹铃，有完没完，还让人睡不睡？"哦，原来"墙内开花墙外香"，铃声远扬，闹醒了别人，没闹醒自己！

科技日新月异，闹铃与时俱进。早年用的是需要上发条的机械钟，睡前都得扭一扭。后来电子钟兴起，安装电池、开启开关即可。步入智能手机时代，白天黑夜，周一周日，精准设置，尤为便利。不过，也有让人啼笑皆非的时候：咦，明明已设定闹铃，为什么就不响呢？错过了时间，既懊恼又纳闷，仔细探究，发现问题出在选错了日子，那得等到下周才响呢！

不由得感慨：现代，其实有时未必比原始靠谱。正如，越是信息化，越无隐私可言；正如，科学突飞猛进，今人却似乎少了古人的宁静与悠闲。几千年前的老子说："邻国相望，鸡犬之声相闻，民至老死不相往来。"清静的日子，用得着闹铃这个发明吗？

所谓尽信书不如无书，尽信闹铃，有时也令人尴尬不已。于是回归传统，对同行的朋友说："记得出发时叫上一声啊！"或者实行多重保险，在不同手机上都定个时间。东方不亮西方亮，大不了多心惊肉跳一次。

花开两朵，各表一枝。话说一位师友，工作上忙忙碌碌，却每年出一部书。见我诧异，他透露了一个秘密。原来，他的文字基本上都是下乡途中、工作余暇在手机上写的。真不容易！今天我也不容易！这个周日，孩子上午下午都要上辅导班，我负责接送，听闹钟使唤起床，孩子学习期间，则在旁边游荡。

于是，择一角坐定，有了这段"食指尖上的文字"，有了这篇"手机随笔"处女作；于是，"食指尖上的文字"，与闹铃融为一体，见证着快节奏状态下人生的急促与文明的悖论……

那年羊年我话虎

年少时一个春节，刚刚搬了新居，似乎正值虎年，大哥买了两幅虎画，挂在饭厅的墙上。正欣赏着，突然被叫停，父亲说"拿下拿下"。说"下山虎"是饿虎，正要觅食，那是要吃人的，不祥，不宜挂。上山虎无妨，水足肉饱，"饱暖无食欲"，优哉游哉，倒是相安无事。

我暗自嘀咕，什么上山下山，一幅画而已，哪有那么多的玄机？小人不与大人辩，"入家随俗"，既成了老爹的家人，那就听他的话，拿下吧。大哥名叫"相龙"，生肖属虎，爱屋及乌，喜欢虎画，自是情理之中。我不属虎，但无碍"陈公好虎"。岁月悠悠，时隔经年，至今犹记其中有一幅虎画，旁侧题联"声威震大千"。儿时的眼光，觉得"庞然大物也"，钢牙利爪，圆瞳响尾，脑门上还写着一个大大的"王"字，虎虎生威，颇见气势，令人血脉偾张。

幼时的启蒙根深蒂固，出于对父亲的尊重，虑及"不听老人言，吃亏在眼前"，后来，自己也从无张贴虎画的念头。再后来，听说墙悬虎影，原是武人的专利，所谓"将门虎子"，那可是将帅之家的墙上饰物，我辈岂能生此念想？也罢，挂与不挂，见与不见，敬畏就在心里。我仍然分外垂青老虎，譬如虎牌蚊香、飞虎商标清凉油，但凡含有猛虎图案的纸盒子、铁盒子，都引发了我的收藏欲望。虎，百兽之王，素来象征勇敢和坚强。"狐假虎威"，狡猾如狐狸者，即深知虎之厉害、虎之非凡。兽犹如此，而况人乎？早在春秋战国时期，人们便以虎符作为调兵的凭证，上面用黄金刻上一只老虎。军帐之上，虎符在手，虎威凛凛，军令如山，焉敢不听？

狮子、老虎，均为猫科动物，都号称兽中之王，前者是"草原之王"，后者是"山林之王"，但与狮子盘踞非洲不同，中国是老虎的故乡。这让我颇感自豪，也因此对老虎添了几分亲切感。不知是谁给取的名字，"狮子"再大也是"子"，"老虎"再小亦称"老"，看来，给二者命名的"始作俑者"与我一样，都未免有些偏心，对本土兽类怀有特殊情感。或许正是这个因素，中国传统文化里，有关老虎的逸闻似乎比狮子多，形象也要好一些。人们谈及狮子，多半都与悍妇相关联，所谓"河东狮吼""狮威胜虎"，说的都是妇人悍妒。把狮子与悍妇挂钩，我疑心这源于雄狮一般不参与捕猎，而是由雌狮担当此任。"莫道古人无学问，今人未必尽高明"，我常常感叹古人的睿智，他们的很多话都不是信口开河，那是有由来的啊！谈及老虎，形象则要"高大全"许多，譬如"卧虎藏龙""龙腾虎跃""虎踞龙盘""龙吟虎啸"，"虎"常常与中华民族至尊之"龙"相提并论。或许，"狮虎文化"带有性别歧见，然而，从中亦足见老虎的不同凡响。

老虎一声长啸，气吞山河，八方震动，何故与小小的虫扯上关系，竟被称作"大虫"？凭空想象，我推断这说的是，老虎身段修长且有纹理，状若虫，但体形大，故名"大虫"。蛇被称为"长虫"，或许道理相同。查阅资料，感而慨之：没文化真可怕，必然要闹大笑话。有专家指出，古人用"虫"泛指一切动物，分为五类：禽为羽虫，兽为毛虫，龟为甲虫，鱼为鳞虫，人为倮虫。"大"有"为首"之意，比如称兄弟中排行第一的为"大哥"；"大"又是敬辞，比如称首领为"大王"。虎属毛虫类，又号称兽中之王，"大虫"就是毛虫之首领。古人还把"五虫"的首领与五行方位相配，西方之神即为白虎。有专家进而指出，将老虎称为"大虫"，最早形成于唐代，初衷是避讳，因为唐朝开国皇帝李渊的祖父名叫李虎。时人为了找到一个可以替代的名字，便从古代经典《大戴礼记》里找出一个"五虫"的说法。

老虎被称作"大虫"，名字虽改，不损其貌。老虎中体型最大的东北虎，重者达300余公斤。而据说热带美洲的巨大犀金龟，为世界上最重的昆虫，也不过100克，仅相当于两个鸡蛋的重量。"适者生存"是求生之道，是自然界一切生物的"本能智慧"。环境不同，身体也应该随之改变。聪明的虎类自然如此，同是中国虎，东北虎比华南虎毛色淡、体毛长，正是为了适应东北的雪原风光与严寒气候。做虎要低调——毛色与环境相近，才不容易被猎枪和猎物发现；体毛与气候相宜，才不容易冻得直哆嗦。聪明的老虎还虚心好学，拜猫为师，学习捕食技巧。为防徒弟夺去饭碗或挑战师尊，一些为师者不到最后关头往往有所保留。猫怕打不过，就留了一手，没有教会老虎爬树的技能。当然，这是寓言，不同读者也会有不同解读。

一部生物史，就是一部人类心灵史。对于强者，人们常常既敬又畏。畏从何来？这既有面对本领落差，弱者在心理上油然而生的恐惧感，也有强者有时恃强凌弱的现实教训。老虎的确有能耐，但虎口大开就未免草木皆惊、空气凝滞。小到"养虎伤身"，大到"虎狼之邦"，人们在敬畏老虎之时，也对老虎产生了一些不快。尤为众所周知的是，近世以来，惩除贪官被称作"打老虎"。其实，此非虎之过，实在是贪婪者坏了老虎的好声誉！

时逢生肖羊年，想及老虎，一个性静若水，一个气势如火。大学毕业之际，辅导员李大勇先生在我的毕业纪念簿上写下一段文字，原文出自《老子》："上善若水。水善利万物而不争，处众人之所恶，故几于道。居善地，心善渊，与善仁，言善信，政善治，事善能，动善时。夫唯不争，故无尤。"同一个地球，同一个梦想；同样要生存，同样谋发展。如果说，虎与羊，兽性发乎自然，无所谓善恶，但人作为万物灵长，则总该有个样子，做人做事，扬善抑恶，公权公用，不贪不私。不争不当争之物，不取非分内之财，自然"无尤"矣！

琵琶老鼠

琵琶老鼠，是故乡人对蝙蝠的称谓。

故乡人给动植物取名很是形象，且大道至简，遵循认知规律，抓住主要特征，让人顾名而知义。蝉叫"闲子"，如同高士卧高枝；蜻蜓叫"塘溜子"，老爱在池塘边溜达；苦楝叫"野枣子树"，果实像枣。蝙蝠为什么叫"琵琶老鼠"？余生也晚，第一个这么命名的故乡人已无从查考，更谈不上问其究竟。不过，大凡取名，不外乎拟声、摹形、达意诸种。假如文字上是这么写的，琵琶老鼠这名儿，取形是肯定的，或许也还兼而有之。蝙蝠鼠头鼠脑，与老鼠一样尖嘴细牙、小眼竖耳。双翼拱抱，则状若怀抱琵琶的鼠；发出吱吱的声音，更似鼠弹琵琶。这么说，给蝙蝠取名的故乡人，该是一位乐师或者音乐爱好者。

其实，蝙蝠不是老鼠，它们虽然都是哺乳动物，却分属于两个全然不同的动物类群。蝙蝠属翼手目，老鼠属啮齿目，二者根本不是一个家族。无非外形和生活习性有些许相似点，由此让一些人误以为都是"鼠辈"，只不过一个是"走兽"一个是"飞兽"罢了。

与老鼠一样，蝙蝠也常常与人类比邻而居。小时候，老屋住着两种动物：一种是燕子，住在厅堂屋梁下；另一种便是蝙蝠，住在屋外瓦檐下。它们的作息时间完全相反，夜幕降临，燕子倏地掠过门楣，飞回巢穴中栖息；蝙蝠则腾张双翼，向野外飞去，开启了新一轮觅食之旅。每每此时，我坐在大门前，闻听双翼展开的"噼啪"之声，在微暗中目送夜行的蝙蝠。夜晚蚊子、飞蛾等昆虫出没，蝙蝠似乎专门为此而生，它们成了害虫的克星。尽管共屋而居，但蝙蝠分明不想打扰人类，它们住在高高的瓦檐下，昼伏夜出，总是与我们擦肩而过。如果不是有一天，一只幼小的蝙蝠不慎掉落在房前墙脚下，我甚至不曾见过它的真容。

关于蝙蝠夜间出入的生活习性，我还听过一个故事，似乎出自父亲的叙述，后来我把它记录了下来，题目叫《半夜敲门声》。说的是，有户人家夜卧床头，老是听见敲门声，打开门一看，却不见踪影。"为人不做亏心事，夜半不怕鬼敲门。"这家人不信邪，一个夜晚，持着手电提前站在门背静候。"笃笃笃"，果然又来了。仔细聆听，没有脚步声。打开手电往门缝外投射而去，发现敲门的竟是蝙蝠。原来，旧时乡间杀猪，每每用门板当作案板，一刀一刀分切猪肉。事毕后门板清洗未净，留下血迹。于是，黑夜里，一种嗜血的蝙蝠翩翩而来，尖嘴啄血；于是，有了半夜敲门声。

告别孩提时代，尤其是入城就读中学后，我几乎未曾再次见到蝙蝠。直至英语教材里一篇文章，重新唤起了童年的记忆。文章写到，面对一场发生在鸟、兽之间的战争，蝙蝠左右骑墙。它先是看着鸟类有获胜的迹象，便以自己也有翅膀而自称属于鸟的家族；后来发现兽类占据主动，遂转而试图加入兽类的阵营，它的理由是自己与兽类一样长着牙齿。文章结尾说，蝙蝠从此失去了朋友，只能选择出没于漆黑的夜晚，孤独一生。这虽然是一则寓言，却大体勾勒出了蝙蝠"似鸟非鸟、夜间出没"的特点。作为唯一能持续飞翔的哺乳动物，蝙蝠不仅似鼠非鼠，而且似鸟非鸟，长有由前后肢和尾之间的皮膜连缀成的翼，从而拥有了与鸟类一样的飞行技能。

由于时常倒挂于屋檐下，有的地方把蝙蝠叫作"檐老鼠"，但更多的蝙蝠则生活在树林或岩洞中。20多年前游武夷山，穿过景点"一线天"时，抬头仰望，岩壁上星星点点，导游说那都是白蝙蝠。行走中，不知是否受到了惊扰，这些蝙蝠忽然在崖壁间飞来飞去，恍若移动的云层。从此我才知道，蝙蝠原来有一个偌大的家族，它们中的很多都远离人类，藏身于人迹罕至的森林或岩罅里。据说，蝙蝠几乎是与恐龙同时代的动物，比人类早来地球数千万年，种类多达900余种，是哺乳类中仅次于啮齿目的第二大类群。除极地和大洋中一些岛屿，蝙蝠的足迹几乎遍布了整个地球。

如此悠远的生命史，如此庞大的家族，且是唯一演化出真正具有飞翔能力的哺乳动物，飞檐走壁，平步青云，蝙蝠委实是动物世界的天王。尤其令人望而生畏的是，蝙蝠尽管是全球携带病毒最多的动物之一，自己却有着超强的免疫系统，可谓百毒不侵！按照平常的规律，小型生物一般代谢快、寿命短，然而，小小一只鼠耳蝠的寿命却可达40年。也许因为具有超强的生存本领，也许因为如同家燕与人类共屋栖居，也许因为"蝠""福"谐音，东方文化语境里，人们总是把蝙蝠当作幸福吉祥的象征。中华民族传统装饰艺术中，先人们慧心妙手，蝙蝠的造型变得翅卷翔云、风度款款，创造出"五福临门"等与"龙凤呈祥"同样令人喜爱的祥瑞图案。

蝙蝠以其强大的免疫力，将病毒收纳己身、封印亘古，昼伏夜出，错开人类的作息时间，并在进化过程中长得奇形怪状，还如吊死鬼般倒挂而栖，竭力扮演孤独的潘多拉盒子。少交集、不可吃，蝙蝠无言，却用自身的特别形象向人类做出了善意的宣示。

人类的先贤是伟大的，他们遍尝百草、驯养禽畜，不仅让我们可以填肚子，而且昭示我们如何保证食品安全。无论是无意识还是有意识的理性，他们大抵未曾盯上比邻而居的蝙蝠，而是彼此间互不干扰、相安无事。可是，后世却有人忘乎所以，不仅持续挤压其他生物的生存空间，甚至热衷于把野生动物当作盘中餐。在某些地方，便是蝙蝠这种不像美味的动物也不放过。一切违背自然规律的行为，一切肆无忌惮的做派，终将付出惨痛的代价。

我忽然想起《西游记》里的琵琶精，修炼经年，轻弹琵琶，那是会要人命的。故乡人把蝙蝠唤作琵琶老鼠，将它们比作是神秘的琴师，是否也还深怀一份敬畏，懂得应当对这种地球上的先行者持有足够尊重，而不宜任性至太岁头上动土？步入科技益加发达的今天，我们更需明白，人类固然是万物之灵，但如果离开了万物，那就什么也不灵！每个人都应该敬畏生命、敬畏自然、敬畏科学，在尊重其他生命与自我约束中，在与大自然和谐相处中，共享自然的博大与芳华！

记住：会飞的不一定是天使，但也未必是魔鬼。蝙蝠究竟是天使还是魔鬼？人类中每一个成员的态度与行为，都很重要！

寻访外婆旧居

2015年元旦假期最后一天，接大哥电，问是否一起去看看外婆的旧居。早就听说旧居要拆迁，思考半晌，复电，还是抽暇走一走，免得他日徒留遗憾。

参加工作后，一直忙忙碌碌，加之外婆业已辞世，似乎一二十年未曾去过她的故宅。事实上，由于相距较远，我只是在年少时，偶尔去给外婆拜年，才有机会去外婆家。也一直羡慕那些孩子，他们眉飞色舞地诵读外婆教的童谣，他们一脸满足地唱《外婆的澎湖湾》。外婆40余岁生下母亲，母亲生我时又年逾而立，我见到外婆时她已垂垂老矣！欣喜的是，似水流年，美好的记忆总是善解人意。在我的脑海里，竟然留下了年幼时在外婆家过夜的景况。那一晚，我睡在外婆的床上，望着窗外的月光，以及与表弟拌嘴的情景，而今想来，依然倍感温馨。也还清晰地记得，过了建春门浮桥，二表哥骑着自行车迎接，母亲坐在后座上把我裹在背上的感觉。

时事变迁，外婆旧居面貌迥异，交通状况已大大改观。我与大哥绕道赣州大桥，寻寻觅觅，询问了两位当地人，车停原灯泡厂处，信步前往。外婆家住在赣江之滨，沿江风摇翠竹、树拢光影，不免令人生发往昔之幽思。

还是大哥熟悉，他一眼就认出，就是这屋！不知是否是由于自己长高了、视野更远了，儿时总觉得这院落很有些规模，房子也高大，如今看来，没了记忆中的"庭院深深"。不过，这样倒多了几分精致与紧凑。这是一栋四合院，主体建筑为厅堂与两个主卧，正前方是门楼和院墙，两侧为对称布局的厢房，包括小卧室和厨房。院子前面原本还有广阔的前庭，因河堤长年崩塌，现已开门见江。房屋构造精微，四周外墙为青砖砌就，院内则为木结构，门楼、窗栏皆见精美的雕花。这些年看过不少古民居，但这样保存完好的四合院，还是很有文物价值，很有文化标本意义。尤其是院落的整个环境，颇有一些讲究。房前一排百年古榕，屋后百年樟树成群，前榕后樟，榕樟并茂，寓意人丁兴旺、文章传家。

哪个朝代？究竟是谁？留下这么一栋建筑精品？电话询问二表哥，说到他这一辈已是第六代了。二表哥年逾花甲，这么算来，这房子当有二三百年历史。二表哥饶有兴致，说房屋为先人王财发所建。这位先人木头生意做得大，湖北全省18家店，其拥有17家。这样的房屋，在南昌滕王阁对面的潮王洲，有一栋一模一样的，也是王财发建造。查阅资料，得悉潮王洲亦为风水宝地。史载，明末清初著名画家八大山人晚年曾在潮王洲搭盖草房，题名"寤歌草"，在此享尽余生。潮王洲上的桃花村，清代以来即为南昌著名的桃园，《江城旧事》载："三村水净沙明，草秀木异。每阳春二三月，桃花盛开，士子携酒过游，无异虎邱元墓看梅。"这么一个所在，这么一栋院落，想必颇有一番情调。只是，世事沧桑，不知潮王洲那栋孪生古宅，今天是否荡然无存？

外公家系三槐王氏，由山西迁居于此，祖上经营木材生意。也许是靠水吃水、吃水靠水，赣州与南昌、上游与下游，两处房屋都是临江而建。在水运发达的年代，这样居住宜于放木排，方便做木材生意。人称账房先生的外公王茂福，不知其从业是否与木材生意有关？他去世时，母亲尚年幼，我对其生平一无所知。外婆刘润女虽以近百岁高龄于20世纪90年代初无疾而终，因年龄差距太大，见面机会又少，我对她也知之不多。只是，令人至为唏嘘长叹的是，曾经如此昌盛、有着如许高龄老人的家族，在短短的时间里，竟然冰火两重天，转瞬间盛极而衰。

按照"财发起茂盛家"排辈，表哥为"家"字辈，而今已是爷爷辈的人了，也就是说，外婆的旧居已有八代人见证。韩愈"文起八代之衰"，外婆的旧居竟然"房至八代而衰"。20世纪80年代，几位表哥都在红红火火的国有企业，还任经理、副经理，每每春节前往拜年，总是门庭若市。杀鸡宰鸭，猜拳玩牌，好生热闹！想不到，没几年光景，老老少少，居然那么多人相继离世，且大多为非正常死亡。起初是一向健康开朗的舅母，突然间撒手人寰。时隔不久，也许是妻亡失依、魂不守舍，耄耋之年的舅舅垂钓江边，不意竟为浩浩洪水裹挟而去，在十余里开外的储潭方见其遗骸。民谚说"死爹死娘三年乱"，或许是定力不够、应对不力，四位表哥尚在盛年，不幸三位走马灯似的辞别人间。一名孙辈尚未成年，思想疙瘩解不开，竟也服毒自尽。偌大的一个家庭，就这么土崩瓦解、支离破碎。所谓"三十年河东、三十年河西"，昔日燕语呢喃屋，而今燕去空余梁。曾经温暖的院落，已是杂草丛生、秋叶枯黄，一派荒凉。

面对突如其来、接踵而至的噩耗，有多少人能不茫然？当百思不得其解时，人们常常用迷信来"自圆其说"；当害怕直视现实时，人们常常用命运来麻醉自己。很多年前，大哥曾告诉我，说他做了一个梦，梦见母亲说"婆婆家的屋梁朽了"。这么说来，冥冥之中已有暗示，谁又能如之奈何？其他一些亲友也嗔怪，家运如许不顺，或许归在舅舅身上。他在门前开挖一口水井，断了龙脉；在屋后砍掉一棵古樟，毁了"靠山"——把个好风水给破坏了，以致此后霉运连连。更有甚者，振振有辞，说当初挖井时，就挖出了一条蛇。那是蛇吗？是龙呢。还说，不是吗，后来把井填了，埋下一只灵龟，不就合家平安了？

我是一个唯物主义者，然而，我有一个至今未变的理念：我不赞成一切，但理解一切！人至困境，需要心灵的填充与温暖。不管什么方式，能够达到这个效果，就应该予以接纳。仔细想想，某个境遇的"自圆其说"与"自我麻醉"，与其说是人类的愚昧无知，毋宁说是人类的生存智慧！事已如此，且将苦难归天命，何意苦苦问根由？我心生感慨。江河行地，日月经天，文明赓续，很多时候，古老的文化在以不同的形式慰藉人们受伤的心灵！

窗格上，阳光依然温情铺洒；院子里，铁树依然叶指苍穹；屋檐下，万年青依然葱翠欲滴。苦难总会过去，幸福总会重来。个人也罢，家族也罢，国家也罢，主宰命运的其实都是人。顺境中懂得珍惜，逆境中不乱方寸，任何时候都保持积极向上之心，都汇聚和合奋进之气，摆脱恶运，走向兴盛，那是早晚的事！遥想中华民族五千年风雨历程，回眸近代中国的辛酸血泪，百年屈辱史，今朝中国梦，只要每一个中华儿女都不忘初心，记住我们的源头，迈向美好的未来，伟大的民族复兴难道还会远吗？

岁月是无情的，"一岁一枯荣"；岁月又是有情的，"春风吹又生"。新年之始，沐浴暖阳，寻访外婆的旧居，我不禁思绪万千。一个人的命运，一个家族的命运，一个国家的命运，大小不一，道理相通。临别时，回望外婆旧居后的百年樟树群，我默默祈祷：一切不幸皆成过往，明天又将阳光灿烂！

百鸟齐飞翔

　　故乡的记忆，总是由一个个物象连缀而成。百鸟齐飞翔，无疑也是一个重要的场景。"蓝蓝的天上白云飘，白云下面马儿跑。挥动着鞭儿响四方，百鸟齐飞翔……"因了这段旋律，我不禁再次怀念起故乡……

　　故乡在江南，千里赣江南岸，一个狭长的冲积平原，沿江带状分布，南邻绵延起伏的丘陵。先辈们筚路蓝缕、创业维艰，在平原中段垒土成基、建设家园，经年累月，渐次构筑起一座田畴环绕的村庄。我家就在村子中央，老宅前后都是宽阔的院落，前面是一片菜地，间或铺展着高大粗壮的果树，屋后则是密密匝匝的果园。其间梨树居多，偶尔也夹杂着桃、李、柚子、石榴等。春天里，百花争妍，清香袅袅，群蜂逐蕊，嗡嗡频传，令人陶醉不已。尤其难忘的是，梨花盛开时，整个果园白茫茫一片，宛如漫天积雪。这时节每有微风细雨，花瓣纷飞，湿润的大地上顿时碎银点点。

　　树是鸟的家，故乡便被鸟儿盘踞，成为鸟的天堂。每当枝繁叶茂，各色各样的鸟儿纷至沓来，择枝而栖，果树园里于是飞影穿梭、鸟鸣啾啾。"喳喳喳""哇哇哇""咕咕咕""叽叽叽"……晨曦微露，漫步林间，只听见鸟儿们你一言我一语，各自召唤着自己的伙伴。整个园子里叽叽呱呱，南腔北调，好生热闹！它们陶醉在自己的世界里，即使有人吆喝一声，也无动于衷，嚷嚷依旧。那么多的鸟，我叫不上它们的名字，也不能逐一准确辨认，但有几种鸟至今记忆犹新。有一种鸟，故乡人称之为"黄金雕子"，身段小巧、体态轻盈、羽毛淡黄，喜欢在枝头跳跃，不知道这是否就是唐人杜甫笔下"鸣翠柳"的黄鹂？白头翁是比较容易辨认的，它们的头部长着白色的羽毛，顾名便可思义。白头翁像果园里大多数鸟那样，把巢安放在高高的树枝上，谁家顽童想掏鸟蛋，可得提防摔下。所谓鸠占鹊巢,据说指的不是斑鸠,而是俗称布谷鸟的一种杜鹃,古称鸤鸠。斑鸠会自个儿筑巢,但也许性情疏懒,或者是技艺不精,它们的巢很是粗陋,屋子后面的竹丛里就曾有一窝,寥寥数根枯草交错在一起,便成了它们的家。果园里还有乡人们所称的咔雀子、花波罗等体型较大的鸟,不知道标准的学名叫作什么。它们有的在我家院子里定居,更多的则在村庄西侧水塘边古榕树上,用树枝编织出很大很大的鸟巢,在那里安营扎寨,只是偶尔跑到我家院子里凑凑热闹。

其实,并非所有的鸟儿都住在树上。年少时,燕子和麻雀就与我家共屋而居。可叹,燕雀们如此亲近人类,竟被人类认为胸无大志。两千多年来,一句"燕雀安知鸿鹄之志",让它们倍受歧见。

燕子多半落户于厅堂。每每春耕时分,总会有一对燕子飞至我家,在厅堂屋梁下择一枚铁钉,你来我往,终日衔泥,在那里筑起精致的鸟巢,而后下蛋、孵化、哺育,演绎着生命的流程。它们整天忙忙碌碌,梭行于厅堂和原野之间,经营着自己的小家庭。依稀记得,每每坐在门槛上,昂着头,只听见"倏——"的一声,燕子紧贴门楣,画出一道弧线,从头顶穿行而过。麻雀们则总是三三两两,把家安在了东面墙壁洞穴里。每当晨昏之际,它们扑棱着翅膀,追追打打,叽叽喳喳闹声一片。大约二十世纪八九十年代,一场暴风雨过后,有人在村子西面河堤上发现一地的麻雀,这之后,故乡便少了麻雀的踪迹。我一直纳闷,那是一场什么样的风雨,对麻雀伤得如此之深?尽管,当年为了防止麻雀啄食稻种,父亲曾经费尽心思扎稻草人,麻雀在故乡的猝然消亡,依然让我颇为伤怀!

以鱼儿为食的翠鸟,同样不在树林里栖息,但它们也不居住人类的房子。也许是为了方便觅食,它们就近把家安在了池塘边的洞穴里。我常常静静地坐在果园旁边的塘岸上,注视着兀立于芦苇上的翠鸟,看它们刹那间冲向水面,以迅雷不及掩耳之势叼起一尾小鱼。那姿势,是何等利落、何等潇洒!翠蓝发亮的羽毛、长长的尖嘴、赤红色的脚爪,它们玲珑的长相，时常让我禁不住想抓在手里，细细地端详。可是，它们实在是太敏捷了，这个愿望于是一直未能实现。不过，由于在餐桌上，我经常迅捷地夹起配料中的小鱼，居然获得了"翠鸟"这个绰号。年少时，哥哥老是借用课本中的句子，对我调侃："翠鸟喜欢停在水边的苇秆上……"

近鸟而居，养鸟自然顺理成章。父亲心灵手巧，用柳条编织了一只别致的鸟笼，远远看去，笼子本身便像是一只大鸟。父亲的睿智带给了我们欢乐，鸟笼派上了用场，丰富了我们的童年记忆。养鸟的首选，当然是会跟人学说话的八哥。有人说，得把八哥的舌尖剪去一小截，使它像人的舌头那样略呈弧形，八哥才会说人话。这似乎纯属无稽之谈！谁能拿捏得如此妥帖？说不定人话没学成，八哥便已失血而亡。近来哥哥姐姐分别养了八哥，都不曾动剪刀，不是都把人话说得有模有样？儿时养的八哥，最终没有学会说话，因为，它们不幸遭到猫儿偷袭，留下了一地鸟毛。

忧伤和快乐常常相伴而生。说起养鸟，还有两件事让人不堪回首。所谓近水楼台，果园里一棵大梨树结实的枝丫上，每年总有一种浑身黑羽的鸟栖身于此，体型较大，不知道这是不是乌鸦？乡人们称其为"乌庆子"。我们抓了两只尚未学飞的雏鸟，它们毫无疑问地成了笼中物。为省却喂养之劳，我们把鸟笼挂在邻近梨树的一棵柿子树上，鸟妈妈从田野里衔来蚯蚓、虫儿，继续给它的孩子们喂食。至今想来分外歉疚，一个暴风雨之夜，一时疏忽，没有及时把鸟笼提进屋里，第二天早晨，笼中已空空如也，两只小精灵不知身在何处？另一件事同样让我们深深自责。有一次同弟弟途经与我家一墙之隔的百年祖屋，看见厅堂屋梁下也有一窝雏燕，不由得心里痒痒，试图把它们放进家中的燕子窝里，于是与弟弟一道找来一根竹篙，祖屋里的燕子窝被端了下来。我们抱着小燕子往家跑，被人严肃地告知，祖屋燕子可是很有灵性的，万万行不得啊。潜台词很可怕，我们异常惶恐，急匆匆折道而返。面对捅破的燕子窝，怎样让它们复归其位呢？其时是多么无奈和悔恨！

俗话说"林子大了什么鸟都有"，也有的鸟很不招人待见。常见的是鹊鸲，体形比喜鹊小一些。由于喜欢到乡间露天粪坑里啄食蛆虫，故乡人称其为"屎缸雕子"。多年来，我老以为乡人说的是"死人雕子"。因为，鹊鸲常在凄冷的黄昏喋喋不休，"叽——架架架"，声音特别刺耳，仿佛是说"死翘翘，死翘翘"，令人毛骨悚然。听到它们的叫声，乡人便觉得晦气，总是对着它们咬牙切齿，"呸呸呸"骂个不停，甚至捡起石粒投掷驱赶。有人解释，这种鸟能闻到濒死者身上散发出的味道，可以预知死亡。也有人认为，这鸟就是北方人眼中的瑞鸟喜鹊，只是，北方人把"死翘翘"听成了"喜确确"。

　　还有一种鸟，母亲称它为"恶乎鸟"，也不受人喜爱。它们的叫声听起来似乎是"恶乎——恶乎——"，满含怨尤。"恶乎鸟"多半在寒夜里号叫，我从未见过它们的真容，不知道这是否就是小学课本提及的寒号鸟。母亲曾经跟我讲过一个凄惨的故事，说的是，一位老奶奶双目失明，恶毒的媳妇指望老奶奶死去，便用晒干的蚂蟥做了一盘菜，哄骗着说这是泥鳅。吃下肚子后，蚂蟥死而复生，老奶奶被活活折磨而死，化作"恶乎鸟"，"恶乎——恶乎——"啼叫，表达心中的愤恨。夜晚躺在床上，一听见树梢上传来的鸟叫声，我便想起这个故事，不由得心惊肉跳，用被子把自己捂得严严实实。

　　鸟儿本无所谓善恶，它们都是自然界中的一员，与人类一样享受着生命的多彩，并让这个世界生机盎然。于我，它们更是成为永恒的儿时记忆。而今，故乡已变成工业园区，老家的果园荡然无存，鸟儿们也不知飞向何方。故乡已故，梦乡犹存。当年百鸟齐飞翔的画面，至今想起，仍是那么亲切、那么激奋、那么令人神往！

故 乡 石

半个多月前，二哥在家庭微信群发图两张：一群牛，毛色光鲜，神态怡然。问询，原来有人在拆迁后的故乡江岸放牛。反复凝视照片，牛的干净、恬淡与和谐，让我生出会访的念想。

周日终于得暇，遂驱车前往。与长兄一路沿江岸而行，茫茫荒草，久寻不见。蹄印似为新痕，牛便依然湿润。我断定，牛是有的，只是"草深不知处"。返归途中，长兄见车轮滚滚，一辆辆卡车运土填埋昔日老家门前大水塘，于是一同看个究竟。

正在此时，路旁一块石头引起了我的注意。捡起来，轻轻擦去附着的泥土，居然有些模样。不大，三指见方；平滑，仿佛木板；摩挲，温润如玉。薄如薯片，硬而不沉，见光透亮。

翻来覆去：一面是山，一面是水。山川俊秀，岭壑幽深，好一幅"万里江山图"。这是谁人的手笔？故乡本是赣江南岸一座风光旖旎的古老村落，依山傍水，清溪缠绕。十年前，在工业化与城市化进程中被夷为平地，从此山岭不在，唯见赣水长流。

上下旋转：正看像旗，斜看像叶。风吹旗动，那是故乡的召唤，无论身在何方，也不会迷乱故乡的方向；叶落归根，那是故乡的温情，无论走到多远，故乡依然是最终的归程。我是故乡养育大的，虽早已在钢筋水泥垒筑的森林里安家，故乡情怀依旧。

这块故乡的石头，又宛如一只在时光里碎去的瓦片，让我惦念起辽远的秦砖汉瓦。儿时的故乡，曾经黛瓦青砖，小巷深深，木屐声声。后来，经历二度拆迁，当年的一切都被削平的山岭掩埋。很多年前，我带走了几块流散的、镌刻着历史印记的铭文砖，如今，又有幸邂逅一块已然"玉化"的瓦片。凝视着它，纵然故乡在沧海桑田中面目全非，心中的故土却清晰如昨。

我又一次把这枚石头擦了擦，小心翼翼地放入上衣口袋，忽然，长兄说，看，牛！我眼前一亮：果然，牛！二哥镜头下的牛正错落有致地站立在江岸上，悠闲地啃草。我想起卧室书架印有韩滉《五牛图》的笔筒，想起函谷关悄然隐去的老子和他的坐骑板角青牛。耕牛也罢，神兽也罢；世俗也罢，脱俗也罢；人话也罢，神话也罢——不一样的牛，同样浸润在我们的血脉里，就像脚下这方厚土深埋的秦砖汉瓦、青砖黛瓦，成为中华儿女念念不忘的原乡记忆。

此时，我忽然发现，这块不期然遇见的故乡石，仿佛是一只牛角。老子飘然而去，至今不知所终。我不知道，兜里这枚状如瓦片的故乡石，是否是青牛头顶额心正中那根冲天牛角？

寻牛，抑或寻瓦，其实都是寻梦……

第四辑
人物春秋

一方水土八方人。

赣州向为通南北、连东西的通衢要塞，来来往往，八方人士钟情于此方家园厚土，踔厉奋发，踵事增华，成就了江南明珠……

千年过客留江城

"过客文化"，这个词很能概括赣州文化的特点，这就是坊间不少人所说的：赣州群星璀璨，有不少名人，但大多是南来北往的过客，赣州本土名人寥若晨星。莫非真是外来的和尚会念经？

从一座塔说起

章江、贡水在赣州城北的龟角尾合流成赣江，大约流至5公里处，也就是赣江十八滩的入口，有一座古塔叫玉虹塔，也就是俗称的"白塔"。塔这种特殊建筑，大致分两类：一是佛塔；一是风水塔，也称文峰塔。从地理位置和功能定位看，玉虹塔是一座地地道道的水口塔，一座典型的风水景观塔，为明代万历年间（1573—1620）赣州都御使谢杰所建。

为什么在这个地方建这么一座塔？有一种说法是，赣州本土出的人才太少，远不如下游的吉安、临川等地多。其实，从兴盛于赣南的风水学角度来看，赣州的风水是不错的。章江和贡江连缀成一幅天然的八卦图，原来的古衙门和现在的市政中心（一说为蔚蓝半岛和江山里住宅小区）为阴阳鱼眼。早在唐代，卢光稠扩城时，就特别重视利用赣州的风水，专门聘请当时因避战乱流落赣南的国师杨筠松为赣州城做规划布局，以北端衙门为起点，由其前面的阳街向南延伸，成为一直以来赣州城市发展主轴。这么好的风水，为什么"地灵"少"人杰"？民间风水人士认为，原因就在于：赣江自赣州滔滔北上，好风水没有留住，都积存在了下游的吉安。乍看来，吉安的确是名家辈出。比如历史上四位泰山北斗级的人物：北宋文坛领袖，著名的政治家、文学家、历史学家，与韩愈、柳宗元和苏轼合称"千古文章四大家"，"唐宋八大家"之一的欧阳修（1007—1072），是吉安永丰人；南宋杰出爱国诗人，与尤袤、范成大、陆游合称南宋"中兴四大诗人"的杨万里（1127—1206），是吉安吉水人；南宋杰出的民族英雄和爱国诗人文天祥（1236—1283），是吉安青原人；明代著名大才子、世界最早最大的百科全书《永乐大典》首席主编解缙（1369—1415），是吉安吉水人。这四位大家，可以说是中国文化史上的泰山北斗，都是赣州下游人，且都活跃在明万历年间之前，也就是玉虹塔建造之前。江西省社科院文学研究所夏汉宁先生统计，宋代江西文人，吉安有进士1025人、文学家49人，同期赣州仅有进士223人、文学家6人。玉虹塔建造的初衷，或许有锁住风水、阻止外流的因素在内。早些年征集赣州新八景的命名，我曾有"玉虹锁江"一说，其时韩振飞先生便认为很能概括玉虹塔的功能。

风水塔往往都很有讲究，在出城不远处的赣江上游建造玉虹塔，确实暗含玄机。并且，据说白塔的位置正好在赣州城市主轴线上，也就是在赣州城天然八卦图的阴阳鱼眼连线上。这么说来，早在400多年前，赣州人就认识到本土人才匮乏。与此相对照的是，诸多南来北往的过客，在赣南留下了辉煌与荣光。

有多少过客擦亮赣州？

郁孤台下矗立着一座四贤坊，与因苏东坡而名扬天下的八境台、因辛弃疾而蜚声中外的郁孤台一样，四贤坊所纪念的四位在赣州历史上浓墨重彩的名人，同样都不是赣州本土人。以"苏辛"并称的两位豪放派词人，苏东坡（1037—1101），宋代文学最高成就的代表，四川眉山人；辛弃疾（1140—1207），字幼安，人称"词中之龙"，与婉约词派代表李清照（号易安居士）并称"济南二安"，山东济南人。四贤坊中的四贤：赵抃（1008—1084），北宋名臣，时称"铁面御史"，浙江衢州人；刘彝（1017—1086），北宋著名水利专家，福建长乐人；周敦颐（1017—1073），号濂溪先生，儒家理学思想鼻祖，湖南道县人；文天祥，吉安青原人。此外还有：马祖（709?—788?），唐朝禅师，禅宗最主要宗派洪州宗的祖师，四川什邡人；杨救贫（834—900），唐代国师，风水地理堪舆祖师，广东信宜人；王阳明（1472—1529），明代著名的思想家、文学家、哲学家和军事家，心学之集大成者，浙江余姚人。

这些在赣州鼎鼎大名的先贤，来自五湖四海。他们都不是赣州人，但在赣州留下了丰厚的遗产。按前面的顺序逐一说来：苏东坡59岁时被贬发往广东惠州时驻足赣州，并先后两度题诗赣州"八境"，赣州由此成为城市八景文化的滥觞；辛弃疾于1175年，即35岁时在赣州就任江西提点刑狱，留下了"郁孤台下清江水"的千古绝唱；赵抃于北宋嘉祐年间任虔州知府，凿通赣江险滩，凸显了赣江的黄金水道地位，对繁荣赣州功不可没；刘彝于北宋熙宁年间任虔州知军，亲自督建的福寿沟这一闻名中外的地下排水系统，至今仍在造福赣州人民；周敦颐曾任虔州通判，《爱莲说》据说即在赣州写成；文天祥于南宋德祐年间在赣州组织义军前往临安勤王，抗击元兵；马祖在赣州弘道28个春秋，"马祖创丛林，百丈立清规"，成为完成印度佛教中国化的标志性人物；杨救贫于唐末黄巢起义后逃离长安，在赣州一带收徒传授风水之术；王阳明在赣州实施文治武功，奠基了一生的事业，成就了立德、立功、立言"三不朽"，最后在大余县青龙镇章江一艘船上与世长辞。

诸如上述"外来的和尚"还有很多，比如：明朝著名的清官海瑞，曾任兴国县令，海南海口人；南宋著名法医学家、世界法医学鼻祖、"大宋提刑官"宋慈，为今福建南平人，曾任信丰县主簿（典颂文书，办理事务）。近代赣南同样群贤毕至，新中国诸多开国元勋在赣南战斗过；抗日战争期间，1939至1944年，蒋经国先生署理赣南长达六个年头。这些南来北往的过客，如同天际的流星，偶尔经过赣州，却擦亮了赣州的天空！

赣州本土的贤达名流

给人的印象是，赣州"地灵人杰"，灵不过下游，杰不过域外。那么，赣州本土籍名人到底有多少？以时间为序，罗列十余人：

1. 江南第一宰相——钟绍京（659—746），兴国人，是江南第一个宰相，比广东曲江人张九龄早了24年。同时还是唐代著名书法家，小楷堪称一绝，代表作《灵飞经》为中国书法史上著名小楷法帖之一。

2. 治虔功臣——卢光稠（840—911），上犹人。唐僖宗时割据一方，占虔州，称刺史。"卢王扩城"，他在赣州城市发展史上是有贡献的。

3. 一代名相的举荐者——陈恕（945—1004），石城人。陈恕不仅是石城历史上第一个进士，而且还是贤臣循吏、名相寇准的举荐者。《宋史》赞其为"能吏之首"。

4. 生活俭朴的状元知府——郑獬（1022—1072），宁都人，北宋文学家、政治家。曾任开封知府，后入朝为度支判官，入值集贤院，主持修撰皇帝起居注，起草诏诰，享正三品。

5. 与苏东坡秉烛夜话的名士——阳孝本（1039—1122），上犹人，崇尚"有德者必有言……故言则成文、动则成章。"因而抱定做人的最高标准，潜心读书、寡欲做人，不婚娶、不趋利，对功名也不屑一顾。1094年，苏东坡贬职到岭南，途经虔州约见阳孝本，极欣赏阳孝本"高风绝尘"的艺术境界和超迈豪情的浪漫主义情调。

6. 陆游最敬重的老师——曾几（1084—1166），赣州人，宋代官员、诗人。其爱国主义思想深深影响了学生陆游，陆游替他作墓志铭。今赣州老城区南北中轴线文清路即以曾几谥号而名。

7. 南市街出来的南宋状元——池梦鲤（1224—1279），出生于赣州城南市街，后居七里镇，曾任浙西江东制置使，知平江（今江苏吴县）府。

8. 江西山水画派的开派画家——罗牧（1622—1705），宁都人，明末清初画家，被推为"江西山水画的始祖"，扬州八怪尊其为"一代画宗"。

9. 清初誉满全国的散文家——魏禧（1624—1681），宁都人，著名散文家，与汪琬、侯方域并称为"清初三大家"，中学语文里选用了他的作品《大铁椎传》。

10. 清正的巡抚著名学者——谢启昆（1737—1802），南康人。官居巡抚，清代著名学者、方志学家。其对《广西通志》的修撰，影响深远，被梁启超称为"省志楷模"。

11. 治水有术的宰相——戴均元（1746—1840），大余人，清时为相。一门四进士，时人誉为"西江四戴"。

12. 声名远播的相国状元——戴衢亨（1755—1811），大余人。累官至体仁阁大学士，成为清王朝最高行政官员，位同宰相，极受嘉庆皇帝重用。

13. 戊戌变法的重要理论家——陈炽（1855—1900），瑞金人。积极参与维新派各项活动，成为维新派骨干人物。

14. 著名工运领袖——陈赞贤（1895—1927），南康人，曾任江西省总工会执行委员。1927年3月6日被枪杀，这是蒋介石叛变革命、向中国共产党人开的第一枪。

15. 《资本论》中文全译本第一个译者——郭大力（1905—1976），南康人。1938年秋，把《资本论》最早的中文全译本奉献给了中国人民。

此外，二十世纪以来，赣州还出了诸多将军。

赣州籍名士PK著名过客及几个结论

应该说，赣州本土也出过不少人物，但从名人的数量和知名度来看，赣州籍名士的确无法与外来过客相抗衡。分析起来，有这么几个原因：

其一，赣南开化的时间相对比较晚。在古代中国，赣南长期以来属荒蛮之地。唐朝开元四年（716），名相张九龄主持开建被后人誉为"古代的京广线"的大余梅关驿道后，赣南逐渐成为沟通南北的交通要道，成为"海上丝绸之路"的重要节点，一时间"商贾如云，货物如雨，万足践履，冬无寒土"，盛极一时，赣州当江广之冲，遂成一大都会，民俗人才有较大的改观。尤其是王阳明到任后，注入理学思想，给赣南文化的发展带来了巨大影响。正如英国谚语所说，"一夜之间可以造就一个百万富翁，但是要培养一个贵族却要三代人的努力"，文明的开化不像财富可以一夜之间暴发，需要土壤的长期滋养。与一些地方相比，赣州人文底蕴没有那么厚重，或许是赣州本土名人数量较少的一个原因。

其二，赣州本土人物分量相对不足。应该说，赣州本土也出了不少名人，但真正在历史上光彩照人的人物不是很多。大概有主客观两方面原因：主观上，赣州似乎有一个比较特别的文化现象，这就是赣州人耿直、有气节，不愿苟且偷生。比如：阳孝本，少即勤奋好学，就读于汴京（今开封），但一直隐居通天岩达20年；池梦鲤，宋亡后，和当时许多崇尚民族气节的士人一样，隐逸山林，不愿仕元；曾几为官清廉刚正，因主张抗金，与秦桧不和，曾隐居上饶茶山；魏禧，明亡后，清政府为笼络汉士子，他坚决辞官不做。客观上，赣州名人"三不朽"的成就不够突出。历史要靠价值来说话，真正能够在历史上书写厚重一笔的人，一定要拿出自己独特的东西。小打小闹，入不了法眼，名声是走不远的。赣州名人，史料记载其业绩似乎不多。比如：池梦鲤作为状元，在浙江做过官，但未见其作为；阳孝本因与苏东坡秉烛夜话而为赣州人熟知，但史料上未见记载其成就，充其量只是一位有学问的隐士。

其三，因缘际会才有可能龙腾虎跃。一个人的成长，有其特定的路径和条件。一个地方，即使藏龙卧虎，时机不成熟，也未必能够龙腾虎跃。时势造英雄就是一个重要条件。二十世纪二三十年代，赣南成为中央苏区的主体和核心区域，由此，"赣南出将军"，从这里走出了一大批将军。据统计，1955年新中国首次授衔时，仅兴国籍将军就有54人。其中有三位上将，即兴国县的萧华（1916—1985）和陈奇涵（1897—1981），赣县的赖传珠（1910—1965）。由于蒋经国长期署理赣南等原因，赣南籍国民党将军同样也不少，比如：兴国籍胡谦、石城籍赖世璜和赖名汤、南康籍卢师谛和卢同佑、崇义籍陈大庆、龙南籍王升等都是上将，还有一大批中将和少将。军事人才如此，特定氛围对文化人的成长同样重要。一个需要注意的史实是，实际上，玉虹塔修建时，非但赣州，江西其他地方名家也大大减少。很重要的原因，在于科举制背景下的"学而优则仕"。玉虹塔建于明代万历年间，有专家指出，此前，诸多江西籍人受解缙、严嵩（1480—1567）案牵连，已经被边缘化，失去了更大的舞台。

其四，赣州本土名人因过客而稀释。客观地说，赣州还是出过一些人物。之所以让人觉得本土名人少，重要原因是被过客冲泡而稀释。其实，任何一座过客较多的地方，难免不让人产生同样的看法。由于赣州区位特殊，来来去去的过客尤为密集。一方面，赣州"据五岭之要会，扼赣闽粤湘之要冲"，自古就是"承南启北、呼东应西、南抚百越、北望中州"的战略要地，素来为江南政治、经济、军事重镇。古代"学而优则仕"，孔宗瀚、文天祥、周敦颐、海瑞、王阳明、辛弃疾等名流都在赣南担任要职。慕其名来的人同样也不少，比如苏东坡在密州太守任满时，接任的原赣州知府孔宗瀚向他介绍了赣州风华，并请他为《八境图》题诗。另一方面，古代交通主要依靠水路，赣江到珠江，为南岭所阻，梅关驿道长期以来成为南北必经之地。苏东坡被贬岭南，必须途经赣州。明代大戏曲家汤显祖途经大余（古称南安），目睹南安府衙后花园牡丹亭的美好景色，听到大余梅树寄情、丽娘还魂的故事传说，遂以此为素材，创作了闻名于世的巨作《牡丹亭》。

倾心打造赣州名家地方团队

面对前贤，不仅想起几句诗词："尔曹身与名俱裂，不废江河万古流""悟已往之不谏，知来者之可追""俱往矣，数风流人物，还看今朝"。过去的都已经过去了，如何把握今天，寄望赣州走出更多、更有分量的才俊，才是我们更应该关注的。纵观人才的成长规律，我以为，以下几点至关重要：

第一，文化气场成就文化气象。所谓"学问出于师门，学问出于集社"，环境和氛围很重要，有气场才会有气象。诸多文化现象告诉我们，一个地方的文艺要风生水起，需要一个文化气场和文化成长的生态环境，需要一个和谐共生的氛围、一个抱团取暖的团队。独木不成林，这不仅关乎一个地方，也关乎到其中的每个个体。过去有一种积习，叫作文人相轻，这种不好的心态，是文化不普及、文化垄断时代的产物。当今时代，如果仍然有这样的心态，那就很落伍了。宁都县一位文友，网名"文人相爱"，我觉得文艺界朋友之间相亲相爱至关重要，只有这样，文艺界才会充满活力、才能活跃起来。这就要多一些互动交流，多搞一些文化活动，多开一些作品研讨会。作为团队中的个体，彼此间要相互鼓励、相互砥砺，共同搭建起我们的精神家园。没有大的器量，不可能有大的格局。如果是螃蟹文化，互相拉扯，最终出不了大家，都在小地方小打小闹。"走出去是龙，留下来是虫"这种现象的产生，与土壤是很有关系的。

第二，领军人物引领一时风气。"登高一呼，众山响应"，有富有号召力的人物牵头引领，往往能够带动一方事业。从古到今，一些地方的文化界出现这个流派、那个流派，大抵都有领军人物发挥着重要作用。唐代韩愈"文起八代之衰"，发起古文运动，重振文风，为散文的发展开辟了康庄大道，聚合成声震史册、彪炳千秋的"唐宋八大家"。江西诗派作为我国文学史上第一个有正式名称的诗文派别，也与以杜甫为祖，黄庭坚、陈师道、陈与义为宗的"一祖三宗"分不开。现代文坛的荷花淀派、山药蛋派等等，一些地方文艺的繁荣，都有领军人物在其中起着支撑和带动作用。赣州应该有自己的领军人物，当然，这个人物不仅要有服众的作品，更要有容众的人品，要能够把大家聚合起来。

第三，沉心静气才能蓄势高飞。并非外来的和尚才会念真经，赣州人要有文化自信、创作自信、能力自信。以城市规划建设为例，宁都洛口人卢光稠入主赣州城后所进行的扩城，可以说是赣州历史上最重大的一次系统规划和扩张，确定了赣州城市发展的方向。其前其后，虽然有诸多"过客"主政赣州，但都是沿着这个方向走的。文学艺术有其独特性，尤其需要沉心静气，浮躁是出不了丰硕成果的。要看到，艺术到了一定境界，创作层面往往曲高和寡，但受众层面未必知音难觅。"不畏浮云遮望眼"，成功前的探索，看得深、看得真的人不一定多，不要怕孤掌难鸣，坚持就是胜利，坚持就会获得认同。多年前面对人们关于"大师已经很难产生"的感叹，我曾撰文认为，"大师在路上"，在那些潜心耕耘、默默前行的文艺家中间。时间会证明，经受住了浮躁的冲击，大浪淘沙之后，他们将振翅高翔。

第四，用好资源助力自身发展。文化因子需要用心孵化，这种孵化，如果剥离开过客，那是不智慧的。过客不是负累，而是荣光，是宝贵的资源。要有海纳百川的胸怀，把过客作为"自己人"。实际上，过客就是自己人，他们能够在赣州留下辉煌，本身也是赣州的荣耀。王勃是山西河津人，并非南昌人，但《滕王阁序》照样成了南昌的文化名片；范仲淹是河北正定人，不是湖南人，但《岳阳楼记》照样丰润了诸多潇湘学子。那么多的先贤人杰在赣州书写了不朽的华章，我们要从他们身上汲取营养和力量，坚定自信，努力作为，唯其如此，人文赣州才能立起来。

范成大有没来过赣州

上网浏览，悉范成大词中有个句子："章贡水，郁孤云。"生疑：老范莫非到过赣州？我也存疑！

查询，此词题曰《鹧鸪天·荡漾西湖采绿苹》：

荡漾西湖采绿苹。扬鞭南埭衮红尘。

桃花暖日茸茸笑，杨柳光风浅浅颦。

章贡水，郁孤云。多情争似桂江春。

崔徽卷轴瑶姬梦，纵有相逢不是真。

孤立起来看，的确让人感觉"章贡水，郁孤云"6字写的是赣州。赣州名楼"郁孤台"，踞章水之滨，不远处，与章水汇合成赣州的另一支流称作贡水。"章贡水，郁孤云"，三个地名凑在一起，似乎分明与赣州有关。另外，词牌名《鹧鸪天》，似也取了辛弃疾题咏郁孤台著名词作《菩萨蛮》中"山深闻鹧鸪"一句。这中间有什么瓜葛？

继续查询：范成大（1126—1193）。平江府吴县人，南宋名臣、文学家、诗人。其诗从江西诗派入手，后学习中、晚唐诗，继承了白居易、王建、张籍等诗人新乐府的现实主义精神，而自成一家。粗略得悉，范成大至少两度来过江西，但不知是否来过赣州。

一是离乡之旅。乾道七年（1171），范成大受命出知静江府（广西桂林），次年腊月初七，从家乡吴县出发，南经湖州、余杭，至富阳而入富春江。在余杭时与远送而来的亲友道别，场面极其伤感。接着溯富春江，经桐庐、兰溪入衢江，然后经常山县出浙江、入江西的信江，经信州（上饶）、贵溪、余干而到南昌，登滕王阁；入赣江，乾道九年（1173）元月十二日至临江军（樟树），即入赣江支流袁水，过袁州（宜春）、萍乡进入湖南境内。泛湘江南下，至衡山，谒南岳庙，因病未登山，然后陆行经永州、全州，三月十日，入桂林。

二是回乡之旅。淳熙四年（1177），范成大离四川制置使任，沿岷江入长江，然后一路过三峡，经湖北、江西入江苏，从镇江转常州、苏州。

再看辛弃疾，生于1140年，卒于1207年。淳熙三年（1176）任江西提点刑狱，驻节赣州、途经造口时作《菩萨蛮·书江西造口壁》：

郁孤台下清江水，中间多少行人泪。西北望长安，可怜无数山。青山遮不住，毕竟东流去。江晚正愁余，山深闻鹧鸪。

两人都活了67岁，范成大年长辛弃疾14岁。从范成大两次途经江西看，似乎不必绕道赣州。那么，"章贡水，郁孤云"莫非是读了后生辛弃疾的词（此时辛弃疾36岁，范成大50岁），把这两个词意象化用了？

当然，范成大了解赣州，还有一个渠道：他与陆游、杨万里均师从赣州人曾几，只是，不知道曾几在哪里收他们为弟子？经查询：曾几，其先赣州人，徙居河南府，"高宗建炎三年（1129），改提举湖北茶盐，徙广西运判，历江西、浙西提刑。绍兴八年（1138），会兄开与秦桧力争和议，兄弟俱罢。逾月复广西转运副使，得请主管台州崇道观，侨居上饶七年，自号茶山居士。二十五年（1155）桧卒，起为浙东提刑。改知台州。"范成大要拜曾几为师，当然要在曾几去世之前，即最晚不超过1166年，其时范成大40岁。这个时候，估计曾几在浙江做官吧？

胡适之先生说"大胆假设，小心求证"，没功夫详究。权且继续生疑：不知道老范到底有没来过赣州，不知道"章贡水，郁孤云"到底什么时候写的。

正生疑时，又发现"饭撑大"诗文《寄题赣江亭》：

二水之会新作亭，主人文章子墨卿。

我记斯亭且不朽，千载当与文俱鸣。

题榜谁欤汉使者，风流好事饰儒雅。

平生两君吾故人，安得系马亭阶下？

鼓旗西征上奔泷，所思不见心难降。

瞿塘纵有文鳞双，爱莫致之章贡江。

这么看来，老范的确来过赣州，并且，大概是从四川回老家途中。其时老范已届知天命之年，历经雪雨风霜，章贡水给他留下了美好的记忆！

存疑而考据，信手涂鸦，不一定靠谱。只叹息：那么多名人喝过章贡水，惜无系统记载。

书乡幸会赣州客

如果说读书如同游历，那么，读一本主题无涉家乡的书时，偶然间从中发现某位与家乡有缘的人物，其情其景，就像游历他乡时巧遇故乡人一般，亲切中备感几分欣喜。

近来我就有这种体验。我从"外来书"中所遇见的人物，虽不是土生土长的赣州人，却至少可以称作为"赣州客"，毕竟，他们在赣州有过一段生活，他们与赣州有着解不开的因缘，他们的人生也因为有了赣州这一章节而更加丰满与精彩。

熟悉赣州历史的人都知道，在赣州城市发展史上，孔宗瀚绝对算得上是一位有功之臣。早期的赣州城原本是一座土城，后来由于连年被江水冲毁，北宋嘉祐年间（1056—1063），时任赣州知州的孔子第46代世孙孔宗瀚"伐石为址，冶铁锢之"，开始使用砖石修筑城墙，并建楼（即后来因苏东坡题诗而得名的八境台）于城上。自孔宗瀚改用砖石筑城后，经过历代有识者的修葺保护，才有了这座目前我国唯一保存至今的宋代砖城，并为赣州世世代代人民阻挡了洪水的侵袭。

所谓"开卷有益"，闲来随手翻翻，我从《读书文摘》中读到《家谱》（吴强华著，重庆出版社2006年1月版）一书的选文，从中发现，孔宗瀚这位赣州城市发展史上的功臣，还成就了《孔子世家谱》这部我国民间修谱中记载世系最为久远、最为可靠的家谱。孔氏家族正式有谱始于宋元丰七年（1084），在这之前虽然也有家谱，但只记载嫡长承袭者一人，并且是抄本传世，很不完整。孔宗瀚感到抄本容易散失，加上只记载承袭者，其余族中贤达显贵不能入谱，天长日久，难免湮没无闻，于是创修孔氏家谱，"除嫡裔外，合纂支庶，刊装成帙，分藏族内"。正是有了这一首倡，经过一代代编修，《孔子世家谱》成为了稀世的私谱之冠。孔宗瀚本是山东曲阜人，他于晚年创修孔氏家谱的做法，很有可能与其多年客居赣州、深受客家民系注重家谱和族谱的文化心理影响有所关联。

古人说"行千里路，读万卷书"，每当旅行在外，我总喜欢搜寻介绍当地风土人情的书刊，借以开阔视野、丰富旅行见闻。在福建连城，我找到了《连城风物》（马卡丹、吴尧生主编，海峡文艺出版社2004年3月版）一书。当我阅读到冠豸山名人踪迹部分时，忽然看到一段与赣州有关的文字。书载，在连城县冠豸山巍峨的五老峰下，耸立着一座古朴的门楼，即冠豸山保存年代最为久远的南宋时建的"丘氏书院"门楼，这是丘鳞、丘方叔侄当年读书的地方。引起我关注的不是书院本身，而是它的两位主人。丘鳞，字起潜，南宋嘉定十三年（1220）进士，曾任赣州县尉，为政有廉声。丘方，字正叔，南宋宝庆二年（1226）进士，他任宁都丞时，"适逢歉收，饥民四布，便捐赈救济，抚民于颠负流离"。

从史书记载上看，丘鳞、丘方叔侄都是为人正直的地方官，做过一些有益于当地人民的实事，而他们在"丘氏书院"求学时期，也正是冠豸山文学之风始盛之时，冠豸山因之名气日增。可见，古人所说的"读书立德""读书明理"，还是有一些道理的。我因为平时看的志书不多，迄今为止，在赣州的地志类书刊中还没有见到过丘氏叔侄的名字，这次从《连城风物》中有这一发现，感觉确是一阵惊喜，就好像在外地新结识了一位乡贤一般。

正当我决定就此打住时，忽然发现，孔宗瀚与丘氏叔侄，一孔一丘，合称"孔丘"，这不正是孔夫子的大名吗？这个不经意的组合让我慨叹，赣州这座有着深厚文化积淀的古老城市，其国家历史文化名城的殊荣确实当之无愧！真是"学海无涯乐作舟"，闲来读书，奇趣无穷，临近收笔，竟于书山"他乡遇故知"间又添了一个收获。

诗文赣州韵悠悠

朋友问我，吟诵赣州的诗文中，哪些具有地标性意义，或者说堪称经典中的经典，能够充当赣州的形象大使。做这样的判断是很难的，毕竟，吟诵赣州的诗文太多了。再者，这原本就是见仁见智的事儿。我不敢贸然作答，只是，思绪翻飞，不禁引领着我回溯印象中与赣州相关的文字。

依时间顺序，我首先想到了名句"江南无所有，聊赠一枝春"。该句出自南朝宋陆凯《赠范晔》，据说为陆凯路经梅岭时题赠给尚书吏部郎范晔的，这位范晔也就是大名鼎鼎的《后汉书》的作者。梅岭位于赣粤交界处，为古时陆上丝绸之路的必经之地，也是一个很有故事的地方，"东方莎士比亚"汤显祖的名著《牡丹亭》即以此地为背景。

赣州有"宋城博物馆"的美誉，在宋代一度与当时的都城开封并称，时有"北有开封，南有赣州"之说。因此，两宋时期众多文人墨客在此留下了大量脍炙人口的名篇，其中首推北宋大学士苏东坡的作品。我所知道的东坡先生歌咏赣州的诗即达二十首之多，且首首都是精品。据悉，中国城市八景文化便来自他所作的《题虔州八境图》。不过，我认为最具代表性的还数《郁孤台》一诗，因为，诗中"山为翠浪涌，水作玉虹流"一句深深地改变了赣州的地情风貌。在赣江西岸，今天仍高高耸立着明代万历年间建造的玉虹塔。不久，新城区章江之侧的杨梅渡公园山顶还将高耸起一座同样以此诗得名的翠浪塔。

在文体学上，宋代以词闻名，而词分两派，即豪放派和婉约派。南宋辛弃疾与北宋苏东坡并称"苏辛"，为豪放派代表人物。有意思的是，苏东坡在赣州留下的大体上都是诗歌，好在其后辈辛弃疾有一首题为《菩萨蛮·书江西造口壁》的词，使赣州因为宋词而大放异彩。词中名句"青山遮不住，毕竟东流去"可谓尽人皆知，当今报刊上还经常能看到以此作为标题的文章。

也许是辛弃疾的忧国忧民情怀熔铸了赣州的爱国情结，历代诸多深怀国家情感的名人与赣州结下了诗文缘。与辛弃疾同朝代的文天祥就是其中的一位，他在赣州写了不少诗，但如果要从中确定吟诵赣州的经典，我倾向于《禅关》。这不仅因为位于城东的马祖岩为佛教禅宗史上值得大书特书的胜地，而且，很长一段时间，这里是观看赣州城的最佳处。尤其是，诗中"只愿四时烟霭少，满城楼阁见青山"，我以为与苏东坡同样题写马祖岩的"却从尘外望尘中，无限楼台烟雨蒙"遥相呼应。

赣州与宋明理学渊源深厚，明代哲学家、教育家、阳明心学的创立人王阳明即在此生活多年。他在赣州做官时曾于通天岩结庐讲学，现在通天岩山门处的忘归岩石壁上，仍能看到他题刻的五言诗《赣州通天岩》，其中的名句"青山随地佳，岂必故园好"，道出了赣州风光的秀美。我读大学时，老师还曾介绍说，当时有日本学人慕名而来，专程前来欣赏阳明先生的手笔。

二十世纪二三十年代，赣南一度成为中国革命的中心，其时，革命领袖在这里留下了不少光华夺目的篇章。毛泽东的词作《清平乐·会昌》和《菩萨蛮·大柏地》都广为人知。前有名句"风景这边独好"，应属传扬赣州的绝佳"广告词"了，比王阳明的"青山随地佳"说得直白得多；后有名句"赤橙黄绿青蓝紫，谁持彩练当空舞"，目前央视一套正在热播的长篇电视连续剧《红色摇篮》片尾曲即用此词，近来推出的赣州大型综合型文艺期刊《今朝》则取自该词末句"装点此关山，今朝更好看"。新中国领导人中，同样长于诗文的儒帅陈毅在赣南打游击长达数年之久，他的《梅岭三章》由于收录进了九年制义务教育教材，同样知者甚众。

在思考吟诵赣州的经典篇目时，我将"主题积极向上，篇幅短小传诵广，文中有大家耳熟能详的名句，景点有代表性，作家有一定声名"作为遴选原则，照这个标准，郭沫若的《登赣州城内八境台》我认为可纳入进来。"三江日夜流，八境岁华遒。广厦云间列，长桥水上浮。林材冠赣省，钨产甲神州。一步竿头进，力争最上游。"寥寥数笔，勾勒出了赣州的山水风物。

城市是人类文明的结晶，赣州是一座有历史厚度和文化底蕴的城市。众多刻画赣州的诗文，丰润着赣州的色泽，赣州因为文化而增其神韵。

强哉弱哉忆流年

不记得是具体哪年哪月了，只是，按照工作履历推断，大约起始于20世纪90年代末。那个时节，我在赣州老城区大公路原市教委工作。不记得是谁充当中间人了，只记得一个休息日，我应邀来到单位斜对面不远处一栋旧宅，于是认识了廖强哉先生。

一直不大清楚廖强哉先生的情况，只是，听说他是一位老文化人，曾任有着"文乡诗国"之称的宁都县文联主席。其时，他孤身一人，租住在一栋老旧的宅子里。阴暗，潮湿，家徒四壁。一位老人，远离故土，老伴怎么办？儿女怎么办？我没有打听别人私生活的嗜好，只是心里感觉有些奇怪。多年之后，我才推断，这或许是一份情怀。情怀这东西，可悟不可言。若是要提及这两个字，还得看对象。对牛弹琴，牛就笑了！

我跟着别人叫，称他"廖主席"。廖主席说起了他的构想：退休了，想干点活，准备挂个牌，叫"《星火》杂志赣南通联部"，组织写一写报告文学，宣传宣传赣南。他的意思我也加盟，一起写写文章。坦率地说，文字工作是辛苦的，费脑筋。我并非与众不同，若不是工作任务和情之所至，是不想把自己套在案头的。只是，我这人素来面皮比较薄，一件事情，倘使依靠自己个人的能力可以办到，比如码字，我还是会硬着头皮应承下来，尽管我也想舒舒服服。何况，眼前面对的还是一位和蔼可亲的老先生！

于是，按照廖主席的吩咐，我利用休息日开展了几次访谈，前后大约有三个成果。我表示，教育领域相对熟悉，也许能够写得顺畅一些。接的第一个题，便是《百年老校发新枝》，标题是廖主席定的，这是写赣州市第一中学。赣州一中是一所历史悠远的学校，创建于1898年，始名"致用中学堂"，培养了一大批栋梁之材。这篇报告文学，也许是配合该校百年校庆，后刊发于江西省文联《星火》杂志1999年增刊。另一个与教育有关的，是透过某小学校长治校之道，谈对教书育人的看法。记得该校入口两壁分别写着"学高为师""身正为范"四字，这本是师范院校的圭臬，该小学将此八字昭彰于校门口，可见治校者对教师素质的重视。我深以为然，遂以《责任心是师之魂》为题作一文。

第三个题与教育无关，写的是房地产开发，我本想推辞，自言隔行如隔山，但廖主席说无妨。于是利用一个周日，随他前往实地采访，形成题为《春天花会开》的报告文学。题目是我取的，借用于当时一首流行歌曲，廖主席称道这个标题取得好。我顾虑"文字污身"，笔下的东西经不住推敲而玷污了人格，好在实践证明，那地方的房地产发展确实可圈可点，思路办法可兹学习借鉴。

三篇文章，只署了我半个名，也就是《百年老校发新枝》那一篇，另外还署了该校一位老师的名字。"不汲汲于名利"，名利这事儿，我素来无多大兴趣。况且，原本就是帮忙，原本就不是主观愿望撰写的文字，把事情办妥了，对廖主席交了差，也就心安了。

因为工作调整，大约是2001年，我去了有人调侃为"天下第一忙"的地方。"斯门一入深似海，从此陈郎是路人"，我不再有多少业余时间可资自己自主安排。那三板斧之后，开始闭门谢客。天下人都明白，廖主席自然也不例外，没有再"勉为我难"。记忆中，他后来搬至东阳山路旁边一栋公寓楼，临路一侧窗台下高挂标牌"《星火》杂志赣南通联部"，我路过时每每抬头仰望。他从宁都县带来的一位年轻人当其助手，同居一室。我曾经去看望过他，他很爽朗地说，这地方比大公路那座老房子敞亮多了，似乎还留下我一起吃了一顿他做的饭。再后来，听说助手到了省城一家报社，听说廖主席也回宁都老家去了，我不知道哪个前哪个后。

工作忙忙碌碌，我渐次收缩了业余空间，几乎是"神龙见首不见尾"，有朋友戏称我是"职业革命家"。公务之外的活动参加得越来越少，与廖主席的联系也越来越少。有一天忽然想起他，遂上网查询他的信息，竟然得悉，2018年6月30日，廖主席因病与世长辞，享年83岁。查阅了网上相关资料，才得悉廖主席的概况：

廖强哉，1936年7月生，江西南城人。历任宁都县石上乡文化站负责人，县文艺学校教师，县采茶剧团编导、副团长，县文联秘书长、副主席、主席等职。1997年退休。系中国电视艺术家协会会员，中国通俗文艺学会会员，江西省戏剧家协会会员，赣州市电影电视艺术家协会名誉主席。先后改编《宁都起义》等5出大戏、《新邻居》等37个小戏，创作歌词近百首，获省、地创作奖15项，电视连续剧《宁都兵暴》《静静的鸡笼山》先后在中央电视台一、八套播出。

这么说，他一退休，便转战赣州，开启人生第二春，继续发挥余热。"老牛心知夕阳短，不待扬鞭自奋蹄。"我愈加明白，有一种东西叫"情怀"，可意会难言说，经历了世事，洞悉了人生，我们能够更加透彻地领悟。斯人已去，音容犹存。春天花会开，在这个三月里，记忆也在滋长，我的眼前不由得浮现出这位身材魁伟、笑容满面、眼神透光的老人。我试图从网络上找到他的一张照片，但终是杳无踪影。

"强哉"？"弱哉"？肉体的生命是脆弱的，无论骨骼如何坚挺、肌肉如何发达，最终都将化作尘土，但事业长青，只要做过一些有益的事情，或多或少都会给别人的成长提供养分。踵事增华，一代人供给一代人养分，这就是生命的意义，这也是生命的强悍！

致敬廖主席！强哉！

舒老师印象

大家都叫他舒老师，我也这么叫。他的大名叫舒龙，一生致力红土地文艺创作，把生命融入了赣南这块烈士鲜血染红的土地。

认识他，已经有些时辰了，不过面对面的深谈却还是首次。他刚从南昌参加赣文化研讨会回来，身上还套上了一件赣文化衫，奇装异服，好像是刚出土的文物。

大凡作家可分为两类，一类是书面语言发达、口头语言枯竭，敏于文而讷于言的"君子派"，一类是既会玩笔杆子又会耍嘴皮子的"海派"。舒龙要算后者。他十分健谈，话匣子一开眉飞色舞，右手还不停地发挥态势语的功能，俨然是"北京侃大山协会"的会员。上下五千年，纵横八万里，他信手拈来、旁征博引，使你不得不为他渊博的知识所叹服。钦佩之余，你又会为他幽默诙谐、风趣机智而大笑。言者尽兴，听者也不必拘束，大可随便表露自己的见解。古言"与君一席话，胜读十年书"，大概正是指这种境界。

说起文学，舒龙称这也是一种教育，还属于大范围内的呢。文学作品一经问世，便不受时空限制，狂轰滥炸，传播面相当广。不过干这种事业挺倒霉，个中道理，并不是说搞文学清贫，如今社会只要你有能耐拥有读者又勤于笔耕，作家大款也不乏其人，王朔就是明证。依舒龙的意思，之所以倒霉只是因为苦。这职业"入土为安"，生时无假期、无退休可言；又必须认认真真，横竖撇捺点提勾，白纸黑字，是容不得半点马虎的；还要修身养性，经常"洗脑"。无论高尔基说的"文学即人学"还是法国布封的名言"风格即人"，都强调了为文与为人的关系，道出了作家本人品行的重要性。千字文章乃至鸿篇巨制，自己的人格如何，作品这面镜子会如实反映给读者的。舒龙对此颇有戒心，深恐自己的一举一动误人子弟，因此他时时严格要求自己。

有一个问题我总是纳闷，时下搞市场经济，严肃文学读者甚少，哪有人有闲情嚼他那大块头正儿八经的红土地文学。原来舒龙并非不知，只是他觉得海里固然需要人，岸上也得有人留下。何况他是如此眷恋这片神奇的红土地呢？不管是在北京还是在南昌，他都大声宣传赣南，宣传苏区，宣传红土地。他为红土地上发生的一幕幕惊心动魄的历史感到骄傲，他为这个藏龙卧虎、精英荟萃的人才库感到自豪。然而他又深深地感到遗憾，他遗憾苏区大量史实尚未被挖掘公布于世，他遗憾红土地儿女曾经为新中国的诞生付出血的代价今天却仍不富裕。一种沉重的历史责任感激励着他，撞击着他的心灵。他觉得他有义务为共和国撰写红色家谱，他有义务向全国人民介绍这片热土，他有义务站出来弘扬苏区精神，为重振革命老区的雄风，开创富裕小康的新山水献出自己的毕生精力。

他充满自信又不无惆怅地说："'红土地文学'我一辈子都搞不完，我真希望找到一个助手继续完成这个使命。"舒龙明白，现代社会时间愈发增值，而自己已经算得上有些年纪了，他珍惜自己有限的创作生命，他书房里那台新添置的电脑打字机就是一个证明。

追忆韩馆长

题记：韩馆长，一个异乡人、新客家。北人南下，一生钻研，挖掘厚重历史，由此成为"赣州通"。可惜，他走得太匆匆……

2014年最后一天下午，奔行于大广高速。约略三时许，接师友电，告知韩馆长去世了。愕然！问及情况，说赴韶关参加考古活动，火车途经大余，突然与世长辞。并说自己前天还与他在一起，见其身体硬朗、精神尚佳，疑为中风旧疾复发。

挂了电话，我默然无语，凝视过往群山。韩馆长，大名韩振飞，赣州城响当当的文化人，人称"赣州通"。正如提及北京城，不能不提到梁思成；提及赣州城，不能不提到韩馆长。只是梁思成作为"古都卫士"，其保护老北京城的"城建之痛"终成遗憾；韩馆长作为老赣州城的历史发掘人，其研究成果则惠及时人。参加工作近四十春秋，韩馆长一直在市博物馆耕耘，从事考古业与地方历史文化研究，也是所在领域当之无愧的泰斗，曾荣获郑振铎、王冶秋文物保护奖个人奖。他还有着深厚的地方历史文化导游讲解造诣，为诸多党和国家领导人莅临赣州考察指导担纲讲解工作，颇受好评。

常言道："有缘千里来相会，无缘对面不相识。"我与韩馆长是有缘的。大约是1997年，其时我在城郊一所中学任教，刚刚下课，校长说市博物馆韩馆长找我。见我讶异，一位身材魁梧的汉子迎上前来。原来，前段时间，市里征集对"新赣州八景"的命名，韩馆长看了我的意见，萌生了寻访之心。他根据信函上的地址，骑着一辆笨重的自行车，行程二十余里，翻山越岭，一路走一路问。据他推断，我是一位长者。村里人告知，没他说的这个年纪叫这个名字的人，小伙子倒有一个。就这样，韩馆长辗转找到我家，与家父闲聊一阵后，继续风尘仆仆、爬山过崃，半骑半扶着自行车来到我所工作的学校。韩馆长认为，我给建春门浮桥这一景致取名为"宋螭渡江"，很是形象，也很有文化底蕴，尤其契合赣州风水文化的理念。

此番寻访，韩馆长与家父谈得投机。其时家父正在续修族谱，韩馆长很感兴趣，特别是当地陈姓讲"官话"这一"方言孤岛"现象引起了他的格外关注。时隔不久，他再度专程来访，所憾我仍然在外，未能谋面。据悉，第二次他是坐车前来的。很不好意思的是，那时村里的公路还未硬化，且刚刚下过雨，道路泥泞，汽车陷在了淤泥里，只得抛车步行。

再一次见韩馆长，大概是次年我调至县级赣州市教委工作后。某个大会，我参与会务工作，韩馆长作为人大常委会领导，在主席台就座，我向他问好。虽然同在一个城市，但由于工作领域不同，我们不常见面。不过，间接的接触还是有的。2004年世界客属第十九届恳亲大会前夕，赣州城北龟角尾设置客家先民南迁纪念鼎，我参与了铭文征集活动，获得二等奖；此后，市博物馆乔迁，征集意见建议，我获得了一等奖。这些活动，他应该都是评委之一。

其实，人与人投缘与否，不在见或不见。尽管平日往来不多，但韩馆长做人做学问，都是令人钦敬的。我们久别重逢，也是一见如故，决不生分。作为市博物馆一馆之长，他骑自行车跋山涉水，深入一线考察，其时便令我震撼。后来职位上升了，他仍然保持本色，谦逊随和，毫无某类"得志者""见过世面者"的做派。在一些研讨会上，他厚重的赣州口音、爽朗的笑声、本真的憨态，总是感染着在座者。

因为工作繁忙，近年来，我极少参与文化活动，与韩馆长见面的机会自然更是少了。屈指算来，约略只有两次。一次是前年赣台会前夕，我到他办公室，请他帮忙修改市情介绍；还有一次是在路上，我步行上班，恰巧见他骑着山地车，便打个招呼，截下他聊了几句。去年上半年，从事陶艺的侄女婿想来赣州了解七里古窑文化，我电话韩馆长，请他帮助点拨。他正在野外考古，未能见面，热情地向我推介了其他业内人士。

人生中很多缺憾无法弥补，与一个投缘的人交往便是如此。很多时候，我们总觉得"下一次来"，却不曾想到，世事难料，很多时候未必会有"下一次"。回首与韩馆长交识的一幕幕，不禁唏嘘长叹！千言万语，凝成挽联一副：

振声传古音，情牵考古事业，不意先生竟作古；
飞步觅城迹，心系宋城文明，常悲馆长住佳城。

鞋匠哑巴

小序： 鞋匠哑巴，长年在西河大桥桥头补皮鞋，一丝不苟，见人就笑。此文刊发《赣州晚报》后，有人慕名前往找他。奈何，斯人已逝……

桥头鞋匠，人称哑巴，其实不哑，只是有些耳背，常常雷轰不动充耳不闻。自然，跟他聊天费劲，免不得比比画画打些哑语。

也许因为先天残疾，哑巴一直是光棍一条，早出晚归修理地球。改革开放之后，他提只木箱掇条板凳，在桥头摆起了一个摊位，从此改行修理鞋子。

哑巴补鞋时挺认真，经他补过的地方极难"旧病复发"。尤其让顾客放心的是，哑巴为人忠厚，收费坚持低标准，绝不宰人，至于缝线之类的小问题他则分文不取。因此，你来到他的摊前，不必先议价，尽管把鞋递给他，补好后照他的报价付款即可，千万不要与他讨价还价，他不会与你费口舌的，只是叫你去别处打听打听。慢慢地，哑巴小有名气，生意红火。

有一段时间，桥头不见了哑巴的踪影。据说，有人忌恨他收费低，手艺精，摊前熙熙攘攘，钱包鼓鼓囊囊。在一个黄昏时分，正当哑巴收拾木箱时，他自己莫名其妙地被人恶狠狠地收拾了一顿，工具给抢走了，人也受了伤。我真的搞不懂，竟然有人眼红一个残疾人，我为那号人脸红。

不日前路过桥头，我重新见到了哑巴，他仍旧低着头，一丝不苟地补鞋。目睹他日渐苍老的颜容，我默默地祝福他有一个幸福的晚年。

一个叫橙子的选调生

题记：橙子，新疆来的选调生，以赣南代表性水果为名。青年才俊，文理跨界。曾有一个BBS，我是"超级斑竹"，他"潜水"。一次小型会议，我们彼此对视……

陈丹青在《笑谈大先生》中有一段很精妙的话：

"'好玩'是一种活泼而罕见的人格，我不知道用什么词语定义它，它的效果，绝不只是滑稽、好笑、可爱，它的内在的力量远远大于我们的想象……好玩的人懂得自嘲，懂得进退，他总是放松的，豁达的，游戏的。'好玩'，是人格乃至命运的庞大的余地、丰富的侧面、宽厚的背景，好玩的人一旦端正严肃，一旦愤怒激烈，一旦发起威来，不懂得好玩的对手，可就遭殃了。"

"好玩"是一种难得的真性情，但不常见。好玩的人遇上好玩的人，每每别有意趣。这个网名叫橙子的选调生，我以为就是一个好玩的人。他生在新疆，北京念的大学，考取赣南老区的选调生，来到赣州一个乡镇工作。这是一段时期里他的人生履历，因了这个履历，我得以与他结缘，但一直是网络对话，算是网友。

某一天，他发来信息，说某个晚上见个面。坦率地说，我不大主张网友见面。毕竟是网友，见面了就不成其为网友。这也许有点"为成其名故矜持"，但从另一个角度看，太熟悉了，便多了拘谨，碍于情面，往往不宜于争鸣，不利于网上的思想交锋。当然还有一个原因，这就是，由于网络的虚拟性，网上交流充满不可知因素，贸然与网友私下会面，可能对现实生活带来不必要的震荡，例子屡见不鲜。多一事不如少一事，素来慵懒的我因此不大喜欢此类活动，但这一次打算破个例。

　　与橙子相遇，是两年前一个BBS论坛上，作为超级版主，我自然知道他的IP地址，知道他就在赣州。之后顺藤摸瓜，陆陆续续读了他的一些博客文字，感觉这小伙子很上进，视域宽，待人坦诚，有趣、"好玩"。原本北师大中文系本科毕业的橙子，再度展现出他的"好玩"。他考取了清华大学研究生，改学理科，而且是高科技。这个跨界有点大：一如他看起来有些文弱，球却打得不错；一如他看似内向，却在央视某个访谈节目侃侃而谈。

　　告别之前，他说请我吃顿饭。这饭当然我来请比较合情理，于是决定见个面，为他饯行，也不枉网上交流两年。我选择了一个比较安静的地方。去餐馆时，顺道买了本叫作《旧闻新知》的杂志。封面印着"煮酒论英雄，笑谈古今事"，倒也大体能概括这个会面场景。

　　我先行落座，他进来时，起身相迎。仿佛老朋友了，笑笑就坐定了，没了初次见面自我介绍的程序及惯有的客套。他很健谈，我偶尔问问话，静静地听他侃。话题当然主要是围着他转，我询问了一些他的工作与生活感受、对某类问题的看法和未来的打算。远道南下，又要离开，莫非是不喜欢赣州？他肯定爱这片土地，他的网名就是答案。赣南号称"世界橙乡"，橙子是赣南的形象大使。以橙子为名，必定有着某种情结。聊着聊着，我似乎明白了一些。

　　初出茅庐的人，由于理想与现实之间固有的反差，"碰壁"在所难免。他自然是一样，快乐的生活中，间或夹杂着苦恼。这于一个长期在温室生活尤其是手上功夫并不俗的人来说，有时难免感觉受了羞辱。聊着聊着，便谈及这样的经历。所谓"哀莫大于心死"，好心没有好报，伤心是必然的。对此，旁人除了宽慰几句，难有作为。在这方面，我一定也有过类似的遭际，但我这人有一个优点，便是善于遗忘。这么些年，也不记得谁与我有多深的隙痕了，常常只是感到有幸遇上一些非常关爱自己的人。我以为凡事还是多看积极的方面，冷静分析"碰壁"的原因所在，重点看看自己有什么需要改进或吸取教训的地方，这也许对自己会有更大的帮助。毕竟，相对于改造别人而言，改造自己的主动权和自由度总是大一些。

他即将重返课堂，自然谈及了教育问题。随着全社会学历层次的提升和竞争的日趋激烈，继续深造成为许多人的选择，他建议我再回去读书，说这能增强竞争力。关于这个话题，当年在学校时我就考虑过，最后的结果是，我认为继续待在学校于我意义不是太大。在我看来，学历和学位在很大程度上充当敲门砖的作用。一个人一生的工作时间不是很长，要掂量自己的精力，不可能老把时间花费在敲门上，那样即使最后进入了更美的园子，也终将腾不出时间做点喜欢做的事。因此，除非这屋子实在沉闷，除非这屋子根本不适合生活，除非所持有的敲门砖对自己的制约太大，除非还有足够的时间去敲门，不然，进了一个屋子后就不妨安心住下来，该干什么干什么，这可能是更好的选择。谋求更高的学历和学位，也确能促使自己加强学习、提高学养，但我素来以为，那得看你学的是什么专业，有些学科，太长的学校教育未必能使自己有多大长进。

因为彼此都看过对方的博客，又说及了我的博客。他坦诚地指出，我的博客日志对生活的记录不是很生动，一些发表的文章也需要有对实际情况更透彻的把握。这确实是我所需补的课，我之所以把攻读学位放在其次，重要的一点也在于此。他又说，另外，需要表明的是，个人之见，网络上论人论事，不宜过于随性。毕竟，网络是开放性的，应该考量你的言行对他人可能带来的影响。正是如此，我多次在博客中表示尽可能不涉及工作，并在叙事中一般也不过于细致。毕竟，文字里透露的蛛丝马迹，很可能会被放大，而给别人或自己造成伤害。我并不愿意这些问题扰乱我的网络生活，更不希望给别人和我的服务之所平添麻烦。

此番见面实际上是诀别，人生中遇见的人，总有"断舍离"的时候，诀别自然不奇怪。分别时，他送了一册《剑桥插图中国史》给我，留一个念想。后来一段时间里，我还在网络上关注着他。他的校园生活风生水起，是一名运动健将；似乎，他还代表国家赴日本参加了全球性专业赛事，并取得不俗成绩。再后来，彼此生活节奏急促，渐渐地没了联系……一切终要远离，这就是人与人之间的交往！

湘人邓博士及其他

题记：邓博士，二十世纪初，经常逛我的博园。一个湖南老表，网民"郁孤子"，看得出，他深深爱着赣州这块热土……

除了工作与家庭，平日较少参加聚会，网络结识的朋友见面的自然就更少了，单独见面的则少之又少。迄今为止，算来共两位，都是男性，都是在赣州工作的外省人。并且，见面前的交往时间都很长，不见面也如同老朋友了。

第一个见面的，名字很男人味，时间在他即将离开赣州之前，或许今后不会再相见了。那是在一家咖啡厅，择一位置坐下来聊了聊。临走时他赠我一册《剑桥插图中国史》，很多年前的事了。此君果是青年才俊，居然跨学科发展，数度代表国家参与国际赛事，成为IT业界的未来之星。第二个见面的，名字很女人味，估计会在赣州安营扎寨，因为他已经在赣州娶妻生子了。

这第二个是湘人，姓邓，博士学位，姑且称之为邓博士。去年就商定过互赠"著作"，憾终因事冗作罢。前几天再度联系，决定今日会一会，方式是在古城墙上边走边聊。不料，昨天下午还在午睡，手机忽然响了，邓博士说已经到了我的寓所附近。看看时间，非常尴尬，此前我已承诺，这个时段参加一位老朋友的小聚。"三缺一"，迟到或缺席都是不厚道的。于是表示歉意，说恐怕只能互赠"著作"，择日再聊了。匆匆更衣，出了门。他自报情况，车停于一名为"中梧岛"的娱乐场所前面，穿格子上衣。我在博客上见过他的照片，估计能够辨别出来。果然，喊他的名字，他回应一声"兄弟"，一拍即合，错不了。由于我正要赴约，事前商定速战速决，彼此交换"拙作"，即走了。这不像个事儿吧，哪有如此草率的初次见面？再想想，君子之交，原本就简简单单、不拘小节呢。邓博士也是因为正巧办事经过我的家门口，随性给我打的电话。这样也好，彼此读读对方的书，下次聊天或许会更有意思。

说起"亲不亲，故乡人"，除了江西，让我倍感亲切的或许要数河南和福建。因为，身为客家人，祖上由中原迁至福建，而后转至江西。奇怪的是，太多太多的人擅自在我的名字上注水，于是我的名字中有了一个"湘"字，于是有人以为我是湘人，于是我渐渐地对湖南产生了别样的亲切感。我与邓博士一见如故，自然也有这个因素。

俗话说："一方水土养一方人。"有人认为，由于水土之别，不同地方的人有不同的性格特征。湖南人有什么显著特征呢？2011年10月10日《人民日报》王开林先生文《霸蛮和不争——黄兴的性格特点》写道："单用一个词来定位黄兴的性格显然是不够的，倘若一定要做出这样的苛求，那么'勇敢'不足以形容，'霸蛮'兴许能概括。在湘中地区，'霸蛮'一词并非贬义词，它的内涵颇为丰富：'霸'是雄心、傲骨、魄力、豪情的合龙，'蛮'是勇猛、坚韧、执着、倔强的合龙。霸蛮者以天下为己任，舍我其谁，当仁不让；霸蛮者明知山有虎，偏往虎山行；霸蛮者像骡子负重行远，不达目的誓不罢休；霸蛮者宁肯断头不屈膝，打脱牙齿和血吞；霸蛮者屡败屡战，在绝境中奋起，在最无退路时杀出一条生路。"由于近世以来，湖南先后涌现出了曾国藩、毛润之等一大批军政人物，大概会有许多人认为"霸蛮"是湖南人的典型特征。

这里不多讨论湖南人的地域特征，重点谈谈"一方水土养一方人"问题。我不否认环境对人的影响，然而我以为，与其说是"水土"，不如说是"人文"。一个地方的风气，一个地方人群的特点，往往与人文所形成的独特"气场"相关，也就是说，一代代人的"传帮带"起着更为重要的作用。不明白这一点，我们就容易看走眼。譬如说风水和面相，称其为科学显然不确切，但一棍子打倒，说纯属子虚乌有的迷信，也不容易服众，毕竟似乎"像煞有介事"。我的分析是，风水和面相不是没有道理，而是"不是那样讲道理"。一户人家代有人才，你说是"左青龙右白虎""前榕后樟"，是所谓的好风水成就的，这样的解释便"不是那样讲道理"。然而，再看一看，人家代代相传都很注重教育，很重视互相帮衬、提携后进，换个角度，这样的道理也许就不迷信了。面相嘛，迷信的说法是生来如此，蜀将魏延有反骨所以靠不住，然而，"相由心生"，你老是盘算着害人，时间久了，神情"面具"难免不定型在脸上，这样的解释或许更具科学性。这么说来，一个地方代有英才，关键是要有一个有利于人才脱颖而出的"人文气场"。近现代湖南有着"唯楚有才，于斯为盛"的美誉，与出了曾国藩、毛润之等影响力巨大的人物不无关系。

回头说邓博士送我的书，书名《哲学视阈中的文化现代性》。"哲学""文化""现代"，三个关键词都很能唬人，有深度，有高度，够我高山仰止的。我知道，他是博士，我是学士。在古代，我比他高明。因为古时博士系指专精某种技艺的人，相当于"匠人"，如茶博士；学士则是博学之辈，是"大家""大师"，如东坡先生这个苏学士。奈何，时光流转，在"现代性"的语境下，倒了个个儿，我是最初级的学位，他是最高级的学位，所以他的著作"唬"得人连连后退。我发现，前面的"内容摘要"是中英文对照，后面附录的主要参考文献，包括英文书刊大概达444种之多，你说唬人不唬人？

"明知书很唬，偏向唬处行。"人家能写得，我会看不得？且待我硬着头皮慢慢看来。从讲政治的高度，我以为那天拿到这书是很切时的。第二天召开的十七届六中全会，专门讨论文化问题。文化嘛，"三个代表"之一，事关"精神"，非同小可。如同中共中央党校侯才教授在序言中所说："这是一项对目前国际学术界研究甚少、亟待展开而又具有重大理论和实践意义的课题的研究成果。"邓博士慧眼独具，期待他能"在现代性研究的道路上继续走下去，并取得新的、更丰硕的成果"。作为学人，他"功莫大焉"；作为朋友，我"与有荣焉"。

也无风雨也无晴

小序： 一方水土养一方人，环境潜移默化，塑造人的性情。山川滋养，赣州人自有赣州人的性格，坚忍、勤勉、达观……

我怎么也不会相信，翔竟然拿起了教鞭，而且是在一所偏远的乡村中学。

毕业分配那阵子，大伙儿忙得团团转，写简历、理材料、找单位，这小子却整天若无其事，悠然地泡在图书馆里，好像大学生宿舍里有他的长久床位似的。我知道，在就业问题上，翔不是没有想头、听天由命，他是成竹在胸，早已敲定了口子。他曾无意中透露，他将跨进县政府或县委的大门，总之，从政的理想可望成为现实。我为他祝福，同窗多年，他修身齐家治国平天下的宏伟抱负一直令我钦佩不已。四年大学生活，他也一直有意识地进行充实脑瓜和拓展眼界的工作，如果你遇上他，他不在读书，所读并非文史哲名著，那你准是错认人了。学能致用，美梦成真，想必他会乐意接受我的祝福的。

六月下旬，求职之战已进入尾声。这时节如果还没响动，恐怕只有听凭派遣回原籍任教了。翔仍无动作，辅导员适时提醒他，步子该迈大些了。翔不以为然，他表示，先接受分配，领到报到证后再办改派手续，绕个弯弯进机关。翔的想法并不离谱，沿着这条道儿走的人不少。

七月似火，我们在炎热的季节里挥手告别。我与班上别的在当地没有找到门径的同学一样，挤上了南下的列车。此后很长一段时间，没有了翔的消息。

一个周日，我去广州中山公园，不意遇上了翔儿时的朋友，向他问及翔，得悉了翔的景况。我愕然，不知为何他走到这地步。

原来，翔确实早就联系妥当了单位，岂料办理改派过程中，县教委主任不肯盖下大印。拖了多时没有结果，在家闲居数月的翔索性放弃了原分配的县中，主动要求改派去了穷山沟里的学校。我一面替翔惋惜，一面对翔陷于困境的选择表示理解。我明白，长久独坐菩提树下，炼狱般的生活一定折磨过他，本就瘦长的个子一定更显长瘦。他最后的抉择一定不是轻易做出的，其时他心中一定规划了新的蓝图。念书的时候，翔的个性就鲜明地突显出来了。他这人，沉得住气，输得起，颇有点大将风范。

后来翔的来信证明了我的猜想，字里行间，看得出他的心理状态颇佳，根本没有常人遇到挫折惯有的沮丧味儿。这不简单，尤其像他这样处在理想与现实天壤之别的境地，能如此豁达乐观，确实不容易做到。翔表示，人生的本质就是一个有缺憾的过程，得与失之间，过多地计较是不明智的。他不愿意对过去了的事做毫无意义的咀嚼，无谓地沉溺于怨天尤人之中，白白地浪费了时间精力，为前途平添障碍。他计划在贫穷艰苦的境遇中热热身，磨砺自己的意志。至于难过，这自然是免不了的，翔承认。毕业前，他曾自费学习电脑，他的文笔也还不错，但眼下的环境是不足以让他释放他的能量的。翔没有别的忧虑，就怕在闭塞的地方待久了赶不上时代，磨钝了棱角，他要求我不时地向他交流新的见闻和感受。

平心静气的翔也有牢骚，有时他愤愤不平，埋怨教师队伍中某些人缺乏爱心、过于自私，一心只奔命于自己的所谓前途，而把教书育人当儿戏。他认为，一个人可以不喜欢执教，但一旦站上讲坛就要负起责任，就要清醒自己的位置。这话是合乎翔的状况的，翔本人就有其他职业规划，可他从不怠慢学生，他的确对工作付出了热情。二十世纪九十年代的青年，还这样婆婆妈妈，翔似乎有点迂。如此儿女情长能成大器吗？翔淡淡一笑。翔就是这种人，怪怪的。记得上俄罗斯文学课时，翔在一次主题演讲中宣称自己是"多余人"。尽管他赋予了新的含义，我还是相信，其间表露出翔的孤独情绪。

命运似乎有意要与翔作对，翔真惨，踏上社会才一年，他的母亲就患不治之症猝然离世。我很担心，我深知翔一定很难受，"母亲"这个字眼在他心底占有太重的分量了。

好汉打脱牙和血吞，翔近乎冷酷，极力避谈自己的不幸，一副轻松的模样。那个寒冷的冬天，他寄给我一枚明信片，向我致以新年的问候。明信片上赫然写着："太阳没有陨落，假如谁凭今天是阴天，由此认定明天也必无好天气，那他准是个傻瓜。"翔没有被击倒，沉沦不是他的姿态。我注意到落款处加盖的隶体"一笑"二字，这是翔刚上大学时镌刻的一方闲章。他曾解释说："得意时淡然待之，报以一笑；失意时泰然处之，投以一笑。"好一个乐观主义者，好一个堂吉诃德式的浪漫骑士！

国庆假期，与翔同县的一位友人结婚，我顺便去看翔。老远就听见郑智化沙哑的声音："他说风雨中这点痛算什么，擦干泪，不要怕，至少我们还有梦……"敲开门，翔探出头来。

　　小伙子活得挺自在，房间里齐齐整整摆放着一架书，书橱旁侧的墙壁上，醒目地设计了一幅独特的画。画是拼接成的，一顶黑色礼帽，下罩一对墨镜片，一根黑色胶线围成半张脸，颈脖上系着黑纸剪就的领结，配上一个红塑料片裁剪出的英文"NO"作为嘴巴。整个看上去，分明是电影中侠客佐罗的形象。旁边斜挂着一柄纸板做成的长剑，剑身正面被阴阳篆文"有志者事竟成，破釜沉舟，百二秦关终属楚；苦心人天不负，卧薪尝胆，三千越甲可吞吴"纵向分作了两半。翔素来喜欢"耍小聪明"，很多见过他的人都称他有创造性思维，此言不虚。

　　离开学校两年后，许多人变了，翔没变，依然一股冲劲，依然充满自信，只是成熟了些。问他这两年多来摸爬滚打的感受，他淡淡一笑：也无风雨也无晴。他说计划年前完成一部题为《磨合》的中篇小说，摹写自己初涉人世的心路历程。年后呢，他要做些准备去考研，他还想赶早读点书。

　　翔是对的，我想。祝翔一路顺利！

留不住你的温柔

　　题记：谁都曾经年轻过，少年情怀少年事，也就是寻常事。"你"是一个意象，一个梦魇，一个记忆深处的背影……

　　你与我邂逅街头，匆匆的一瞥，让我为你心动为你失眠。你是一星火花，重新点燃我往日的记忆；你是一粒孔雀石，不经意投入我的波心，我不能不心旌摇荡、思绪绵绵。

　　还记得步入象牙塔后的那个黄昏，霞光万道，我独自走过学校宣传栏，你那手漂亮的柳体书法，深深地吸引着我，从此你闯进了我的世界。此后的日子，你咯咯的笑声，像一串串风铃，常常飘荡在我的耳边。如同欣赏一件艺术品，我凝视着清爽的你。我喜欢看你留一头齐耳短发穿一件红T恤配一条黑黑的健美裤，那样很青春。我猜想你肩披瀑布般的秀发套一身蓝底碎花裙，同样美不胜收。毕业前备考研究生的那些夜晚，我有幸与你夹着书本，踩一地星光，思考着未知的人生。

不是我不在意，不是我不想说——哪个少男不善钟情？拙于言辞的我只是没有勇气向你表白。那时，追求你的人很多，和你谈笑风生的人很多。你是美丽的天鹅，我怕亵渎你高贵的灵魂。爱一个人是要负责任的，我无法确定我是否能够给我的所爱带来一生的幸福。我总是逃避我爱的人，总害怕多看她一眼。与她在一起，我是那么激动，以致不知所措、无言无语。你可知道？你眼底一线光彩，你唇角灿烂一笑，都使我心如脱兔，局促不安，我又怎能对你坦露我的心迹呢？

不知你细腻的心可否感受到我的情怀？或许，你的眼里从来不曾有过我的位置，我不能奢望你的垂青。尽管如此，看着你可人的脸庞，你清澈的双眸，还有你长长的眼睫毛，叫我怎么抑制我蠢蠢欲动的心？随着时光的拉长，我对你的思恋越来越深。可我终于没有向你发射爱的电波，直至结束4年大学时光，你我分飞，走向了不同的地方。一别经年，音讯全无，心却不能平静。你那蒙娜丽莎般的笑靥，竟永恒留在我的心间。忘不了朝阳下你晨读的倩影，忘不了你倚窗看秋水的身姿，更多的时候，我品味着毕业纪念册上你隽秀的字迹。你说我俩，"犹如在广袤的夜空里擦肩而过的两颗流星，然而谁又敢说，他们未曾铭记彼此的光辉？"我很想斗胆询问，你是否至少曾经把我放在视觉的边缘？唉，茫茫人海，我到哪里寻觅你的芳踪？

再一次相遇，依然是轻轻点头，浅浅微笑，寥寥数语。不同的是，你已穿上了嫁衣，做了人母。风一样偶然，梦一般短暂，孑然一身的我突然想起一首歌——不需要爱情，什么叫爱情，孤单只好怪我绝对清醒。如今我不该再度幻想拥有你的温柔。既然别无选择，那就让我借用钟镇涛演唱的歌来祝福你吧："只要你过得比我好，什么事都难不倒，所有快乐在你身边围绕，一直到老。"

你说你会接受我的心愿吗？如果会的，如果有那么一天我能与你重逢，你得像过去一样，向我报以浅浅的微笑。记住：一定。一定的。

不是名士自风流

"人非生而知之者"，一个人的知识和学习能力，很大一部分来自老师。总有几位先生，会在我们心中留下不可磨灭的印象。在学校里烤烧多年，耳闻目睹，得悉许多奇闻异事。尤其是那帮教书先生，个个别具韵味，令人忍俊不禁。

校 长 装 猫

念中学时，我住校。那时学校条件不如现在好，集体宿舍真正是一个大集体，沿墙一圈儿床板，铺上席子就成了大家的栖身之所。人多嘴杂，晚上熄灯后同学们仍不免要叽叽喳喳闹上好一阵子。校长年纪虽大，白发斑斑，身体却颇可以。每当就寝铃声响过之后，他都要来巡视，逮着谁闹得欢就叫谁晒月亮。两手空空便悻悻然，用他那带着浓厚乡音的普通话骂骂咧咧，诸如"烂蕃薯烂芋头"之类，大伙听了躲在被窝里捂着嘴巴笑得肚子直痛。话说有那么一个夜晚，刚刚熄灯，一个黑影猫腰进了寝室。我睡在门边，黑影在我的身旁轻轻卧下，吓我一跳。这时耳边传来一个声音——"你别吵啊。"原来是校长！其他同学都不知道，依例奏起了"入眠交响曲"。正当闹得轰轰烈烈之时，校长的手电亮了。这一趟没有白来，几个喇叭筒被他提了出去训话。

仙 风 道 骨

S老头教唐宋文学，个子不高，人也精瘦。他上课很是夸张，唾沫横飞。大学里上课比较自由，座位不大固定，大家总喜欢挑后面的位子坐。有时我午睡误时，去得比较晚，不得已坐了第一排。一堂课下来，如在雨空下一般，沾着了他不少唾沫星子。不过有趣的是，坐在前排更能看清楚他的演技。上课时，他如同戏子，动作特多，时不时随诗赋形。记得讲解"奉帚平明金殿开"这句诗时，他忽然走到墙角处操起一把大扫把。我还以为他看见某位同学搞小动作，一时来了气，准备大动干戈。正紧张着，他扛起扫把，大摇大摆地走出教室。同学们莫名其妙，紧接着是哗然大笑。一首诗在他的演绎下，真是有滋有味，以致多年后记忆犹新。我想，人老天真，人至老年的确会返璞归真吧？可老头别有一解，称：熟读古人佳句，血液里满是陶潜李白，仙风道骨是也。

好 大 的 官

W先生不同于一般的教授，人高马大，教而不"瘦"，依他的话是"坯子顶好"。他很为自己健壮的体魄自豪，提到小说《红旗谱》时，他以京腔十足的口音引述作品主人公朱老忠的名言："出水才看两腿泥。"而后推人及己，说有一次某官员送他回家，路人看他那大块头，倒误以为他是官员，禁不住啧啧称叹："好大的官！"W先生抑扬顿挫，坦言："照我母亲的话，是块干农活的好料子。"

Y老"四化"

Y老对民俗学情有独钟，民谣自然也在其中。正当讲授歌谣体的时候，他郑重其事地在黑板上写了四个字——"我的'四化'"。而后掉转头神秘地笑道："国家发展有'四化'，我也有'四化'。"瞧着我们傻不拉叽的模样，他不紧不慢地说，"血管硬化，思想僵化，心肺老化，等待火化。"这时一位同学冷不丁蹦出一句："还有生活腐化。"Y老闻之，皱皱眉头。

烟波钓徒

上山下乡一些动荡，使荒野偏郊也隐藏了一批宿儒。我在某农村中学遇见的H君，便是其中之一。他很有一些老学究的味道，衣袋里随时拢着一支烟杆，烟瘾一发作便摸出来吞云吐雾。这我可犯糊涂了，林语堂先生抱怨："现在课堂上读书连烟都不许你抽，这还能算为读书的正轨吗？"我自思这话即便有些道理，也是于弄文的人说的。奇怪！H君教的是数学，搞数理思维难道也能在虚无缥缈中出灵感？我百思不得其解。H君嗜烟，胃口之大，让我难以置信。一次走进他的卧室，他正提着一大桶烟丝在床板上晾开。我惊问："您老卖烟？"以为他任教之余到圩镇上搞第二职业。H君笑道："自己抽。""那得抽上一年了？"我满腹狐疑。H君马上反击："哒，至多两个月。"我戏言他抽烟"当饱"，H君孤芳自赏起来："这烟便宜，又够味。"说完，架起烟杆，陷入一片迷蒙之中。真个烟波钓徒！

黔驴技穷

C年纪不大，却也颇具名士风度。他上课很有讲究，西装革履，还戴了一双白色手套，看起来挺严肃的。其实不然，学生们私下就说不怕他。他确实偶能吓唬老百姓而已，这大概与他的"扑哧"一笑很有些关系。C特喜欢笑，于是他的发怒变得严而不厉。他自己就说："鲁迅先生少年时的塾师有一把戒尺，但不常用；我有两只巴掌，也不常用。"言毕教室里哄堂大笑，他也大笑。是的，他总是面带笑容，极少体罚学生。每每学生吵闹，他通常是吹胡子瞪眼，大喝两声。实话讲，胡子他还吹不起呢。他的面孔老是刨得光光，苍蝇落在上面都要摔死。不几日，学生们就摸清了他的脾气，暗自小嘘：技止此耳！

"犟"心独具何处来

——赣师中文学子性格考

20年前，母校不惑华诞，曾撰文《师院人，活出自信来》；10年前，母校知天命，尝作《母校赋》。戊戌金秋日益临近，此番母校花甲之喜，写点什么？存此念，记于心，但一直未曾动笔。近日偶遇长期从事组织人事工作、对中文系学子了然于胸的王师兄，促膝相谈，言及母校，认为赣师中文学子有一种特殊的性格和气质。边听边想，揽镜细照，不禁感叹于师兄的敏锐！套用N年前我的一个思路：假使设立诺贝尔发现奖，此君或可获得提名。

赣师中文学子，正如文学评论课上老师讲的"典型"，是"这一个"而不是"那一个"。仔细观察，他们仿佛脑门上都贴着标签，鲜明的性格特征藏不着、掩不住，"是个蒸不烂、煮不熟、捶不匾、炒不爆、响珰珰一粒铜豌豆"。几经交往，稍稍深入，"一枝红杏出墙来"，他们的脾气就显现出来了。果然，"出乎其类，拔乎其萃"！你不禁哈哈大笑，他们就这德行，几乎个个如出一辙、血同一脉。不愧同一个师门啊！呵呵呵……

赣师中文学子，究竟是啥德行？咱们师兄师弟，虽不与虎谋皮，何妨予君画骨——

一曰少傲气重傲骨。就像大余梅关古驿道旁绽放的梅花，疏影横斜、暗香浮动，"不要人夸颜色好，只留清气满乾坤"。赣师中文学子内敛谦逊、不喜言辞，哼哼哈哈，天生一幅老实巴交相，于芸芸众生中"泯然众人矣"，然而，这些家伙内在硬气清朗，朴实的外表下，有礼有度、不卑不亢。他们亲而不亵、敬而不媚，坊间所谓"不会来事"，正是这模样。这样的人，相识之初，也许不讨人喜欢，但由于大抵靠谱，不害人、不生事，时间愈久，芬芳愈醇。媚态与傲气往往相连，正直与傲骨每每相依。赣师中文学子，忠诚厚道、低调隐忍，让人放心，一旦混个脸熟，也就容易成为莫逆。他们还似乎有一些清高，但不会目空一切，懂得与现实和谐相处。

二曰少私心重公德。就像赣南古村落池塘边的大榕树，根深叶茂，荫佑众生。赣师中文学子受"修身齐家治国平天下"传统观念浸淫，挟裹着家国情怀。他们"忧道不忧贫"，崇尚"大道之行，天下为公"，一箪食，一瓢饮，在陋巷，终不改其乐。他们更为祈愿的是，人们在河里泡个澡，风中漫步，"咏而归"。对自身的物质追求并不乐此不疲，对社会的美好希冀念兹在兹，这就是赣师中文学子。也许有人嘲笑他们"理想太丰满，现实很骨感"，但他们就是那么执着，甚至显得不谙世故、不食人间烟火。他们就像他们的客家先人，筚路蓝缕、辛勤耕耘，在平凡的岗位上自带光芒，无怨无悔。

三曰少迁就重原则。就像相传周敦颐在赣南题刻的千古名篇《爱莲说》中的莲花，"中通外直，不蔓不枝"。赣师中文学子恍若赣南万千田畴里随风轻舞的碧荷，一枝一叶，决不苟且。他们似乎有些散漫，但形散而神不散，有着自己的目标追求与价值尺度。正如在赣州老城区清水塘投水殉难的明末英雄杨廷麟，正如20世纪90年代赣师中文系谟军老师在长篇小说《碧血忠魂》里刻画的革命先辈陈赞贤，他们憨直的外表下深蕴着硬气铁骨，有着强硬的做人处事原则，黑白分界、是非分明。在他们的眼里，有些事情没有讨价还价的砝码，没有回旋商量的余地，底线不可破，不行就是不行。"吾爱吾师，但吾尤爱真理"，他们有他们的人情味！

四曰少虚浮重务实。就像赣南大地漫山遍野的映山红，红得真真切切，拒绝虚艳浮华。赣师中文学子属于红土地上的黄牛牯类型，老老实实做人，踏踏实实做事，不畏人不知，不喜欢张扬。是牛就要耕地，是马就要拉车，他们就信这个理，兢兢业业地做好自己的本职工作，不投机取巧，不要尖卖滑。这是一种品格、一种操守、一种信仰，与愚钝无关。尽管，遇上刁钻圆滑之辈，他们也许吃过亏、受过委屈，但他们念叨"吃亏是福"，坦然地笑笑，把一切得失成败视作浮云。他们就那么实实在在，那么干干净净，那么清清爽爽。肠子弯弯绕，搞花里胡哨，会让他们不痛快的。

　　赣师中文学子——难以一拍即合，却能长久相守；难以一见钟情，却能相濡以沫；难以将就苟且，却能忠诚担当；难以巧言令色，却能可靠心安。他们的性格，用客家人的话来讲，一言以蔽之，就是一个"犟"字。望文生义，"犟"是强牛。对耕读传家的客家人来说，牛这极其寻常的动物，忠厚老实，默默耕耘，但骨子里有牛脾气。"牛鼻上穿绳"，哪里会情愿？"牛不喝水强按头"，说了不喝就不喝！"牛口里的草"，那是扯不出来的！初生牛犊不怕虎，牛老角硬……众多关于牛的俗语，彰显出赣师中文学子初心不改、禀性难移。有啥好说的，咱就这牛脾气，就这犟劲儿！在赣师诸院系学子中，中文学子这一性格特征似乎分外耀眼。他们仿佛是一个模子铸出来的，在赣师炉火里锻造了几年，性格与气质大抵相似。

　　这种犟，其实是一个矛盾统一体。赣师中文学子以"隐者之心"干"劳者之事"，用出世的精神做入世的事业，"和气浮于面，锐气藏于胸"，外圆内方、棱角铮铮，在矛盾中寻求心灵的和谐。他们并非不识时务、不解风情、不晓利害，却依然坚守着沉思良久的人生信条。翻看略微泛黄的大学毕业纪念册，一位位当年中文系老师与同学的言谈举止浮于眼前。"太高人自妒，过洁世皆嫌"，这是万陆先生于1995年6月6日题写的一副对联，"高"与"洁"、"妒"与"嫌"，可谓是夫子自叹，人生的辩证法尽在其中。同班同学刘勇写道："没有记忆就不懂生活，没有忘却便没有幸福。记住？忘却？"看起来踟蹰，其实态度已经明朗，并不彷徨。当年我的留言则仿佛绕口令："只有世界需要我我需要世界时，生命才显得重要；只有你不需要我我不需要你时，友谊才觉得多余。"同样表明了一种关乎人生取舍的哲思。

在掂量中弃守，在矛盾中坚持，这是不容易的。"犟"心独具来何处？赣师中文学子的牛脾气，问渠哪得犟如许？为有浸染传承来。

"人之初，如玉璞，性与情，俱可塑""昔孟母，择邻处"，传统蒙学《三字经》的不同版本，都强调了环境对人的影响。一方水土一方人，环境对一个人性格与气质的影响不容低估。

赣师中文学子，主体是赣南本土客家人的子女。客家是汉民族的一个独特民系，有学者称之为"东方犹太人"，他们的先民为躲避战乱或饥荒，风餐露宿、跨坚越险，告别丰饶的中原大地，来到尚是一片蛮荒的赣南荒郊野岭，披星戴月、含辛茹苦，艰难地开辟新的家园。文化血脉传千古。一部创业兴家史，铸就了客家人吃苦耐劳、坚忍不拔、奋发进取的品格。同时溯本思源、怀国爱乡的家国情怀，始终萦系于心；耕读传家、崇尚文化的优良传统，始终不离不弃；孝亲睦邻、精诚团结的可贵品质，始终发扬光大。天长时久、薪火相承，这种品格渐渐成为了文化基因，融入客家儿女的血脉，成为剪不断的精神脐带。

也许有人会说，同样是客家人，同样是赣师学子，为什么中文学子的"犟"心尤为明显？这源于专业素养的能量。中华文明灿烂辉煌，中国文学积淀丰厚，无数别具才情、品性高洁的士子，用他们的真性情，留下了脍炙人口的华章。从人物的坐标看，上下求索的屈原，刚直清高的陶潜，心忧社稷的文天祥……一代代先贤人杰灿若星河，令人高山仰止；从作品的坐标看，人称"万经之王"的《道德经》，被誉为"史家之绝唱，无韵之《离骚》"的《史记》，号称"诗史"的杜诗……一部部风华绝代的佳构，令人叹为观止。中文学子目睹一个个远去的背影，沉醉于注入了五千年优秀理念与品格的华章，春风化雨、润物无声，性与情日益丰满。

赣师中文学子的性格，乃是一种交融与结合的产物。客家农耕文明的滋养，中国文学精神的涵濡，加上赣州多元文化的浸润，独特而鲜明的性格特征，日益刻写进赣师中文学子的骨子里。赣州文化形态多样，耕读传家的客家文化，以儒家学说为中心的理学尤其是阳明文化，强调"任心为修"的马祖文化，关注环境生态的堪舆文化，隐居山林的田园文化，因驿道而兴的过客文化，以及二十世纪初彪炳千秋的红色文化，多种文化元素的碰撞与浸泡，愈加丰润着赣师中文学子。譬如说，以往的佛门子弟多以化缘为生，马祖道一在赣州创建丛林，主张农禅并重、自耕自食，从此告别"托钵乞食"的传统。经济上的独立，催生了佛门新气象。毫无疑问，这些人文元素都会对这片土地上的人们带来深深的影响。与传统文化有着天然血亲的中文学子，所受的影响则往往会大一些。或许，赣师中文学子正是经历着这样的烟熏火燎，并在老师与学友的相互砥砺中，逐渐建构起有一定区别度的独立人格。

赣师60岁了，弹指一挥间，我大学毕业也已20余年。犹记当年，辅导员李大勇老师饱含深情寄语："你们就要投入到那苍茫而拥挤的世界，我为你们祝福，为你们祈祷！"一批批师兄师弟，在老师的目光中，走出校园、踏入社会。穿梭于岁月长河，栉风沐雨、披荆斩棘，无论遭遇过多少艰难坎坷，无论经历了多少悲欢离合，赣师中文学子的性格与气质，不仅没有锈迹斑斑，反而在时光这把锉刀下，愈锉愈亮、"犟"心坚挺！

依依红土情

五月榴花红胜火。在这激情奔放的时节，宋城赣州人气极旺的文化广场，一个名为"赣南专家风采"的摄影展为沐浴"五一"长假的人们亮出了一道节日文化景观。近120位来自红土地各行各业的享受政府津贴专家、拔尖人才，以及学科带头人，或沉思，或小憩，或正专注于工作，不尽风采跃然于照片之中。

如此众多的赣南专家聚在一起，实为一桩盛事、一大喜事。这是一次赣南专家的群英会，高级工程师、城市规划师、教练等专家们，尽管主攻领域不同，但都为赣南经济和社会的发展做出了重要的贡献。他们满怀赤子之情，扎根于红土地，默默奉献，忘我工作，构筑了赣南经济发展的雄厚基石，铺就了赣南社会进步的金光大道。客观地说，赣南是一个并不发达的地区，工作、生活条件不算优越。正是如此，赣南的专家们更让人敬仰，他们不仅留下来了，而且无怨无悔，在艰苦的环境下开拓创新，取得了一个又一个丰硕的成果。几十年如一日不畏艰辛努力向"杂交稻王国"攀登的高级农艺师张瑞祥，生于四川奋斗在赣南潜心研究稀土开采新工艺的高级工程师唐宗和，"生命不息奉献不止"的红学专家周书文，"桃李不言下自成蹊"培育了"中国飞人"周伟的教练吴翔……太多太多的名字，太多太多的光华，让红土地骄傲，让红土地自豪。是什么力量促使这些为赣州发展殚精竭虑的功臣们成为红土地忠诚的"麦田守望者"？是他们对红土地的眷恋，对红土地不灭的爱和不灭的情。

专家们如星辰般散落在赣南的不同角落，有幸照张"全家福"，有缘相聚"大团圆"，不能不感谢市专家联谊会的热心张罗。会长舒龙本人就是一名专家，身为国家一级编剧，他勤于笔耕，著作等身，在艺术殿堂里追星赶月，孜孜不倦。永远燃烧的创作热情，没有妨碍他参与社会公益事业。作为市专家联谊会的掌门人，他和他的同人们本着把联谊会建成"专家之家"的理念，致力于营造温馨和谐的专家乐园。又是什么力量使他们如此热心？这同样源自对红土地的深情。这方神奇的热土，以及生活在这里的优秀儿女，是那么地让他们动情。"红土魂"赣州专家网开通了，而今，广大市民又可一睹专家风采，他们怎么能不心潮澎湃呢？

凝视着专家的神情，领略着传神的摄影精品，不能忘了蹲在镜头背后的摄影师赖征帆。"台上一分钟，台下十年功"，说的是舞台艺术，摄影艺术何尝不是如此？赖征帆凭着对艺术的挚爱和不懈的钻研精神，其摄影艺术渐臻佳境，不少精品见诸报端，所展示的真与美令人叹为观止。尤其为人称道的是，他一往情深地关注着脚下这方土地，为红土地而歌，为红土地上耕耘的人们吟唱。继新世纪元旦推出《"赣南文化人"肖像艺术摄影展》，一年之后，他再度以自己对光与影的敏锐理解，定格了赣南专家灿烂的风采。

"为什么我的眼里常含泪水，因为我对这片土地爱得格外深沉。"摄影展的"代前言"道出了红土地儿女的心声。依依红土情，这朴素的情感激励着人们谱写更加华美的篇章，去回报脚下这方生养自己的红土地。

那些人，那些事

这已经是12小时内第二次退票，如果再度退票，都不好意思向航空公司开口了。然而，作为随行工作人员，正是在这反复退票之中，我愈加体会到《国务院关于支持赣南等原中央苏区振兴发展的若干意见》（以下简称《若干意见》）来之不易，愈加体会到各方面为之付出的智慧、辛劳与汗水。每次退票，都源自工作中出现了新情况，需要留下来立即打理。

所谓不登高山不知天之高，不临深渊不知地之厚，人生待我何其厚！

机缘所至，我有幸成为赣南苏区振兴发展的见证人之一，目睹着政策出台的非凡历程，由此丰富着人生的见闻与感受。诚如一位领导者的谦辞：原本觉得这辈子没多少可圈可点之处，退休后不必考虑写回忆录的事儿，但经历了这件盛事，看来不写不行，毕竟，其间有着太多太多的章节……

国务院颁布《若干意见》，赣南苏区振兴发展正式成为国家战略。喜讯传来，颇为振奋，夜难入寐。不久前走过的那些日子，一幕幕往事如同幻灯片般次第翻转出来。

我是一个容易动情的人，这段时间常常心生感慨，感动于赣南苏区振兴发展历程中的那些人、那些事。凝视着中央领导同志接二连三饱含浓情的批示，坐在国家发改委会议室聆听部委领导的深情话语，望着省、市领导风尘仆仆的背影，透过门缝瞥见同事夜半时分仍端坐于电脑前苦思冥想……我深知，所有这一切，无不围绕着一个共同愿望：推进振兴发展，实现全面小康。

记得那个夜晚，京城月坛南街的一栋大楼里，国家发改委地区司领导接连七小时盯着墙上的文稿投影，时已凌晨二时，仍毫无倦意，就文件中的每一条每一款，一字一句提出修改意见。坦率地说，我从事文稿工作时间不能算短，但十余双眼睛共同盯着一堵墙，逐字逐句推敲，这架势倒从未见过。一位厅级领导，清水一杯，绞尽脑汁，思量着如何把文件写得更准确、更到位、更有利于助推赣南苏区振兴发展，这令我感慨不已。

记得曾数度进入国家部委大楼，手持文稿恳请指点。部委领导那么谦逊、那么体恤，看着我握笔记录他所提的意见，温和地说："不必记，我会改在上面。"他一边讲述自己的看法，一边提笔逐一修改。我凑上前去，聆听他的指点。面对一个来自基层的同志，部委领导毫无架子，完完全全像身边的老同事，像自己的老大哥。他不仅在文稿上勾勾画画，而且告诉我修改的理由。多分一些段落，看起来比较清爽一些；这个词不大准确，换一个可能熨帖些……平和的语气，睿智的见解，让人暖在心窝。

记得市里的决策者们，为着谋划赣南苏区振兴发展大计，为着老区人民与全国人民同步进入全面小康社会，连续多日，每天睡不上几个小时，甚至通宵达旦。实在是太困乏了，仍然挺起精神，支撑着半躺在床上，手捏文稿，提出真知灼见。政策体现于文件中，文件展示在文字里，每一个方块字，凝聚着决策者们多少心血！晚上看文稿，白天忙对接。为了把赣州的情况与诉求表达清楚，为了争取更大的理解与支持，这些决策者白天还要在京城穿梭，忙着沟通汇报，研究工作举措。

　　这样的细节还有很多很多，我的笔触无以表述，我的内心充盈感动。那些人做着那些事，都这么说，赣南苏区为中国革命做出了特殊贡献，由于战争创伤和自然条件制约等因素，今天面临着特殊困难，需要有特殊政策予以特殊支持，实现跨越发展。一连串的"特殊"，铸就了他们对赣南苏区振兴发展的特殊情感、特殊作为。因为"大我"，所以"大爱"。那些人那些事，山无言水不语，然而，赣南苏区振兴发展的皇皇史册上，必定会深深镌刻着他们的印记。

　　怀想着那些人做着那些事，多少次，我暗自庆幸，这一给赣南发展带来千载难逢历史性机遇的盛大喜事，同时也给我的人生增添了诸多情节。尤其是工作中遇见的师长们，他们给了我许许多多的教益，让我受惠无穷。就在不久前的端午佳节，我收到这样一条手机短信："相聚京华日，良辰入心痕。鹏程兴赤土，年少竟老成。"短信的发送方是一位为赣南苏区振兴发展贡献了智慧和汗水的师长。"沉默是金为良训，可以人言多中听。"我知道，面对鼓励，应有的态度是"无则加勉"，我应该感谢师长指明的努力方向。一条短信，联结着一方热土的盛世辉煌；偶有所忙，赢得了至真至纯的人间温情。这世间还有什么事情，能比"工作与生活齐飞，繁忙与感动同在"更加令人愉悦？

　　透过窗子，遥望苍穹，我的眼前浮现出一幅美丽画卷：赣南苏区振兴发展快速推进，一座现代化中心城市在迅速崛起，千百万赣南乡亲孜孜以求的江南明珠闪耀于赣江源头……

挥手自兹去

题记：古往今来，那些异乡人，客居赣州，眷恋这块土地，在这里辛勤耕耘。如他一样，每一个奉献者都不该被遗忘……

连日来，脑海里不时浮现出一幅画景："挥手自兹去，萧萧班马鸣。"别离的人，即便看起来波澜不惊，面含微笑、平静淡然，只是轻轻地挥一挥手，可是，空气却是那般凝滞，周边的一切是那么动情，就连相伴的马儿，也禁不住萧萧长鸣。

人们常说："送君千里，终须一别。"这说的是送别场面。如果满怀深情，心海却绝不会平静，心雨绝不会缺席，心灵绝不会分别。甚至，随着时空渐行渐远，两颗滚烫的心将如同拉伸的弹簧，有着更为强悍的吸力，更为恒长的相守。晨起暮息，不经意间，一枝花开、一声鸟鸣、一泓清泉，都将宛若一个个音符，触动记忆的闸门，打开绵绵思绪，引来落英缤纷。

我不知道，缘分它究竟是怎么回事？然而，很多的相遇相知，似乎唯有"缘分"二字可以说得清、道得明、解得通。我与他，素不相识，从无瓜葛。他来了赣州，而我就在赣州，我们一起共事。因缘际会，相识相知，道理就这么简单！

他当然是一个个体，但他何尝又不是一个群体？翻开泛黄的史册，回首远去的过往，多少异乡人，因为种种机缘，来到赣州，播洒汗水，留下足迹。疏通赣江十八滩水道的虔州知州赵抃，传授理学的南安军司理参军周敦颐，以石筑城的虔州知军孔宗瀚，设计建造地下排水系统福寿沟的水利专家刘彝，主持建造建春门浮桥的赣州知军洪迈，郁孤台拔剑望长安的爱国词人辛弃疾，曾任信丰县主簿的大宋提刑官宋慈，任职赣州知州的民族英雄文天祥，出任南赣巡抚并传授心学的一代哲人王阳明，担任兴国知县的"海青天"海瑞……他们从不同的时代走来，告别故土，栖居赣州，在这里留下了浓墨重彩。

这些年来，赣南苏区振兴发展成为国家战略，一批批来自中央国家机关的年轻干部纷至沓来，开展对口支援，投身赣州建设事业。为着这块土地的芳华，为了这座城市的荣耀，他们在这里挥洒着热血青春，贡献着智慧和汗水。来来往往，赣州这块土地，因他们的默默奉献而更增丰采。

再精彩的驿站，既然都有启幕之日，也都会有谢幕之时。每一个人的人生都不例外，他也是如此。恍惚之间，他在这块"江南之南"的土地上耕作业已经年。虽然早已知晓"人事有代谢，往来成古今"，虽然也觉得他这些年实在是太累了，不妨歇一歇，让透支的身体得到休整，让兼顾不够的家庭有个照应，然而，当别离的日子来临，却仍然禁不住怅然若失。

"多情总是伤离别。"闲谈时，这北方飞来的鸿雁，偶尔提及南北文化差异，包括情感的表达。我想，文化有差异，真情无云泥，何况，客家民系本就是自北国而来。当客家先民从中原迁播到赣南，这里的灵山秀水，育得客家后裔温文尔雅的性情。别离之际，虽未必大碗喝酒，但轻轻抿上一口，同样会齿颊生香、目酣神醉。刚得悉他要离开这片土地时，一位憨厚的赣南老乡就不无感伤地说："一定要常回来看看，因为，我们终将忍不住想您……"

我尽管感情内敛，却是一个容易动情的人，会为一场猝不及防的邂逅而欣喜不已，也会为一出突如其来的分别而忧伤不止。过来人明白，一切终将逝去，唯有真情永存，铅华洗尽，骨感的只有真情。有真情才有温度，人生因有真情而酣畅淋漓。重情重义的土地，不会忘记为它默默耕耘的人们，同样，一个有血有肉的人，一定不要辜负一路同行的人。忘记一个人，难免不会忘记另一个人；辜负一个人，未必不会辜负另一个人。好好做人、好好做事，把真善美传播开去，让正能量汇聚起来。社会呼唤真善美，人间需要正能量。如果说，我也算是一个有一点历史感、使命感的人，内修也罢，外治也罢，都必将注入情感，也必定情不自禁，包括一场离别，我的选择和状态概莫能外。

历史定格在这个平常的日子，时空聚焦于赣南大地。这原本是一个并不喜欢下雨的时节，凑巧的是，我生命中经历的许多大事，似乎常常与雨结缘。"天若有情天亦老"，既然苍穹也会老去，落泪也在情理之中。其时，我正骑着摩托车，行驶在章江之滨，忽然间大雨滂沱。正好，让大雨把我浇透吧！我在雨中穿梭，感受着一身清凉。一直认为，雨是穿越时空的，轻击我脸颊的雨，或许正是此刻他所在的地方飘来的云。

"此去经年……更与何人说？"蓦地想起了这一遥远的词句。感谢古人，他们的生花妙笔，总是能够抚慰人的心灵，让人熨帖，让人温暖，让人期待……

第五辑
诗赋江南

江南是灵秀的，江南是温婉的，江南是儒雅的。

江南是一首首诗行，以诗赋的笔调抒写"江南之南"，或许是得体的姿势……

赣 州 赋

滔滔章江，浩浩贡水，双流合璧，汇成赣江。于兹江首水源，孕育名城赣州。此一富丽江城，享得造化钟爱。其东倚武夷，西接罗霄，揽东西之秀色；南抚百越，北望中州，通南北之风物。回望今古，不失江南大都会气象；环顾赣鄱，向为江西南大门要津。江湖枢纽，岭峤咽喉，素有关隘之谓；南国重镇，锦绣花州，传扬四方美名。

人道是，水有泉源，成其波流渺渺；城富积淀，铸造文明煌煌。赣州历史悠久，城市源远流长。西汉高祖始建制，至今已逾两千载。于宋步入鼎盛期，商贾如云货如雨，盛似国都，独得"北有开封，南有赣州"美誉。明清城市大发展，老城形制趋完备，布局井然，形具"三十六街，七十二巷"经纬。时光无情雨，洗却几许铅华？记忆不老松，雕琢岁月踪痕。宋城堞雄姿犹在，福寿沟①水流依然。丰厚故址，造就宋城博物馆②；灿烂文明，名冠历史文化城。古道漫漫，印记岁月风尘；梅花点点，叙述古城兴衰。而今再拓新天地，南移东扩立新城。与日俱变，万丈高楼雨后春笋；欣欣向荣，八面街衢车水马龙。千年宋城今更美，三江六岸绘新图。

江山如此多娇，风景这边独好。俯仰赣州大地，山为翠浪涌，水作玉虹流；历览前贤遗存，楼阁藏风月，亭台竞壮观。城对崆峒③，一山景致袭眼底；地临赣水，三江柔波涤胸襟。城水相依，城纳水而灵秀；水城互映，水拥城而堂皇。古巷探幽，灶儿胡同觅旧迹；长街叠翠，红旗大道展新姿。通天岩石窟，江南第一；三百山清流，香港水源。杨仙岭上，堪舆文化发祥地；马祖岩中，佛教于此耀禅宗。金精翠岗，一柱擎天；陡水明珠，宛若桂林。白鹭三寮，山水田园，绿色宝库风光无限；燕翼关西，围屋情深，客家摇篮名满九州。中华苏维埃，共和国前寻根源；长征第一渡，十送红军泪沾巾。红色旧址历历在目，革命故事处处争辉。四面河山看不尽，八方佳境添豪情。

　　灵秀胜景多出俊杰，邑号名邦广聚英才。赣巨人穿行茂林，《山海经》里见行踪；秦木客吟唱深山，阿房宫上架栋梁。宗瀚④筑砖城，仲尼后裔建功业；洪迈⑤造浮桥，《容斋随笔》泛春光。东坡游历，题诗名《八境》，八景文化有源头；稼轩登高，填词叹郁孤，爱国情怀凝心间。玉岩居士阳孝本，廉泉夜谈成佳话；陆游恩师曾文清，忧国忧民传高徒。敦颐爱莲，虽出淤泥不染尘；阳明心学，知行合一致良知。书家钟绍京⑥，江南第一宰相；文士魏勺庭⑦，易堂九子宗师。提刑官宋慈⑧，兼知赣州；清廉臣海瑞⑨，政声远播。文山⑩气壮，留取丹心垂青史；杨公⑪忠勇，千秋俎豆照虔城。梅关驿道，唐代名相九龄凿；梅岭星火，儒帅陈毅三章留。赞贤⑫染血，唤起工农千百万；风卷残云，大地涌动革命潮。泱泱红土，开国元勋藏龙卧虎；模范兴国，璀璨将星辉映南天。

　　山川竞秀丽，物产更丰饶。千山橘绿，百岭橙黄结硕果；十里荷香，万顷稻浪聚粮仓。甜柚白莲，青枝吐玉；水鸭灰鹅，栏间飞禽。世界钨都，点亮寰宇；稀土王国，地下奇珍。古榕铺翠，荫凉芸芸大众；凤竹琴鸣，弹奏渺渺清音。物华天宝披锦绣，地灵人杰织彩绸。回眸昔时，据五岭要会，扼四省要冲，水上丝路得昌盛；喜见今日，处沿海腹地，居内陆前沿，天时地利育繁华。采茶声声，歌咏科学发展；瑞香阵阵，浓郁社会和谐。巧手谱新曲，妙笔著春秋；融入粤港澳，建设新赣州。睹胜况，思己为：韶华易逝，人生匆匆；年逾而立，成事几何？凭栏击掌，慨然赋一曲，问过往行客，斯城焉不形胜？踏浪凌波，泼墨抒情怀，赏眼前风物，自知未可放闲。时不我待争朝夕，相时而飞惜寸阴。

　　因风光旖旎而称花州，因地据要塞而称虔州，因临江不淹而称浮州，因二水合流而称赣州。集众爱于一身，可谓得天独厚。天予此胜地，岂可慢待之？胜地多俊彦，岂会慢待之？放眼看今朝，客家儿女意气风发；雄心待明日，南赣大地前景辉煌。青山遮不住，毕竟东流去；红土燃热情，再续新篇章。

注释：

①福寿沟：古代赣州城市排水系统，为宋代水利专家刘彝主持修建，至今仍在使用。

②宋城博物馆：赣州因保留有众多以宋代文物古迹为主体的文物名胜，被誉为"宋城博物馆"。

③崆峒：今天的峰山，为赣州城郊最高峰。

④宗瀚：孔宗瀚，孔子第46代孙，北宋嘉祐年间任赣州知州，为免江水侵城，始用砖石筑城。

⑤洪迈：南宋乾道年间任赣州知军，建春门浮桥初造者，著《容斋随笔》。

⑥钟绍京：唐代兴国人，书法家钟繇之后，为江南第一个宰相。

⑦魏勺庭：魏禧，清初著名散文家，居"易堂九子"之首。

⑧宋慈：南宋著名法医，曾任江西提点刑狱兼知赣州。

⑨海瑞：明代以清廉刚直闻名的官员，曾任兴国县令。

⑩文山：文天祥，南宋伟大的爱国诗人和文学家，任赣州知州期间奉旨勤王，抗击元军。

⑪杨公：杨廷麟，曾任南明兵部尚书兼东阁大学士，在赣州率军抗清失败后举家自尽。

⑫赞贤：陈赞贤，20世纪初期赣州工人运动的领袖，在"赣州惨案"中英勇就义。

章 江 赋

日月经天，江河行地。灵秀之所，莫不白练缠绕；南赣大地，亦然河网纵横。凡网不离纲，百川终归一，道道碧波聚赣江；双龙竞吐玉，二水争合流，抱作江西母亲河。坐看水之端，城北龟尾畔，章贡牵手同欢畅；登临望辽远，八境楼台旁，婀娜西来名章江①。

山高立千仞，水长润四方。试问章江水，逶迤达几许？二百三十五公里。域涵多宽广？七千六百九平方（公里）。水从何处来？崇义聂都竹洞坳。水向哪里去？大余南康赣州城。独木不成林，一水难行远。迢迢章江水，吞吐气象新。南康三江口，接纳上犹江；飘忽到虔州，悄然入赣江。②饱经沧桑者，身世多传奇；千年水未变，名号常更替。古称溢将水，又作彭水称。南江赣水与章水，亦曾为人挂在嘴。名易江长流，绵延数春秋。③

好水青山酿，柔波沁石间。江似银线，串起青山座座；水如琼浆，荡漾幽幽醇香。源头看过来，雾霭深处齐云山，登峰造极甲南赣；内良天华山，五指峰后白鹤岭，争与天公攀云端。④山水藏秀色，包孕好景致。天然氧吧阳岭，地下宫殿聂都；庾岭腊梅怒放，古道春风轻拂。陡水小桂林，孤郁贺兰山。⑤玉带蜿蜒，一路风光旖旎；水转景移，处处争艳斗奇。

江似经络，通达四海；鱼传尺素，舟渡众生。章江北引中州南送粤土，向为黄金水道；昔时水上丝路必经之所，无不指称梅关。往事越千年，商贾如云，货物如雨，万足践踏，冬乏寒土，无此江难渡盛况；溯流寻章水，白帆点点，人语喧喧，岸上岸下，舟内舟外，有此水尽得荣昌。回想驿路梅花，笑迎多少过往客？且看古道石阶，尘过犹留屐齿痕。现代交通，陆空大发展；丹青史册，犹不忘章江。

江川富丽，物华天宝；天地大爱，特产丰饶。绿色宝库，世界钨都。竹乡酸枣，甜柚茗茶。金边瑞香，流溢远方。⑥一湾秀水，泽被千秋万代；

柔情脉脉，滋养两岸人家。好山每为僧道占，澄江常挽生民随。尤念客家先民，不远万里，渡江南行，或醉心于斯，逐水而居，生衍繁息，或假道入粤，帆济五洋，另辟家园。⑦人因水而增聪慧，水因人而添生机。人水相亲，犹鱼水之和谐，承造化之鸿恩。

一水一妙笔，一江一斯文。唐人綦毋潜，领豫章进士魁首；近世谢寿康，开赣省博士先河。学者郭大力，夺标全译《资本论》；兵家卢光稠，虔城开基建奇功。一代名士阳孝本，东坡慕名夜深谈；西江四戴传佳话，学风之盛甲东南。启昆才高，政声治学名俱显；赞贤泣血，英烈雄风耀神州。⑧人道章江苍茫，因何人才辈出？古来重教崇学，自然人杰水灵。墙内花馨香，域外才俊来。敦颐阳明，成就理学诞生地；惠能马祖，禅宗于此耀佛门。词客宋苏辛，豪放一脉驻文坛；曲家汤显祖，牡丹亭里谱佳篇。⑨

噫，滔滔章江，引领风骚，风情万种，风华绝代，尽得风流。眸明天际远，山葱水潺潺。步入新世纪，清江逢盛年。潮平两岸阔，风正帆高悬。花映古梅关，而今迈步从头越；俯仰新赣州，章江喜见大蓝图。

注释：

①章江：赣州西部最大的支流，在赣州城北龟角尾与贡江汇合成江西最大的河流赣江。

②"试问章江水……悄然入赣江。"：章江发源于崇义县聂都乡夹竹村竹洞坳，呈西南至东北流向，流经崇义、大余、南康，在南康三江口接纳上犹江，流至赣州城区八境台下汇入赣江。其主河长235公里，流域面积7695平方公里。《山海经》称"赣水出聂都东山，东北注江入彭泽西"，可见古人很早就对章江有很详细的了解。

③"古称溢江水……绵延数春秋。"：章江古称溢将水、彭水，曾名南江，南北朝时曾以赣水正源而名赣水，宋代名章水，明代后名章江。

④"好水青山酿……争与天公攀云端。"：章江流域范围内多有高

山。其中崇义县境内的齐云山海拔2061.3米，为赣州最高峰；大余县内良乡境内的天华山海拔1383.6米；上犹县境内的五指峰海拔1607米；南康市境内的白鹤岭海拔1042米。

⑤"山水藏秀色……孤郁贺兰山。"：章江流域范围内多有胜景。其中崇义县阳岭有"天然氧吧"之称，是我国空气负离子含量最高的风景区；聂都溶洞群是天然大理石溶洞，有"地下宫殿"之誉；大余庾岭梅关古驿道是古代沟通南北的交通要道，路旁梅花点点，南北朝时陆凯诗赠《后汉书》作者范晔，即有名句"江南无所有，聊赠一枝春"；上犹县陡水山水迷人，有"小桂林"的美名；赣州城西北贺兰山上的郁孤台系城内制高点，宋代词人辛弃疾在此留下了千古名作《菩萨蛮·书江西造口壁》。

⑥"江川富丽……流溢远方。"：章江流域物产丰饶。崇义县森林资源丰富，被誉为"绿色宝库"，并有"竹子之乡""南酸枣之乡"美名；大余县黑钨保有量约占全国一半，素称"世界钨都"；此外，阳岭的茶叶、南康的甜柚、大余的金边瑞香等都很知名。

⑦"一湾秀水……另辟家园。"：章江不仅是客家先民南迁的重要生命线，而且，章江流域本身也是客家人聚居的地方。

⑧"一水一妙笔……英烈雄风耀神州。"：章江流域代有贤才，唐代诗人綦毋潜是江西第一个进士，近代谢寿康是江西第一个博士，学者郭大力是全译《资本论》第一人，长期主政虔州的宁都人卢光稠奠定了赣州城的基础，苏东坡为当地名士阳孝本风骨吸引而相邀夜话，西江四戴留下了"一门四进士，叔侄两宰相"的佳话，清代政绩卓著的谢启昆同时也是一代著名学者，现代史上的陈赞贤则是名昭后世的工人运动领袖。

⑨"人道章江苍茫……牡丹亭里谱佳篇。"：因为特殊的地理位置和人文环境，诸多文化名人曾在章江流域留下踪迹。被誉为理学开山祖的北宋周敦颐、奠基者程颢和程颐均肇端于此，后来集理学之大成者朱熹则

是"二程"的四传弟子，王阳明坐镇赣南后，在此授徒讲学，发展程朱理学，成为心学之集大成者；佛教界负有盛名的禅宗，六祖惠能在大余留有"杖岭涌甘泉"的故事，被誉为"唐代最伟大的禅师""新佛教的开山祖师"的八祖马祖道一曾在赣州城东的马祖岩传授禅经；宋代豪放派词人代表苏东坡和辛弃疾均在此地多有佳作，大余县则是"东方莎士比亚"汤显祖剧作《牡丹亭》的故事源生地。

贡 江 赋

千里赣江，脉分两端。西章东贡，龟尾合欢。古来碧水，多出名山。贡江汤汤，源远流长。武夷赣源崇，始酿其轻扬。一路欢歌，逶迤二百四十公里；接众支流，域播两万七千平方（公里）。八境台下，交汇章水；隐身更名，托身汪洋。纳涓流方成己壮，融大河故得其长。

美哉贡江！山川秀丽，绝胜风光。满目惊艳，豪情凭栏。彩蝶纷飞，白鹭成双。榕风传古韵，天竺展晴岚。鸡公崟顶瞰闽赣，清凉到此疑仙堂。通天寨柱立如笋，仰视苍穹通天去；汉仙岩绿色明珠，江南蓬莱留汉仙。罗汉岩①峰奇石怪，阳明观后黄山弃；翠微峰②道家福地，丽英修炼芳名扬。造化大爱遗胜景，丹崖地貌多洞天。僧佛择佳所，寺院伴古樟。墨客多题咏，传颂放光芒。

厚哉贡江！物产丰饶，贡品盈仓。沃野伴千里，夹岸鱼米乡。花奇兼卉异，石珍木更良。七里古瓷窑，景德添荣光。有纸称玉扣，茶叶远飘香。船载上佳品，扬帆乘风航。上苍何其厚？馈赠宝贵资源；贡江成其名，源源不断卸装。古来物华天宝，于今尤富宝藏。烟叶白莲接天碧，瓜果蚕桑满箩筐。脐橙油茶，灰鹅鲤鱼，农业发展成产业；钨业稀土，氟盐铀锂，工业崛起比翼翔。

　　壮哉贡江！红土光耀，赤国流丹。工农队伍，别离井冈。长驱直入，驻守赣南。模范兴国，创造工作第一等；红都瑞金，落成共和国摇篮。宁都起义，救国图强；革命添力，第五军团。山野藏龙虎，圣地聚忠良。叶坪建政，毛泽东高才建伟业；会昌县署，邓小平治国试锋芒。地不大将星璀璨，人虽少犹多栋梁。红色政权，苏区大本营功勋卓著；转战陕北，长征出发地史册昭彰。

　　雅哉贡江！人文蔚然，翰墨凝香。深富积淀，诗书浩繁。文脉绵续，水涵乃宽。人才辈出，地增其光。罗田岩③壁，敦颐爱莲传后世；马祖岩上，禅宗于斯开新篇。书家钟绍京④，人称江南第一相；文士魏叔子⑤，易堂九子领头衔。茶山居士曾文清⑥，放翁有幸承师道；瑶林馆主陈次亮⑦，维新启蒙叙华章。巨匠迭出蜚声远，乡贤名流共流芳。问渠哪得雅如许？为有贡江润珪璋。

　　快哉贡江！客家摇篮，乐土泱泱。遥想昔时，中原板荡。先民流离，露宿风餐。颠簸劳顿，扎根赣南。开基奠土，业创辉煌。爰得我所，新居芬芳。苦中作乐，消解辛酸。群策群力，克坚破难。时有热闹，常生波澜。于都唢呐，吹出百鸟朝丹凤；兴国山歌，唱来英俊好儿郎。宁都火龙，点燃吉祥如意；石城灯彩，舞得红彤亮堂。客家才艺秀，人间快乐乡。额头淌汗水，面颊绽阳光。

　　噫嘻！非凡贡江，气宇轩昂。多景多文化，有史有奇传。风景这边独好，水音胜似笙簧。步入新世纪，运输尤繁忙。清江映日月，高速入云端。时代虽变迁，水运仍未央。常记我贡江，惠民万古长。上善若此水，润我永荣昌。

注释：

①罗汉岩：位于瑞金城东约30公里处。明代王明阳留恋此山美景，有

诗："古来绵江八大景，名扬四海传九州，最是陈石山水色，观后胸中黄山无。"陈石为罗汉岩的别称。

②翠微峰：古称金精山，因道姑张丽英在此修炼而得名。其金精洞被北宗张君房所著《云笈七签》称为道家七十二福地之三十五福地。

③罗田岩：位于于都县城贡江南岸楂林村323国道旁，距县城1公里，为享誉海内外名篇《爱莲说》的碑刻发表地。

④钟绍京：唐代书法家，为江南第一个宰相，字可大，江西兴国人。与钟繇被世人称为"书家双绝"，史书称钟繇为"大钟"、绍京为"小钟"。

⑤魏叔子：魏禧，明末清初散文家，字冰叔，一字叔子，号裕斋，江西宁都人。与汪琬、侯方域并称清初散文三大家，与兄际瑞、弟礼合称宁都三魏，三魏兄弟与彭士望、林时益、李腾蛟、岳维屏、彭任等合称易堂九子。

⑥曾文清：曾幾，南宋诗人，字吉甫，自号茶山居士，江西赣县人。

⑦陈次亮：陈炽，清末维新派，原名家瑶，字次亮，晚号瑶林馆主，江西瑞金人。自撰《庸书》内外百篇，疾旧制之弊，言改革之宜。

赣 县 赋

我住赣江边，本是赣县郎。忆昔年少时，春水扬风帆。

岁月悠悠去，赣县已收疆。界域有调整，不变是故乡。

今我赠一赋，权作打油观。词穷才学现，赣县且灿然：

赣乃江西简称，有县名之曰赣。吾中华两千八百余县，以本省简称为名者，除此恐别无他方。赣县得此殊荣，盖挟地利之便。章贡合为赣，三水共书江西大名号；踞于水之源，号称千里赣江第一县。

腾空望赣县，竖如人耳横似马；开卷览舆图，蜂腰帽阔裙摆宽。韩坊水鸡峤，全县制高点；湖江张屋村，赣州最低端。^①人口有几许？六十三万客家儿女；幅员多辽远？三千平方公里河山。环抱赣州市区，下辖九镇十乡。东邻于都安远，南接信丰界疆。西连章贡南康，北通兴国万安。宛若七星伴月，竞相熠熠闪光。

古国文明厚，老县富渊源。赣巨人开天辟地，秦木客出没深山。^②西汉高祖始置县，于今早越两千年。县治数度易址，区划几经增删。初属豫章郡，县治在溢浆。晋隶南康郡，县治葛姥迁。再徙虔城龟角尾，时已居于贡水旁。^③岁月虽悠远，身世翰墨香。

山骨水血脉，清江缠叠嶂。河流七百道，轻歌伴青山。赣贡桃平四水，最是壮观绵长。更数江西母亲河，前段多为其包揽。赣州伯仲县，难与之分享。山耸江流急，沿途多险滩。赣江十八滩，赣县万安剖两半；东晋储君庙^④，船行此处祈平安。

时光易遁迹，胜景每恒常。储潭晓月^⑤，赣州八景东坡醉；湖江洲美，桃花岛红秀媚娘。客家文化城，十里樱花十里景；白鹭古村落，一路民居一路欢。僧家多好色，山深寺院藏。宝华古寺，马祖开山布道；大宝光塔，穆宗御名留芳。契真寺晒经，菩提山悟禅。人因山水驻，文添山水光。

地灵育人杰，天人共堂皇。深情赋九州，家国共荣昌。曾幾^⑥大爱，高师教得陆放翁；示儿名篇，传诵千古有渊源。戚家宗祠^⑦，中山夏府留墨宝；抗倭英雄，人称此地是故乡。近世国危亡，志士乃图强。大埠赖传珠，开国上将有其位；危难共担当，九位将军齐增光。^⑧文以治国，一卷书翰述忠义；武能安邦，重振华夏创辉煌。

汗水浇灌，田沃蕴特产；物华天宝，地厚聚宝藏。水稻红瓜子，油茶板鸭香。造化钟爱，资源丰厚；扬优成势，产业煌煌。钨业稀土，玩具服装，食品铝品，集群成团。昂首走进新时代，东河戏^⑨里奏笙簧；阔步融入大赣州，文昌阁^⑩上谱华章。

注释：

①"韩坊水鸡崇……赣州最低端。"：韩坊乡水鸡崇为赣县最高端，海拔1185.2米；湖江镇张屋村为最低处，海拔仅82米，也是赣州市最低点。

②"赣巨人开天辟地，秦木客出没深山。"：先秦《山海经》载"南方有赣巨人"，《赣州府志》载"上洛山有木客，自云秦时造阿房宫，避隐于此"，有史家称，赣巨人与秦木客均系赣县先民。

③"西汉高祖始置县……时已居于贡水旁。"：赣县为江西最早建县的18个古县、赣南最早建县的3个县之一。汉高祖六年（公元前201年）始置县，时属豫章郡，县治在溢浆溪（今赣州开发区蟠龙一带）。西晋太康三年（282）改南部都尉为南康郡，赣县隶南康郡。太康十年（289）县治徙葛姥故城（今章贡区水东一带）。东晋永和五年（349），郡、县治徙章贡二水之间（今赣州市区）。1969年，县治由赣州城区迁至贡水之畔梅林现址。

④储君庙：东晋时所建，位于赣县储潭乡圩镇，素有"千里赣江第一庙"之誉。因自此而下，赣江水急滩多，旧时船家过客至此无不敬香，祈求平安顺达。

⑤储潭晓月：赣州八景之一，宋代大文豪苏东坡先后两度为八境台题诗，启迪人们"图画为虚，眼见为实"。

⑥曾幾：南宋诗人，籍贯赣县，著名爱国诗人陆游曾师从其学诗。

⑦戚家宗祠：位于赣县湖江乡夏府，据称民族英雄戚继光祖辈在此生息，孙中山先生曾为之撰写楹联。

⑧"大埠赖传珠……九位将军齐增光。"：赣县走出了9位共和国开国将军，其中，赖传珠为江西省仅有的3名上将之一。

⑨东河戏：初名赣州大戏，起源于赣县境内田村、白鹭、清溪、劳田和睦埠（今属兴国县）一带，为江西三大昆曲之一。

⑩文昌阁：位于赣县县城南部、赣南客家名人公园西段，有诗赞曰："冲天高阁拔贡江，唐风宋韵放华光；地灵千秋涌才俊，人杰万载颂文昌。"

南 康 赋

南康者，江南康庶之土也。地接岭南谓之南，人安物阜乃称康。斯地历史悠远，县治一千七百余载，一九九五年设市撤县。秦汉时名南埜，三国立县南安。名号几经变更，晋代始称南康。

观南康舆图，其状如宝剑，呈南北狭长。七县区共同拥抱，宛若七星伴婵娟。腰揽赣州城区，东进至赣县，北上达吉安，上犹崇义侧西，大余信丰居南。面积一千七百二十二平方公里，辖二十镇街，市民八十万。其人口密度，赣州各县市难忘颈项。地少而广育苍生，端赖沃野多平坦。故云地不在大小，唯求处处能滋养。

人谓南康，赣南临川。古来人文蔚起，先贤过化之乡。历代名流辈出，素称儒雅之邦。皇皇史册，代有俊彦。英才榜上，光芒万丈。唐朝诗人綦毋潜①，江西进士领头羊。宋有省元刘必达，状元及第董声远。大隐居士田辟②妻，东坡过招叹才罕。清代学者谢启昆③，方志学里著华章。前人立标杆，后世续风光。工运先驱陈赞贤④，浴血赣州永流芳。抗日名将赖传湘⑤，一腔热血溅阵亡。郭大力⑥译《资本论》，首出全本中文版。黄祖炎⑦英年早逝，毛润之亲临墓前悼念；罗贵波⑧奉献外交，中顾委两度载入名单。巾帼未必让须眉，艳梅⑨奥运登高台。惟康育才，于斯为甚；崇文重教，广育栋梁。中考高考，十余年名列赣州第一；鱼跃龙门，后来者再谱南康辉煌。

人谓南康，康外有康。康人本是客家人，到此重又觅家园。而今域外乡亲达一百二十余万，故言南康之外另有一个半南康。梁园虽好，终非久居之所；安土重迁，康人莫非淡忘？究其因果，尝闻人多地狭，生计所迫，乃漂泊作客四海为乡。吾谓另有缘由，此即康人恋土而不守穷，开放而不闭守，图进自强之风蔚然。且夫南康四通八达，旧时水路便捷抵三江，今朝公路铁路穿梭忙。存奋斗之志，借交通之便，康人乃得奔波远游民布四方。放眼赣州，无康人不成机关；问询沿海，何城不见南康郎？

人谓南康，货通一方。此地物华天宝，人民睿智勤勉。见物见人，遂多物产。中国甜柚之乡声名远扬，瘦肉型商品猪源源不断。南康辣椒酱，美味辣出美人汗；月亮花生巴，口碑总留唇齿香。康人崇商善经营，民营经济挑大梁。全民创业闯市场，江西温州美名扬。南康商贸活跃，货物交易频繁。家具产业，纺织服装，有色金属，此处集散。经济蓬勃发展，孝通[①]一言蔽之：无中生有，有中生特，特在其人，人联四方。观乎南康现象，乃知事须担当。举凡天下事，不必畏其难。若敢想敢干，一切有模样。

今之南康，大道康庄。产业兴康，明确方向。教育强市，优势传扬。品质铸城，气宇轩昂。和谐福民，龙凤呈祥。客家儿女，生性达观。能歌善舞，神采飞扬。四面八方南康人，情牵桑梓兴家乡。加快融入大赣州，凝情共建新南康。

注释：

①蒌毋潜：字孝通，江西第一位进士，唐代江西诗人中最负盛名。《全唐诗》收录其诗1卷26首，代表作《春泛若耶溪》选入《唐诗三百首》。

②田辟：北宋时期著名隐士，年轻时与苏东坡有交往。

③谢启昆：字良璧，号蕴山，又号苏潭，清代著名学者、方志学家。

④陈赞贤：赣南第一个中共组织创建者，著名工人运动领导人。

⑤赖传湘：抗日英雄，牺牲后被追赠为陆军中将。1984年，民政部追认其为革命烈士。

⑥郭大力：经济学家、教育家，马克思巨著《资本论》最早的中文全译本翻译者。

⑦黄祖炎：原山东军区政治部主任。

⑧罗贵波：原外交部副部长，两次当选为中央顾问委员会委员。

⑨艳梅：许艳梅，原中国国家跳水队运动员。1988年夺得奥运会女子十米跳台跳水金牌，为中国代表团在第24届奥运会上夺得的首枚金牌，也是江西运动员在历史上获得的第一枚奥运金牌。

⑩孝通：费孝通，著名社会学家、人类学家、民族学家、社会活动家，中国社会学和人类学的奠基人之一。

宁　都　赋

宁都建县三国，曾名阳都虔化，又得博生之谓。地据赣州北部，东临石城广昌，南接瑞金于都，西邻兴国永丰，北毗乐安宜黄，外加永丰南丰。其地广人多，辖二十四乡镇，面积四千平方（公里），居赣州第一；人口逾八十万，列赣州第三。

先人好称"名正言顺"，故虽有"名无固宜"一说，一山一地，一草一木，其名常具因缘每寓深意。宁都者，顾名思义，宁静之都也。所谓地如其名名动江山，宁都之魂乃在宁静！

一地佳绝，首在山宁水静。宁都青山耸立，美若画屏。西北有山名凌云，海拔一千四百余米，摘得县境高峰桂冠。登峰造极，极目远眺，一山而观五县。览其貌也，群峰峥嵘，次第铺展，巍峨壮观。山峦之间，绝在翠微。山有传奇，又名金精。汉初道姑张丽英修炼于此，遂成道家三十五福地。翠微主峰宛如巨笋，拔地而起，孤兀卓然，令人仰止。其四周皆悬崖绝壁，无攀援之途，唯山体南端有一裂坼，人称一线天，可效长臂猿缘此独径，上青天而揽明月。鸟鸣山幽，僧道共乐。峰之南端有山名曰莲花，西晋即为佛门之所，于今尚存青莲古刹，梵音袅袅醍醐灌顶。有山而见风骨，有水乃生灵气。梅江逶迤，风情远溢，倍添宁都之柔美矣。

由猿及人，人本为猿，虽成其人，猿性难离。危地不入，乱地不居，安宁之都，人猿共慕。莫道仁者乐山智者乐水，青山不老绿水长流，山水总在宁静间。因山宁水静而地宁家静，宁都向为黎民生息乐土。上溯晋代，五胡乱华，中原汉人远涉他乡，觅得此地，心甚慰矣，遂另辟家园落地生根。后世异乡人氏，慕名驻足长留，终成客家先民早期聚居地。唐末孙䘅，国父孙文先祖；封东平候，宁都即成故园。远游觅新土，客乡永其昌。田埠东龙，黄陂杨依，千年古村存留历史印迹；斗拱飞檐，雕梁画栋，客家智慧尽展山水旧居。龙灯龙舟，傩戏割鸡，风风火火热热闹闹；道情表演，竹篙火龙，民俗文化异彩纷呈。

宁静而致远，文美以化人。人宁心静，文化乃生。宁都崇学重教，素称文乡诗国。自宋至清，科举及第，五百余杰，居赣南之首。历览史册，名人辈出；才俊风流，灿若星河。"风水师"杨救贫，倾心研习堪舆术；"赣南王"卢光稠，竭力扩建赣州城。北宋郑獬，赣南状元独领先声；清初罗牧，江西山水画派始祖。理学曾兴宗，师从朱熹修正果，归隐金精山，水竹幽居育良材。泰山北斗，更数魏禧，名列清初散文三家；三山学派，易堂九子，千秋文脉辉映宁都。今世不让前代，昔贤激励后生。文香远播千万载，诗谷频频发新芽。

动静相谐，动以致静。二十世纪初，革命浪潮涌，吉地建苏区，工农举红旗。泱泱老区，红色故土，宁都红了一片天；五反"围剿"，斗智斗勇，战斗号角声声急。青山赤土情依依，革命先辈留踪迹。宁都起义，诞生红五军团；宁都会议，小源青史留芳。少共国际师，大校场誓师出征；翠微峰战役，山地里剿匪攻坚。榴弹穿梭，原求静谧；烽火熄灭，宁都复宁。

静以养心，静以育性，静以修身，静以致远。静则心清，静则神宁，静则身轻，静则人安。山宁水静，地宁家静，人宁心静，动以致静。祈愿宁都，承续昨日辉煌，再造宁静之都！

章 贡 赋

世上有美酒，人间多豪情。曹公借酒消愁绪，李白斗酒诗百篇。道旁酒肆闹酒令，寻常人家亦逍遥。古今酒客，若问何处出佳酿；且循香径，不妨步入赣江源。好酒本是水精魂，清江水源溢琼浆。八境台下，章江贡水汇一体；千年宋城，于斯有酒名章贡。

酒因水得名，源成经典誉南国；水为酒添香，醉煞往来举杯人。好酒有三德，章贡尽传扬。一曰冰清玉洁，明澈剔透且清亮；二曰香气悠长，纯正远播有余芳；三曰不烈自尊，醇和绵软品超凡。其色爽净，观之养眼；其味凝香，闻之怡神；其性和谐，饮之娱心。养眼则悦目，怡神乃相亲，娱心自安详。问渠哪得美如许？章贡酒业笑盈怀。凡事皆有因，酒德岂空来？章贡合流，堪称江南第一水；龟尾筑城，西汉于今两千年。源头活水，文化古城，众爱集一身；料佳材优，酿技一流，焉得无好酒？花须常浇灌，酒艺与时新。百年章贡酒，今朝味尤醇。

余不胜酒力，赋得此文已微醺。遂思如泉涌，笔注波澜而慨叹：非精酿无以致美酒，非历练无以达事成。人生如酒，厚积而薄发。酒似人生，精酿以至尊。澄滤久远，千年古城酿水魄；积蕴韶华，章贡美酒自飘香。噫，华章贡品名好酒，小饮一盅悟心语；提笔挥毫成此赋，赠与玉液贴银壶。

母 校 赋

中华奥运年，母校佳期日。弹指一挥间，建校已五旬。躬逢盛世遇华诞，喜赋小文诉衷情。

遥想昔时，岁在戊戌，时维深秋，母校初创。千年古宋城，悠悠赣江滨，新添南赣学府，落成教师摇篮。创业维艰，玉汝于成，几经寒暑，日渐发展，遂有今日盛况。

尝闻有缘千里来相聚，无缘对面不光临。何其幸哉？母校逾而立，愚生近弱冠，十年寒窗去，投身桃李园。于斯多一母校，学路新增师门。相处虽仅四载，情怀胜却百年。静谧图书馆，激扬报告厅，日日相伴添学养；红砖四合院，粉墙本科楼，夜夜美梦遗诗篇。离校十余载，恍若在眼前。莫道韶华远，青春永驻留。

回溯母校历程，乃知大学之大在有大眼界。母校校训，谓崇德、尚学、求实、创新。此非区区八字，实为大义于中。厚德以载物，创新以图强。于草创而今，母校秉持八字校训，取开放之视界，立宏阔之思路，与时俱进，锐意开拓，学科门类日增，办学规模渐大。值此新时期，再塑精气神，瞄准综合性学府，力倡十六字战略，是谓品牌立校、科研兴校、人才强校、科学治校。根基业已奠定，大厦势必落成。

追忆四载相守，方悟大学之大在有大气象。此等气象，源自于办学理念开明，彰显在教学环境多维。母校围绕人才全面发展，致力施行素质教育，完善教学实施，改善办学环境。于今数十载，恒定以贯之。忆昔实验室里神情注，艺术楼前琴声扬；运动场内腾身跃，林荫道旁漫卷书；柚子园中英语角，白塔农场荷锄忙；飞龙小岛唱篝火，巍巍井冈忆先贤。书里书外，纸上躬行皆不误；校内校外，做人求知两相宜。

常思恩师音容，感慨大学之大在有大学究。母校本育师之所，学究自出类拔萃。遥想建校伊始，几许名师聚此地？其时群星璀璨，宿学鸿儒映虔城。情牵赣南，投身杏坛育桃李；心系教育，甘为云梯托贤能。学高为师，孜孜以求治学；身正是范，为人师表育才。前师做表率，后师尤自勉。资深教授，悉心做好传帮带；青年才俊，承继先风执教鞭。代代教员，红烛静燃甘寂寞；个个园丁，三尺讲坛竞风流。

大眼界大气象大学究，终为培育大学子。试问建校五十载，育得桃李知多少？阅览母校校友录，六万学子做栋梁。不论何种职业，不论身在何方，自强不息显本色；无分何时进校，无分院系所属，共为母校添光华。

十年树木，百年树人。五十春秋，于人乃渐老，于校正当年。树大分枝立，校大校园增。由本部而增白塔分部而增黄金校区，今日母校，根深叶茂展新姿；由专科且至本科学院且至研究生院，明朝母校，辉煌前景壮豪情。

母是哺育者，校为授知处。参天大树，无根不立；俊彦名流，学在校园。人之有识，岂可须臾忘母校？展翅高翔，有赖斯时羽翼丰。值此母校华诞，握笔感念鸿恩。惜乎！学浅难叙宏史，笔微愧赋深情。唯希回炉再铸造，育得浓墨重抒怀。

赣州电大赋

人之学养在教育，教育之所在学府。非学无以增智，无府难有平台。故曰，教育兴则国兴，学府强则民强。举凡教育发达者，必广建学府。古之书院，今之学校，皆学子荟萃之地，乃教育勃兴之端。

公元一九七八年，改革开放春潮涌，国家渴盼人才，教育亟待振兴。邓公小平，审时度势，顺应科技进步，拓展教育内涵，批示创办电大。次年早春，岁在戊午，神州南北，自上而下，各级电大如雨后春笋，网状密织，站点广布。赣州电大沐良政雨露，应时而生。信息技术日新月异，电大发展与时俱进。公元二〇一二年，依托中央电大，国家开放大学挂牌。时逾两载，赣州学院设立。回眸数十春秋，追忆难忘历程，电大及至国开，一路击节而歌，彰显新型高等学校魅力，构建全民终身教育体系。

电大办学，特色鲜明。一曰成人。在职人员事务缠身，自强不息边工边读，可补学历不足之憾，能解本领恐慌之忧。二曰远程。广播电视互联网，媒体为桥跨时空；教育技术新手段，异地教学天地宽。三曰开放。课程选择因人而异，学习模式灵活多样，号称"没有围墙之大学"。四曰高端。汇聚优质资源，众泰斗尽心竭智；名师名家云集，华罗庚首开讲坛。五曰系统。现代信息技术，构筑强大支撑；网络覆盖城乡，教学辐射八方。电大文凭号称"国际学历绿卡"，办学素来规范有序严谨，此诚求学致知捷径、学历提升通途、教育公平砝码、平民进步阶梯。

校以生为本，教以才为尊。春播秋收，硕果盈枝。赣州电大深耕红土，服务苏区振兴发展。致力学历提升教育，培养五万余名才俊；首创"一村一名"工程，催生扶贫攻坚先锋；开展心理健康培训，促进少儿心智和谐。纵目赣南，电大学子尽展风采；各行各业，骨干精英各显其能。

信息时代百舸争流，开放教育方兴未艾。昨日荣光宜续写，今朝扬帆须用心。电大应时生，亦当顺势为。扬长避短拓新路，转型升级上台阶，电大教育必生机盎然矣！

梦圆赣南

小序：时近赣南苏区振兴发展成为国家战略一周年，师友嘱予为文以纪之。事冗学浅，乏力交差，颇为踌躇。枕卧难眠，忽有所感，遂步《春江花月夜》韵而赋之。

章江贡水龟尾平，皓月清风伴澜生；
八境楼台开气象，大美宋城不夜明。
储潭晓镜映芳甸，旭日崆峒铺丽霰；
蝶影花心彩云飞，翠浪玉虹比目见。
波光岭色绝瑕尘，千里赣江走渡轮；
佳景奈何步履缓，红都贫赤愁煎人。
中央关切无穷已，国策恩深鲜相似；
若干意见绘宏图，歌凯帆扬涌活水。
梦圆今日乐悠悠，小康道上别秋愁；
书生举臂品醇酒，痛饮一盅喜越楼。
良谋既定莫徘徊，字字珠玑筑舞台；
咬住目标踏实干，振兴发展迎头来。
每临白发恨听闻，不惑华年偏爱君；
岁月难拘古憾此，唯将点墨缀成文。
碧水丹山处处花，但存一朵出余家；
待到舟归甲解日，闲敲棋子卧椅斜。
正是江南多雨雾，凭栏遥望康庄路；
欣逢盛世咏豪情，中国梦催霄汉树。

虔城八章

　　赣州，因其厚重的历史、灿烂的文明、丰富的遗存，跻身国家历史文化名城之列。那些固化的景观和遗址，与渗透其间的文化一道，成为永远的乡愁，深深烙进赣州人的血脉。无论是置身于此，还是游走他乡，它们总是不经意间浮现在眼前……

（一）八境台

小序：赣州城北龟角尾，为章江贡水交汇地。此地建有八境台，尽览虔城八景。东坡先生二度为之题诗，犹憾未能道其万一。

云淡秋风劲，月华满赣南。

两江环一府，三角对三潭。[注]

台笋垂青史，地灵育群芳。

不负天公意，辉映好河山。

注：赣州城三面环水，章、贡二江在此合流成赣江，构成"双江绕一城"的地貌。同时，三江中各有一处深潭，即欧潭、文潭、储潭，分别与赣州城外三处角状地形，即南门外的营角、东门外的磨角、北门外的龟角遥遥相对，成为"三角对三潭"的独特景观。

（二）郁孤台

小序："郁结古今气，孤悬天地心"，郁孤是一种情怀、一股英雄气。一台一人一词作，赣州，因有章江之畔的郁孤台，有来自齐鲁大地的豪放派爱国词人辛弃疾，有激越回荡的千古佳句"青山遮不住，毕竟东流去"，而陡增英雄气质。

贺兰山上有楼台，名唤郁孤少人来。

抹泪断肠伤词客，临风拔剑望尘埃。

身处江湖思邦国，志冲霄汉叹雄才。

可怜稼轩空豪放，不见纸外气象开。

（三）马祖岩

小序："马祖创丛林，百丈立清规"，马祖道一在赣州佛日峰等地弘扬禅学，为佛教中国化起了关键性作用。他甚至改变了佛门弟子生活方式，倡导"农禅结合"，使僧侣修禅与自给自足的小农社会相融合，告别"托钵行脚"的游牧式修行。经济独立有助于思想独立，农禅并重的影响力不可低估！

佛日峰前一洞穴，
相传马祖修禅来。
钵盂放下自耕作，
佛教于兹气象开。

（四）通天岩

小序：通天岩，位于赣州城西北一隅。至高处筑有望江亭，又名琼玉阁。此处看似寻常，但"地不大而据险，山不高而峥嵘"，且"中有一窍，巅可通天"，历代名士纷至沓来。

地小岂妨居险要，
山低不碍露峥嵘。
岩留一窍通天去，
亭耸峰头揽玉琼。

（五）储潭

小序：储山，早年是故乡的靠山，后变为望山。旁侧之储潭，为赣江富有地标性意义的一段。由此而下滩多浪急，故自晋代起即在江边建有储君庙。水如镜，山似梳，往来船客于此小憩，燃香祈福。

> 储潭晓月望乡关，
> 水镜山梳理淡妆。
> 多少往来沧浪客，
> 抛锚上岸祈吉祥。

（六）建春门浮桥

小序：毛泽东同志临终前仍在阅读《容斋随笔》，近世不少人由此知道了洪迈。其实，容斋先生留给世人的，不止墨宝，还有政功。至少留下了一座惠泽千年的桥，即赣州建春门浮桥。

> 建春门外船连岸，
> 水涨桥高稳若磐。
> 莫谓书生空议论，
> 容斋功业亦流丹。

（七）古城墙

小序：赣州古城墙，是全国保存最完好的宋城墙，也是迄今仍在发挥防洪作用的临江城墙，守护着一方百姓平安。

> 章江贡水古城墙，
> 巨蟒腾空气度扬。
> 暴雨洪魔何所惧，
> 固若金汤保安康。

（八）福寿沟

小序：福寿沟地下排水系统，使得赣州素有"浮州"之誉，也有了诸如神龟驮城、刘伯温钉钉攻城等传说。每至水淹时节，海内外媒体总是聚焦"三山五岭数十塘"的赣州城。历史不会忘记——刘彝，这位执着于挖沟的宋代水利专家。

千古工程福寿沟，

每逢暴雨倍吸睛。

政功几许问刘彝，

实事惠民后世评。

客家先民南迁纪念鼎铭文

日升月恒，悠悠千载。客家先民跋山涉水，自中原南迁，栉风沐雨，长路迢迢。其筚路蓝缕、创业维艰，渐聚居于赣南、闽西、粤东，并衍播海外。代代人杰自强不息，点点丹青昭耀春秋，客家民系已然为汉民族之重要支系。时逢盛世，岁在甲申，客家后裔择此东望七闽、南望五岭之章贡合流成赣江处，建坛铸鼎，追念先民南迁之艰辛，缅怀先民光辉之业绩。江流万古，鼎载厚重，海内外客家人宜秉承先民之志，发扬优良传统，凝心聚力、再铸辉煌，为中华民族之伟大复兴善有作为。是为铭。

公元二〇〇四年五月六日

马祖岩改造记

古城赣州，风光旖旎；山涌翠浪，水化玉虹。

东郊峦岭，奇峰兀立；旭日佛光，普照崆峒。

唐代马祖，禅修驻锡；开创丛林，暮鼓晨钟。

禅影千年，地灵人杰；历代文士，慕名寻踪。

濂溪踏访，理学启悟；东坡倚亭，尘外雨蒙。

涪翁挥毫，墨香远溢；文山壮怀，气宇丰隆。

乾坤斗转，青山依旧；贡水清洌，映蔚万松。

时逢盛世，岁在戊戌；名山再造，易妆美容。

修建栈道，绿植遍布；燕亭高耸，遥对苍穹。

胜地常在，佳构永续；游人接踵，共享葱茏。

己亥初夏，勒铭以记；古韵今辉，与时偕同。

章贡中学和合文化石铭文

（一）濂江路校区和文化石

　　章江贡水，和合为滔滔赣江，是故和成大气象、和达大境界、和有大作为。创办于戊子金秋之章贡中学，因和合之水而名，由和合之水而兴。建校伊始，融古城厚德；迁建新区，展开放雄姿，和之气韵一以贯之。学校秉承"博学德馨、慎思笃行"之校训，恪守"人和物和、和而不同、止于至善"之理念，追求"文化兼容、知行卓越、个性舒展、体魄强健"之目标，于尊重差异中促和谐发展育桃李芬芳，臻"和之教、和之学、和之用"佳境。和为贵，和为美，和为上，校和教育兴。和文化犹源头活水，滋养着章贡中学蓬勃成长。

（二）京九校区合文化石

和合百川聚海，和合万木成林。章贡合流，赣水泱泱；尚合崇和，校之精魂。教之道，贵在合律、合情、合体，因材施教而别开生面；学之理，贵在合群、合作、合心，做人求学则气象万千。教学相长，融合和美，自然书香远溢、桃李满园矣！

王阳明南赣三立赋

泱泱中华，文明灿烂；群贤辈出，星河璀璨。南赣灵秀，碧水青山；英才荟萃，文脉绵延。阳明先生①，一代哲贤；心学名世，三立②领衔。本居余姚，驰骋赣南；谋功内治，臻于至善。

察阳明生平，五十七春秋；人生黄金期，足迹留南赣。岁近四十五载，时逾不惑，届知天命，心雄志壮；受任金都御史，临危接掌，巡抚一方，得幸结缘。③弹指一挥间，而今五百年；回眸王阳明，此地著鸿篇。征剿抚慰，十家牌法稳固如磐，收取平定之功；讲学观心，乡规民约风淳神安，扫荡思想之患。门人刊刻《传习录》，书院授业儒经典。④山贼心贼皆除，立功立言俱全。有为遂有位，入仕乃于兹平步青云；教化衍教益，治学则自此别开生面。南赣于阳明，一言以蔽之：治军平乱，治心安民，治学传习，三治并举，比肩竞妍；立德做人，立功建业，立言育才，三立兼具，成就圣贤。

人生在世，一生一死可谓大矣！阳明生于江浙，然兴于赣亦终于赣。嘉靖七年，先生返乡，取道章江，途经南安。舟行青龙，山水无言星陨落；魂驻南赣，草木有情泪潸然。⑤先生平和通达，神宁语缓；口吐八字传世，简约意远："此心光明，亦复何言？"人之将死，其言多醅；积淀一生，深邃如潭。何谓此心？何谓光明？千言万语，浓缩一言。气息尽处，要言不烦；闭目所在，神归魄安。先生之风，山高水湍；后辈思贤，登高凭栏。阳明山阳明湖，自然得其名而浩瀚；阳明院阳明路，人文得其名而宏宽。江南一轮月，贤者千古冠。先生虽逝，精神长存；星耀南赣，青史流丹。

晚生鄙陋，了无所见。人谓阳明心学，儒家根脉承传。先生讳名守仁，不意玄机暗含：知行合一，顺天理，灭邪欲，守仁乃得致良知；此心光明，正人心，行大道，阳明方才天地宽！蝇营狗苟，杂念丛生，良知难以点染；仁者爱人，厚生和善，自然风华满园。何以体仁？须得明理，孔孟之后遂有理学饮流怀源。何以明理？务要定心，程朱之后遂有心学精灼光芒。何以定心？务要守静，阳明之后莫非静学接踵续篇？以静定心，以心明理，以理体仁；专注沉稳，敬终如始，事功在前。先哲尝言"仁者静"，"仁理心静"正回环。世风喧嚣浮躁，静学尤须深研。静则神清，躁则心乱；水静流深，人静行远。心定气闲，莫羡春意闹；天阔云淡，静赏秋斑斓。

古来圣贤常寂寞，身后看客每针砭。近世西学东渐，人谓心学即唯心；话语体系有异，岂可硬套生搬？诚若六祖说理，事关法义，"本来无一物"，得其境界；神秀说事，重于行门，"时时勤拂拭"，除垢洁源。主客体视角，正人与察世；东西方文明，两类认知观。中华修身思想，异于西欧思辨。东贤聚焦强大内心，西哲偏于认知世间。性善性恶知行难易，千年纠结两疑难；阳明先生贡献不凡，万古悬案一语断。"无善无恶心之体"[6]，善恶论争于兹缄；"知而不行是未知"[7]，难易自此非谜团。高屋建瓴，龙场洞悟初发端；大道至简，南赣滋养心学显。[8]

有缘时空近，无缘相知难。二〇一六年开元，予得便前往青龙之畔。是日阳光明媚，下车伊始，目及路端，赫赫然有碎瓷片，"惜缘"二字映入眼帘。余生虽晚，未可面拜，然其缘匪浅！少时至故乡胜景通天岩，必游阳明讲学之观心岩。丹崖峭壁，阳明手书频闪："青山随地佳，岂必故园好？"⑨斯情斯景，相随相伴。南赣有幸，阳明履迹点点；余亦有幸，智者惠泽涓涓。问人生在世，为何而来？与古贤对话，知在承传。生育繁衍，是谓生命承传；三立不朽，是谓价值承传。草生一秋，人世百年。匆匆过场，踪痕深浅？常思古贤，内圣外王，修齐治平有担当；后辈须记，镜鉴作为，薪火相传无所憾！

文者无疆，于行走中思索，瞻视先哲知不足；行吟天下，在思想里飞翔，仰望星空越险滩。前贤智慧深，后辈忌学浅。宜心静而行动，勿心躁而行缓。心有所依，但得安放增定力；岁月静好，魂能守舍自淡然。丙申春日，信步于虔⑩；思古抚今，聊作此篇。简以处事，静以修身；简静清雅，溪流绕峦。

注释：

①阳明先生：王阳明（1472—1529），浙江余姚人，名守仁，字伯安，号阳明子，世称阳明先生。中国明代著名思想家、哲学家、文学家和军事家。

②三立：儒家强调的立德、立功、立言"三不朽"。王阳明被认为是中国历史上"内圣外王"的典范和"三立完人"。

③"受任佥都御史……得幸结缘。"：明武宗正德十一年（1516）九月，王阳明升任都察院左佥都御史，巡抚南赣汀漳等地。

④"门人刊刻《传习录》，书院授业儒经典。"：王阳明心学核心理论"致良知"在赣南得到完善，其心学思想代表作《传习录》于1518年在赣南首次刊出。王阳明还在赣南兴办书院和社学，亲自授徒讲学。

⑤"舟行青龙……草木有情泪潸然。"：明嘉靖七年（1528），时任兵部尚书兼两广军务的王阳明因病从广西南宁回浙江余姚，船行至南安府

大庾县（今大余县）青龙铺时病逝。

⑥"无善无恶心之体"：王阳明晚年所述"四句教"，即"无善无恶心之体，有善有恶意之动，知善知恶是良知，为善去恶是格物"，被认为概括了其学术思想的精华。有学者还由首句"无善无恶心之体"认为，阳明心学受佛家影响深刻。比如，王阳明临终前说的"此心光明"中"光明"一词，或许就与佛教用语相关。作者也感觉，"四句教"中"无善无恶""为善去恶"，似乎分别与"本来无一物，何处惹尘埃""时时勤拂拭，勿使惹尘埃"存在着些许对应关系。

⑦"知而不行是未知"：见《传习录》："未有知而不行者。知而不行，只是未知。"

⑧"高屋建瓴……南赣滋养心学显。"：一般认为王阳明早年在流放地贵州修文县龙场悟道，并首倡"知行合一"；中年巡抚南赣后，则专弘"致良知"之说；56岁时将其思想归纳为"四句教"。

⑨"青山随地佳，岂必故园好？"：此诗刊刻于江西赣州城郊通天岩的观心岩，全诗为"青山随地佳，岂必故园好？但得此身闲，尘寰亦蓬岛。西林日初暮，明月来何早！醉卧石床凉，洞云秋未扫。"

⑩虔：赣州，旧称虔州。

祭阳明先生文

1529年1月9日，一代大儒王阳明先生逝于大余县青龙铺。2019年1月9日，适490年矣。中华文明薪火相传，不能忘记代代前贤。值此祭日，遥望落星亭，祭一代圣贤阳明先生。辞曰：

王公守仁，号阳明子。一代圣哲，名垂千古。①

余姚大余，出生入死。青龙落星，绍兴归土。②

震霆启寐，烈耀破迷③。后世诸君，追忆未止。

道德事功，真三不朽。德才兼具，三立名世。④

幼有奇志，宏阔抱负。学做圣贤，第一等事。⑤

早年格竹，无所斩获。扪心自问，质疑格物。⑥

身贬黔地，其性自足。龙场悟道，心学开启。⑦

巡抚南赣，修文修武。山贼心贼，双治并举。⑧

善恶有无，四句教语。知行合一，良知乃致。⑨

授业传习，慧心广布。此心光明，卓然秀逸。⑩

王门八派，群贤毕至。儒家理学，一脉传续。⑪

融化新知，昌明国故⑫。光前裕后，滋养涵濡。

泱泱华夏，地灵人杰。代有俊彦，薪火相继。

情萦厚土，丹心赤子。潜居抱道，经邦济世。

国学弘扬，贵在扬弃。文化自信，金瓯永固。

处新时代，筑中国梦。同心戮力，文明进步。

伏惟尚飨。

注释：

① "王公守仁……名垂千古。"：王守仁，因曾筑室于会稽山阳明
洞，自号阳明子。

② "余姚大余……绍兴归土。"：今浙江余姚、江西大余，分别是王
阳明的出生地和辞世地。1529年1月9日，王阳明病逝于大余县青龙铺，此
处现建有落星亭。王阳明逝世后，归葬于浙江绍兴。

③震霆启寐，烈耀破迷：明末清初思想家黄宗羲对阳明心学的评价。

④ "道德事功……三立名世。"：王阳明集立德、立功、立言"三
立"于一身，被后世称为"真三不朽"的圣贤。

⑤"幼有奇志……第一等事。"：年少时，王阳明即不同凡俗，认为天下第一等事是读书做圣贤。

⑥"早年格竹……质疑格物。"：早年，王阳明为了实践朱熹的"格物致知"，曾下决心格竹，但不仅一无所获，而且因此病倒，从此对"格物"学说产生怀疑。

⑦"身贬黔地……心学开启。"：1506年，王阳明被谪贬至贵州修文县龙场后，认识到"圣人之道，吾性自足，向之求理于事物者误也"，期间著述"教条示龙场诸生"，史称龙场悟道。

⑧"巡抚南赣……双治并举。"：1516年，王阳明出任南赣巡抚，南赣成为其施展文治武功的阵地与"致良知"思想的重要形成地和实践地，他在此提出"破山中贼易，破心中贼难"等观点，坚持文武兼修、治军治心并举。

⑨"善恶有无……良知乃致。"：王阳明晚年提出"无善无恶心之体，有善有恶意之动，知善知恶是良知，为善去恶是格物"四句教，一般被视为其学术思想的概述，为其"心即理""知行合一""致良知"核心思想的集成。

⑩"授业传习……卓然秀逸。"：王阳明注重讲学传习，不少门人弟子跟从其治学。其本人卓然秀逸，临终前遗言"此心光明，亦复何言"。

⑪"王门八派……一脉传续。"：明末清初思想家黄宗羲在《明儒学案》中，将王阳明之学按照地域分为浙中王门、江右王门等八派，人称"王门八派"。

⑫融化新知，昌明国故：借用自二十世纪初文化群体学衡派的宗旨"昌明国粹、融化新知"。

长 征 赋

序：二十世纪三十年代，中国共产党领导下的红军长征，既是中国革命史上的光辉篇章，也是深远影响世界命运的重大历史事件，被誉为"地球上的红飘带""伟大的远征史诗""历史上最盛大的武装巡回宣传"，彪炳史册、可歌可泣。赣州是中央红军长征集结出发地，值此中国共产党成立100周年和红军长征胜利85周年之际，作此赋以颂之。

放眼史册，偶有丰碑巍峨。侧耳倾听，激荡英雄颂歌。遥想当年，东亚飞舞红飘带；弹指挥间，中华复兴正未艾。历史大事件，惊天动地震动中外；乾坤速扭转，战天斗地喜迎安泰。一部长征史，赞誉何其多！万千英雄谱，璀璨耀星河！历览家国兴衰事，从来辉煌苦难磨。每思探索前行路，岁月岂敢任蹉跎？

时维一九三四年秋，中央苏区，形势堪忧。共产党人，远虑深谋。战略转移，道路探求。闽西赣南，旌旗猎猎染秋霜。于都河畔，十送红军泪汪汪。一路凶险，辗转北上抗日寇；虎狼围追，多少才俊年少亡。四道封锁线，层层斗敌狂。突破乌江，愈挫愈强。占领遵义，呈现新气象；伟大转折，战鼓更铿锵。四渡赤水，战史传绝唱；巧渡金沙，威名震八方。强渡大渡河，惊涛骇浪真勇士；飞夺泸定桥，弹雨枪林好儿郎。雪山草地终跨越，吴起会宁会师忙。何其壮哉！铁流浩荡，宣言书见救国方，宣传队里传主张，播种机下辟新章。赣南陕北，二万五千里，里里忠魂感天动地；风霜雨雪，凡七百余日，日日锻造中华栋梁。

万里长征通大道，人类奇迹出东方。壮举载青史，精神更传扬。国家民族利益，高于一切；理想信念坚定，自信自强。救国救民，不惧艰难险阻；敢于牺牲，誓为革命担当。独立自主，摆脱外来羁绊；实事求是，立足实际担纲。顾全大局，聚焦事业发展；严守纪律，紧密团结共襄。依靠人民群众，生死相依同患难；坚决排除万难，艰苦奋斗迎曙光。长征胜利影响深远，长征精神永放光芒。征途漫漫，气贯长虹雄心在；天险强敌，艰难困苦玉汝成。何其伟哉！威武雄壮军歌嘹亮，气吞山河众志成城。开创盛举，总须斩关夺隘；事业兴盛，务必跃马纵横。有理想，能献身，杀出血路；意志坚，勇气足，气象乃生。

中华文明，绵延不绝；雄关漫道，气宇轩昂。长忆长征，红色经典流芳百代；伟大壮举，英雄史诗荡气回肠。缅怀历史，抬望前程。岁月峥嵘，鼓角争鸣。华夏儿女，提振精气神，同心共筑中国梦；龙之传人，汇聚正能量，携手迈步新长征。恢宏蓝图愿景在望，复兴大业早日功成！

客家乡亲

赣州是客家摇篮，是客家先民中原南迁第一站，是客家民系的发祥地和客家人的主要聚居地之一。赣南采茶调《送郎调》是客家人的优秀民歌，经典歌曲《十送红军》的曲调即源出《送郎调》。

中国工农红军二万五千里长征是人类精神的伟大远征，客家人在全球范围内的大迁徙同样是人类精神的伟大远征，展现了中华民族"努力奔跑、奋斗追梦"的非凡历程。《客家乡亲》依《送郎调》曲调配词，置身新时代，回望客家人千年播迁史，展望中华民族美好愿景，以时光为轴，以精神为魂，依《别离中原》《赣南创业》《走向世界》《梦回故里》《相聚今朝》《畅想明天》6个章节，抒发了客家人乡关万里的不尽乡愁，激发着世界各地亿万客家儿女致力共筑中华民族伟大复兴的中国梦，在新时代昂扬奋斗、再创辉煌！曲调婉转悠扬，如歌如泣、一咏三叹，感人肺腑、荡气回肠，充满着感怀和期盼之情。客家人是喜爱放歌、达观奋进的民系。以客家人耳熟能详的《送郎调》为曲，以客家人奋斗史为词，咏唱客家人之歌，易学易传唱，有着特殊意义。

（一）别离中原

客家（里格）乡亲，（介支个）中原来，

栉风（里格）沐雨，（介支个）往南迁。

山川（里格）隔断，迢迢离乡路，

千愁（里格）万绪，压呀压心间。

问一声亲人，中原啊，

几时（里格）整装，（介支个）重回乡。

（二）赣南创业

客家（里格）乡亲，（介支个）到赣南，

披星（里格）戴月，（介支个）创业忙。

荒山野岭（介支个）辟良田，

稻谷飘香，茶林染绿山。

山水孕育成摇篮，乡亲啊，

漂泊的树苗，（介支个）扎了根。

山水孕育成摇篮，乡亲啊，

漂泊的树苗，（介支个）扎了根。

（三）走向世界

客家（里格）乡亲，（介支个）在赣南，

成长（里格）壮大，（介支个）再搬迁。

闽粤（里格）海外，都留身影，

客家（里格）遍布，天涯与海角。

千辛万苦拓荒，乡亲啊，

一站（里格）一站，（介支个）把家安

（四）梦回故里

客家（里格）乡亲，（介支个）在四方，

头顶（里格）月儿，（介支个）想家乡。

千山万水（介支个）月一轮，

古榕古樟叶婆娑，叶飘天宇根相连。

乡亲啊，清风明月，（介支个）家乡好。

叶飘天宇根相连，乡亲啊，

清风明月，（介支个）家乡好。

（五）相聚今朝

客家乡亲，大团圆。

唢呐声声鼓不停，鼓不停。

双双（里格）拉着温暖的手，

千言（里格）万语，说不完。

血肉之情忘不了，乡亲啊，

盼望（里格）时常，（介支个）喜相聚。

（六）畅想明天

客家（里格）乡亲，（介支个）话明天，

明天（里格）再把，（介支个）宏图绘。

鸿图（里格）大展，报中华。

爱家（里格）爱国，添呀添光彩，

你也忙来我也忙，乡亲啊，

客家（里格）客家（介支个）好模样。

柳树洲陈氏家训

人生百岁，时光如梭；修身齐家，不可蹉跎。

早明道理，少走弯路；恒守定力，免入歧途。

教子育女，贵在博雅；诗书继世，忠孝传家。

生命基石，安康至上；切忌作践，暗埋祸殃。

大成靠德，忠厚致远；阳光坦荡，自在观澜。

谋生立业，本领为要；敏而好学，才品乃高。

勤勉年丰，俭朴流长；慎于攀比，永续华章。

成功挫折，本然万象；得失淡定，心态平常。

大千世界，光怪陆离；莫为利诱，勿受情迷。

温良礼让，力戒傲慢；谦和宽容，真诚谨严。

自警自律，外圆内方；俯仰无愧，坚毅担当。

家训家风，镜鉴自省；君子务本，本立道生。

后记

　　一本书大体有一个定位。这本集子，定位就是"江南之南"的赣州，写的都是赣州的景、赣州的情、赣州的人、赣州的事。本集子旨在提供一册有关赣州的本土读物，为赣州存留一份温馨的文化遗痕和时代记忆。

　　我有一个观点，叫作"人生就是交代"。一本书的出炉，也总是为着某个交代。从交代的角度：此前拙著《文化行吟》，侧重于家园厚土人与事，那是对故乡的交代；《虫心雕文》，侧重于书里书外情与理，那是对墨香的交代；即将出版的《知道了》，侧重于平凡生活感与悟，那是对众生的交代。这本集子，毫无疑问，是对江南、对赣州的一个交代。此生何其有幸，生长在江南、在赣州，经年累月受到此方水土的浸淫、滋养和呵护，行走一遭，总得给她一个交代。

　　书名为什么叫《江南之南》？赣州是"江南之南"吗？江南的概念，各有各的理解；江南的范畴，不同时代也有各自的划分。赣州属于江南，在行政区划上明明白白。唐太宗年间设江南道，江西便属其中；唐玄宗时江南道一分为三，江西属江南西道。江西省名至今可见其历史渊源。而一座庾岭，成为了江南的分水岭，赣州之南已非江南。作为江西南大门的赣州，无疑就是"江南之南、岭南之北"。再前溯到南北朝时期，陆凯诗赠友人范晔，佳句"江南无所有，聊赠一枝春"，据说便是在赣州大余的梅岭折梅相赠。

　　需要说明，集子中收录的文章写于不同时段。沧海桑田，一切都在变化之中，文中有的状貌当然也已发生变化。比如二十世纪通天岩山门前有一尊弥勒塑像，现在似乎已不复存在；赣州城区滨江大道，二十世纪末还有浓浓的乡村味，而今已高楼林立。许多时候，文字肩负着存史功能，出于对历史的尊重与记忆，尽管实景已然有所改变甚至脱胎换骨，但本集子的文字不做调整。

书稿出炉，还有一个惯例，那就是鸣谢。其实也不是为了惯例而惯例，这是发乎肺腑的。本书的面世，得到了赣州市文联、赣州市作协等相关方面的倾情支持，谨致谢忱！

辛丑春日于江南宋城